生きる演技

町屋良平

河出書房新社

生きる演技

I

1

暗闇の解像度を上げると光った。かれは午前四時の公園にいる。あたりは暗く、視覚だけでは捉えきれない場を感じる。景色が五感に混ざっていく。土の匂いや風の音で風景をかきわけ、さわる樹皮の感覚で補う視界はまるく、重々しい塊のような世界が迫ってくる。それでようやくあらわれる枝葉の様子をその身で捉えると、視力が増していくかのように暗さに慣れる五感が下方へと繫《つな》がっていき、ふくらみを帯びた幹に裂ける皮のさかいから新芽がこぼれるのを光が満ちる前にたしかに見た。

それからスツールに座って明け方の公園に休む、かれの輪郭を溶かすようにじょじょに朝の光が広がると、さっき夜闇にまぎれ公園を歩き見ていたものとは違う木々の姿が現れ、公園の全景が現れ、かれは丁寧に五感を修正し、風景を身体に混ぜた。朝になっていく移ろいとともに吹く風が、寝起きの肌の上がっていく体温を深部へと戻すように、かれの半袖からのびる腕の産毛《うぶげ》にとどこおる。枝葉の隙間から空の、晴れているがどこか青オレンジのようなあいまいな色が目に映る。スタッフの集まる酸《す》い臭《にお》いが点々と空気に混ざり、翻って自分の身体を思い出す。自らの身体が持つ社会性を、役割を思い出す。いつかこの身体もこうした臭いを発するようになるのだろうか。

ドラマの現場はやたらとスタッフが多く、演者を緊張させないための笑顔はみんな同じで、かれは人間の表情をできるだけ見ないようにする。その代わりのように公園の表情をうかがうと、ようやく集中できる身体だった。五時を待っている。割本《わりぼん》に「青オレンジ、加齢臭、明けていく朝に間違っていた風景、合っていた風景」と汚い字でメモしていった。公園全体のイメージを描き起こすような抽象的なイラストも加えた。この場の昨日や明日にこもる記憶や、長い時間をかけ風景が経験した恋愛や団欒《だんらん》や蹂躙《じゅうりん》や殺人のことを思い出し、公園自体が演じるみたいにここにいる。これから主演と抱き合い、主演に愛を囁《ささや》かれる。まだかれは十五歳で、ギリギリ子役と区分される年齢だから五時までは〝労働〟を禁止されている。だれかと抱き合うことも愛することも現実ではまったく経験のないことだった。監督から指示を聞いて何回かリハをやり、動きの機微と動線を確認する。それで余計な思考や仕草を切っていくように削《そ》ぎ動くと、やがて監督は「もう生崎《きざき》くんはそれでいい」と言った。かれの相手役となる主演の気分を丁寧に上げていく、言葉に動きと表情の指示をこまかく混ぜる。

五時きっかりに撮りは始まった。

「よーいスタート」

いつも思う。本番を告げる声はなんと間抜けなものだが、現実はつねに間抜けなのだからリアリティとしては正しい。助監督が伸ばした人差し指をくるくる回す、撮影中であることを場にしめす動作を視界のはしで捉えた次の瞬間に、フッとかれは意識を身体と場の中間に預けるように滲《にじ》む。そして主演に抱きついた。

泣く。

主演がなにか言っている。なにを言うかは知っていたけど初めて聞いた。

「愛してる」

そう主演は言った。

「カット」

監督がモニターを覗《のぞ》き込む。棒読みというより一言一句はっきり発音しすぎている、もう少し長くカットがかからなければ演じている身体がさっと醒《さ》めていくような「愛してる」だった。

「うん。はい、オッケー」

われわれにはあまり時間がない。

早くしないと完全に朝になってしまう。このシーンはまだ薄暗いうちに撮らなければならない。主演はかれと別れて早朝に旅立つ。かれは役の上で主演と今生《こんじょう》の別れだからどこへ行くか知らない。モニターを囲む監督らが、なにか話し合う。ここでの撮りはこのワンカットのみだ。すぐにスタッフが主演に駆け寄り演技を讃《たた》えた。迫真の演技だったよ。役の昌子《まさこ》が、まさに乗り移ってた。狂気を感じたよ！　いやー、こっちまで泣きそうだったな。

「いいねいいね、よくやったよ」

監督が主演に言って、ニッコリ笑った。すごくよく見るタイプの笑顔。タイプ1の笑顔。かれのマネージャーも寄ってきて、「陽《よう》くんおつかれ。いい涙だったよ」と言った。

「ありがとうございます」

「だいじょぶそ？　もろもろ」

「はい。だいじょぶそです。もろもろ」

マネージャーの口癖をさりげなく真似《まね》て和《なご》ませた。その実、普段はモデルをしているという主演以上にぎこちなかった自らの演技を頭のなかで反芻《はんすう》し、うんざりしている。つまらないフィクションのなかでまた人を愛してしまった。かれがフィクションで人を愛するのはこれで十三度目で、この作品がかれの最後のドラマ仕事になる。

「このあとは、入学式？」

マネージャーが今日何度目かの台詞《せりふ》を言う。

「そですよ」

「ほんとに、陽くんお仕事セーブする？　オーディションとか、もうＬＩＮＥしないほうがいいよね」

「あ、はい。すいません。しばらく真面目《まじめ》に高校生やります」

「おけおけ。何度もごめんね」

そのころには完全に朝になった。かれの身体から出ていく、公園がザワザワ立ち上がる。人体はシャツ一枚でも充分暖かい、季節をよろこんでいた。


一年A組の札がついた教室は、初めてそこに身を置く高校生約三十人を迎えて騒々《そうぞう》しく、机が、椅子が、教卓が、ホワイトボードがそれぞれの情緒で落ち着かず、その昂揚《こうよう》が高校生たちの身体を浮き立たせていた。われわれはうれしい。あらたな春が、そもそもうれしいのだった。いっぱいの高校生の、これからを思う。始まるドラマが場をアッパーにさせ、現実がそれを鎮めんとする。春にしては幾分つめたい風が窓から廊下へ抜けゆき身体らが醒める。

担任との初対面を待つかれ、生崎陽はボンヤリその時間を過ごしている。場の騒々しさに浮《うわ》ついて、すこし頬が緩《ゆる》みそうになっていた。そうだよね、うれしいよね、春。かれよりもつよく場がそう思っていることを、クラスの中でかれだけがすこしわかる。うしろの席に座っている男子がこちらに身を乗り出してきて椅子をコンコンと叩き、「初めまして、前後の席だね〜」と言った。

話しかけてくれている?

かれはうれしい。ややマスクを下げて唇の上のほうまでを見せ、「うん、よろしくお願いします」と言った。相手も同じようにした。

「生崎くん? オレ甲本《こうもと》。これ、五十音順なんですね。しばらくこの順なのかなあ」

「あ、そういうことなんですね。どうなんだろ、あー、すぐに席替え、やるのかもですね」

「ね、あ、入学式どうだった?」

入学式どうだった?

かれがスッと言葉が出ずに、「えー、入学式、だったよねえ。なんか。あー、すごく」というようなことをゴニョゴニョと喋《しゃべ》っていると甲本の横に座っていた生徒が、「ねえ、おなじ中学のヒト?」と聞いてきた。

「え、違います。なんか、ただ話してた」

「ウン。甲本くんが話しかけてくれたの」

「そうなんだ。私、慶具《けいぐ》っていいます」

「よろしくお願いします」

「よろしくお願いします。おなじ中学の子、みんな別クラになっちゃって、ちょー緊張……」

「わかる。おれも、知り合いいないから」

「オレもオレも。ね、入学式どうだった?」

「え、入学式? あー、なんか、豪華すぎず、質素すぎず。あ、でもあの区民会館、小学校のとき合唱でなんか来た気がする」

「そうなんだ。え、なんか選抜みたいなの？　地区の」

「たぶんそうだったと思います。そんときの担任がなんか音楽の先生だったからかも」

「あー。わかるかもその感じ」

「オレはねえ、入学式でスニーカー履いてきちゃって、恥ずい。ねえ、なんでみんなローファーっていうの？　そういうの知ったんすか？」

「え、なんか親に言われて。ホントだ。甲本くんスニーカー。でもかっこいいっすよ」

「えー、ありがとうございます。なんかすごい、誰かに言いたくて恥ずかしって」

　そこに担任教師が来た。

福生幸《ふくおゆき》と名乗った若い先生の話を聞き、自己紹介に緊張しながら先ほど初めて話した甲本の、「入学式どうだった？」っておもしろい質問だったな、とかれは思った。しかも、二回聞いていた。慶具とかれに。ひとりだけスニーカーを履いてきたことがよっぽど恥ずかしかったのだ。

　朝の撮影時から感じていたことだが、今日はすごく天気がいい。窓から差し込む陽光が教室の三分の二を斜めに切って、隣に座る慶具の腰のあたりから膝下までを照らしている。全開にされた窓から強風が吹き込んで、壇上で話している福生の声がよく聞こえない。早起きがたたり半分眠りかけていた。私服もオーケーの校則のゆるい公立校だが、入学式の今日はみなブレザーを着ていて、たしかに足元は大体ローファーで統一されているけれど、思い返せばたった一ヶ月前までスニーカーで中学校に通っていたのだから、甲本からするとわれわれがグルになって自分ひとりを騙《だま》しているのだとビックリしていた。

　ホームルームが終わり、今日はもう帰ってよいということになった。男子十五人、女子十九人のクラスで中学よりゆるやかに配置された机、いまはまだ用途のわからない部屋がたくさんありそうな校舎とまだ足を踏み入れていないたくさんの建物。

「甲本くん、徒歩？　チャリ？」

「オレは徒歩でモノすよ。電車ですか？　一緒に出ます？」

「いや立川《たちかわ》なんで家。でも、途中まで一緒に出ないすか？　もともとだれか帰るひといる？」

「あ、D組の友達誘っていい？」

「いいっすよ、あ、なんかすいませんせん邪魔だったら」

「ぜんぜん。一緒に出よ」

「ねえ、生崎くん。生崎陽くん」

話していると突然、背後から大きめの声がした。振り向くと、ちょうどかれと同程度の体格の男子がかれを見下ろして笑顔になっている。

「ねえ、生崎陽くんでしょ？　おれ、笹岡樹《ささおかいつき》っていいます。ねえ、生崎陽くんってあの生崎陽くん？　昔ドラマの、あの『母』っていう名前の作品に出てたよね」

「あ、いや。はい、一応」

「やっぱり。あのドラマでしてたキスシーン、あれめっちゃエロかったよね！」

笹岡はあきらかに興奮している。われわれがかれらを見ている。かれは自分の感情に集中する。それでかれはこの笹岡樹という名前を持つ初対面の同級生のことをめちゃくちゃ嫌いになった。

＊

「ね、笹岡くん高一ってほんとう？」

リハの合間に仲田《なかた》を演じる立野《たての》にそう聞かれ、かれは一瞬にして役の上では仲いい、だけどそれ以外では初会話であるという設定をなんとなく頭に思い浮かべるが、それはドラマというより現実の設定である。

「あーうん。そう。です。あは。フレッシュな」

「マジフレッシュ！」

「マジフレッシュ！　そう。ありがとうございます」

わざわざ新一年生であることを聞かれたということは、たぶん年上なのだろう。

木材にこもった湿気が教室中にたちこめていた。内側にいる二十名ほどの同級生たちから匂うヘアケア商品やメイクの香り。そうしたキラキラはフィクションで演じられる偽の友情、偽の人格を覆い隠し、つくられたセットをより現実の教室らしくしていた。ここは演者がいないと明確にセットだとわかる、しかし演者がいる状態でカメラに撮られると現実より本物の教室らしくなる。そのようにつくられている、なにかしら「引かれている」場なのだった。

撮影が始まる。教室で教師役と主演が言い争うシーンが予定されている、声は出していないのに各々のグループが雑談をしているような表情をつくる。セットについた偽りの汚れや疲れが同じメンバーで撮影してきたフィクションのクラス時間を表し、これは高校三年生の設定だからもう二年この学校に通っているような顔をして違う制服を着ているけれど現実のかれ、笹岡樹は高校に入学してまだ一ヶ月しかたっていない。

たった一ヶ月の経験を、二年やり尽くしたかのような顔をする、セットと一緒に場に疲れていく、かれはシーンとシーンの間に生崎陽に言われた台詞を思い出す。

「キス……ありがとうございます」

しかし、顔は醒めきっていた。というより、現実に醒めているときの顔ではなく、醒めている演技をしているときの生崎の顔だとかれにはわかった。演じている者だからこそわかる両者の差分は、それを感じ分ける者にだけ伝わる強いメッセージになる。ようするにありがとうございますの発音で、余計なことを言うなと言われている。やはり生崎陽はいい俳優だとかれは思う。

シーンが再開され、そんなことはすぐに忘れる。生崎陽の心根に直接さわってしまったような感触を得たかれはしかし謎のモチベーションで、自分も生崎陽のように演じたい、もっともっと演技について考えたい、と昂《たかぶ》った。教室で乱闘、そんなベタなシーンのさなかに人格がありすぎるようでもなさすぎるようでもダメ、そんなモブのクラスメイトに相応《ふさわ》しい身振りでそこに存在し、そのように現実のかれと役のかれが分かたれて、目立った台詞のない役をこなすことに途方もないよろこびを感じていた。

「おい、だいじょうぶなのかよあんなことといっちゃって！」

「失敗したら、今度こそほんとに退学だぞ！」

「あーあ、先が思いやられるなあ」

「まったく」

「まったく」がかれに割り振られた台詞だった。実際にはまだ一ヶ月しか高校生してない自分がもう二年もこの教室に通っている実感が「まったく」という台詞を言うだけで積み上がっていくようで、とたんに幸せになる。偽の友情が、偽の青春が、偽の人格が、心からうれしい。カットがかかると、すこし役のままの友情を引きずって演者たちは、それぞれの社会に戻る。

かれの演じるクラスメイトらが映り込むシーンはそれほど必要とされておらず、全十一話の放送シーンを二日に分けてすべて撮ってしまう予定だった。今日は二週間空いたその二回目の日で、名字しかないクラスメイトを演じる者たちはこれでオールアップなのだけどただ制服を返して日常に戻るだけで演じた人格もすぐに忘れる。全員がこのドラマをぜんぜん面白くないと思っている。どうやら役の上で親友らしい仲田を演じる立野とかれは今後の人生で二度と会わなかった。

終了予定の八時ギリギリまでかかった撮影が終わり、スマホをさわっていると事務所から、

……不幸トーク系のアンケートきてたから、ファイル送ります

というＬＩＮＥとWord の添付ファイルが送られてきた。

……ありがとうございます!

かれは深夜バラエティのトークコーナーに、半年に一、二回ほど出る。話すテーマはいつも両親の逮捕について。最近はオーディションの合格率もよくなってきた。知名度が有利に働いているというより、若くして自分を偽りなく喋る様子が受けているのだと思う。エチュードや作品に応じた迫真がうまく演じられるわけではないのに、カメラの前で自然でいるのは好きで得意だった。元々は中学時代に趣味でしていたYouTube での暴露系トークがテレビプロデューサーの目に止まり、そうした露悪を深夜バラエティの数分で披露しているうちにスタッフの一人がドラマ制作に移り、エキストラに起用してもらえることがたびたびあった。もともと零細

だったYouTubeはモチベーションがなくなり閉じてしまったが、人伝《ひとづて》に紹介された事務所に所属してからは子役出身の本格派に交ざって積極的にオーディションを受けに行っている。いま露出量に比べて知名度が多少あるのはかれが両親の前科を売って活動している、つまり犯罪自慢といわれてアンチが多いせいだったがアンチがつけばファンも同じようについた。

「笹岡樹くんは、え、両親が両方逮捕って、いったいなにをして？　大丈夫？　言えるやつ？」

「ぜんぜん大丈夫です！　両親が家で麻薬を栽培していて、夜中にドラッグパーティーしていて、それがバレて懲役二年っすね！」

それから麻薬を通年収穫している家あるあるを言う。家に立ち込めるうす甘い匂いだの、襖《ふすま》の隙間から漏れでるＬＥＤライトの明るみだの、めちゃくちゃうれしそうに喋るので、君もなんかヤってない？と言われて毎回受ける。そういう機会が忘れたころにまたやってくる。高校に通いはじめて一ヶ月、そろそろ噂は広まってこうした動画が出回り、中身の薄い自己紹介などでは伝わりきらない醜聞が現実のクラスメイトにもおおむね知れ渡っていた。同級生の都築《つづき》に一昨日、「笹岡くんち、両親が大麻で逮捕ってマジ？」と直接言われた。

「マジマジ。やらせなし」

「うおー。事情抱えてるなあ」

都築はなぜか羨ましそうだった。直接聞かれるということはきっともうクラスの八割は知っている。けれどダメ押しでまたＴＶで喋れたらかれはうれしい。

「笹岡くんはそんで、将来の夢とかはあるの？」

「やー、ないっすね。なくないっすか？　中坊で夢とか」

「いやあるでしょー。いずれドラマで主演やるぞ！とか、有名になりたい！とか普通」

「いやー、いやいやいや。そういうのは無理なんで、ぜんぜん、演技得意じゃないんで。あ、好きなんすけどね！　演技。夢っすか。うーん、強《し》いていうならやっぱ……おれも一回逮捕されてみたいっすね」

「あーダメだ。やっぱこの子もなんかヤってるわ」

過去に出演した自分の動画を眺めていると、笹岡樹という人格がどんどん傷ついていく、いいぞいいぞと思う。この現実でこの身体がどうなったってかまわない。


家に帰ると、児玉司《こだまつかさ》がかれの部屋で待っていた。

「おつかれーい」

中間試験にむけ勉強しようと約束していたのだった。黒い楕円《だえん》の形をしたテーブルに参考書、ノート、タブレットを広げ、数式解説動画を聞いていたイヤフォンを外して児玉が「おかえりー」と言った。

「飯くってきた？」

「食べたー。樹のご飯はある？」

「コンビニで買ってきた」

両親が二年の服役を終えたのが中二の冬のことで、さらに半年を空けてふたたび同居している。その間は叔父夫婦の家に預けられていた。

入所前は元気だった母は戻ってくると寝たきりになっていた。薬物依存の果てに若くして発症した認知症状による自傷癖があり暴れるので、家を空けるとき父親の風呂のときなどにはベッドに身体拘束していることを、ケアマネには黙っていた。腰を悪くして歩くこともままならず、一家は生活保護を受けながら父とヘルパーとで介護を行い生きている。笹岡樹の稼ぐギャラも生活保護の減額対象として役所に申請しなければならず、かれはいちいち収入をケースワーカーに報告していたが、いまのところ大学進学の資金を貯めているものと認定され減額はされていない。出所した両親とまともに口を利いたのはケースワーカーの同席する数十分だけで、あとは定期的に両親に「死ね」と言う。

児玉と勉強していても、ときどき母の呻《うめ》くような、悲鳴のような声が聞こえる。

レンジで温めたコンビニ弁当を食べながら、教科書を開いて勉強した。高校初めのテストが肝腎《かんじん》だと先生たちは言っていた。中学で培《つちか》った学力の保険はすぐになくなるから、早いうちに勉強する習慣をつけないとすぐに落ちこぼれる。中学のようにテスト前の勉強だけではなんともならない。かれと児玉は小学生の頃から一緒なので、しっかり時間を区切って勉強するリズムに持っていきやすかった。思考を問題に向けながらそれでも会話ができる、互いに集中の妨げにならない存在感を長い時間で培った。小中では友達というものが一切できなかったから児玉はかれのゆいいつだ。

一ヶ月の高校生活。入学式の日に、児玉とはクラスが分かれて落ち込んだけど、生崎陽ってまさかあの生崎陽?と思って顔を見たらまんま生崎陽で驚いた。スポーツテストで倒れた花倉《はなくら》はそのままクラスに来なくなり、ときどき保健室登校をしているらしかった。新一年生歓迎会で謎の踊りを披露していたイケてる先輩のTikTok投稿がバズって問題になり、校舎内の撮影がすべて禁止となった。その「ひまわり祭」という由縁《ゆえん》のよくわからない歓迎会で、90年代にヒットしたダンスナンバーを踊るのがクラスで流行《はや》って放課後に動画を撮影しに行くメンバーと、そういうのが無理なメンバーとでざっくりクラスは分かれて、動画に映れる踊れる派閥と無理な派閥、無理かＯＫか決めかねてさぐりさぐりで折衝《せっしょう》している派閥とゆるやかな輪郭がつくられていった。かれは生崎陽と友達になりたかった。

「けど、なんかダメみたい。くそ避けられてる」

「エロいキス発言がダメだったんだろ」

「あれ、ダメ？」

「ダメに決まってるだろ。どんなセクハラ野郎でも初対面でエロいとか言わないでしょ普通」

かれには知るべくもないことだが、このときすでに大抵のわれわれはかれのことを嫌っていた。

2

べつになにか決定的な出来事があったわけではない。

たとえば身体測定の日。まだどこかよそよそしいわれわれと、中学が一緒だったり野球クラブで一緒だったりと仲いい生徒が交ざってい、みんななんとなく緊張している。ほとんど初対面の者と同時に、一歳から仲いい者たちも含まれるのだから、そうした混在がますます場をパキンと緊張させる時期だ。

すこし曇った日で、体育館は湿気と高校一年生の熱気で蒸している。視力検査を担当する医師が毎年のことなのだがやや独特の話しかたをし、とくに運動神経の若い人らと一回の言葉のラリーで意思疎通を図ることが難しく列が滞っている。

高校生たちが詰まっている。本来あるべき間隔が空けられず、そこここでちょっとした会話の行き違いや身体の小競《こぜ》り合いで、揉《も》めごとまでは至らないちいさな闘争が生まれていた。かれはなんとなく身体がそれをわかって、目をつむっていた。

だれかから話しかけられたら、「生崎くん、ねむい?」「おーおん」といった感じで。なにも見聞きしていなければいい、そういう場面が多すぎる、それが学生生活というか社会というか世界だった。視力を測り、聴力を測り、身長を測り、体重を待っていた。だれしもが人間同士の間隔も尊重されず詰められるストレスを溜《た》め込んで、すこしイライラしていた。それは小学生の頃なら大丈夫だった接近で、中学生になりますますの社会性を獲得した途端ダメになった人体の距離感だった。懐かしい、もうわれわれのだれも覚えていないあの頃に、身体のどこかをくっつけて教室でも家でも外でもパズルゲームのピース同士みたいに一緒にいた、まるで戦時中の防空壕《ぼうくうごう》みたいだねって、え? だれかに話しかけられたかと思ったら話しかけられてなかった、そんな時間を何度かやり過ごす。目をつむっては開け、目をつむっては開けして、列の進みにただ従っている、かれは人間というより高校生という役のように。

「なーなー」

まるで夢を見ているみたいに、「うーうぉん?」そのように、すごくねむいみたいな演技をしていれば、だれも咎らないで済むはずだった。

「なーなーって、起きて生崎陽、これを見ろ!」

いつの間にか列を乱して目の前にいたのが笹岡樹で、かれはなるべく伝えようとした。この場にいるわれわれはおまえに良い感情をもっていない、そういうときはひたすら存在感を消さなければますます良い感情をもたれない、このように密集した身体の社会でわれわれは大なり小なり人を嫌わないとただここに居ることさえできない。

というようなことは思わないまでも、かれは控えめな声で「なに？」と聞いた。

「身長。おれ7センチも伸びてた。生崎陽は？」

「もうちょいおしずかに。１６７」

「やっぱりか！」

まったく声を弱めない笹岡が言うには自分はひとの身長体重がだいたい見た目でわかるという特技がある、おそらくおれたちは同じぐらいの身長体重だろう、自分がまさか165センチを越える身長になれるとは思ってもみなかったから、いますげえうれしいんだ。

笹岡樹は子どものころ親が夜じゅう薬物パーティーをしていたせいで、成長期にろくな睡眠をとることができず、身長体重が同年代の水準をはるかに下回り、一生ひとなみの体格でいることは無理だろうとあきらめていたから、一年で7センチも伸びたことがうれしかった。

しかしだれしも身長体重について一家言ある年代にいて、自慢にしてもコンプレックスにしても笹岡のように明るくあけすけに言う様子は、周囲の者にまったく受け容《い》れがたかった。かれは笹岡の気持ちが子どもに帰っているんだとわかる。厳密には子どもというでもない、死期の前でも目一杯あまえる老猫みたいに、束《つか》の間《ま》人間という社会性からはぐれるただ生き物としての身体になっている。

役としては笹岡に感情移入してやれるかれは、しかしここはカメラの前ではない現実なので、自分の出せるできる限りつめたい声で「わかったから。しずかに。元の列に戻りなさい」と言った。ここでかれが絆《ほだ》されすこしでも好意的に対応してしまえば笹岡はさらにわれわれに嫌われる。かれがなにをどう言おうと、嫌われるのは生崎ではなく笹岡のほうなのだった。

「あとで体重も教えてな」

なにも気づいていない。実際その会話が丸聞こえでまず笹岡は男子からなんとなくハブにされ、それが一部の女子にも伝播《でんぱ》する、そうしたことはたびたび重なった。

＊

「でも、もう一ヶ月よ？　すこしは歩み寄ってくれてもよくない？　いったって同業よ」

「生崎くんはバラエティとかも出てないし、ふつうに樹がウザいんだろ」

「なんで？　演技について語り合いたい。熱く」

「そういうのがダルいのよ」

児玉は数学の解答をまじまじ眺めているが、それでも誤答の解決がわからなかったらしくかれに問題を見せる。

「公式がこっちじゃないよ。二ページ前のやつ、教科書の。この動画見て」

「そっか。ありがとう」

しばらく動画を見ていた児玉が「わかりやす」と言った。

「だろう？」

かれは人に勉強を教えるのが好きだった。人がなにかをわかった瞬間やたらうれしい。そのように自分もなにかをわかりたい、なぜかしらそうした欲望がつねに身の内にあった。

「マジでエロいキスだったから。してないけど。たぶんしてないけど、生崎陽のあの表情、すごいよ。演技的な台詞とかはうまくないけど、逆にそこがよい。しぜんにそこにいる存在感と演技的じゃない言葉のギャップがすばらしいよ」

「キスなんて興味ないくせに」

「だからこそ、あぁーこれが世に言うエロいってことかぁ〜って感動したんだよ」

「ふーん」

児玉は伸ばした両脚のつくる谷に教科書を挟み、腰を折って髪の毛を注ぐように教科書に見入っている。いまはスカートを穿《は》いているが小学生のときはよくいる男の子の恰好《かっこう》だった。中学の途中からセーラーを着てきたが、周囲のだれも表立ってはなにも言わなかった。苛《いじ》めなどもなかったという。だが児玉は不登校になり、やがて保健室から一年かけて教室へ復帰した。ときどき髪を切り、メンズっぽいファッションを身にまとう時期もある。

小学生の頃はよく手を繋いでいたけど、中学へ進んでからはそういうことはなくなった。周囲は大抵ふたりを恋愛関係、それも複雑なもの同士の、となんとなく思っているのだが、実際には友情以上になにもあやしくない関係でいる。あのころみたいに児玉と他意なく手を繋いでもいいのかもしれないと思う。かれには両親がもっとも大麻とそれにまつわる交遊関係に嵌《は》まっていた十一、二歳、くわえて逮捕され学校で苛めを受けながら叔父の家に暮らしていた十三、四歳のころの記憶がほとんどない。

児玉がかれの手をとり、ダンスした。先日、「ひまわり祭」という新入生歓迎祭の一幕で。

「なつぃね」

と児玉は言った。

「うん、そだね」

しかしかれは子どものころ児玉と手を繋いでいた事実はなんとなく覚えていたけれど記憶は

ない。懐かしさを奪われている。だけどそれを幼馴染《おさななじ》みと呼べる児玉にさえ言うことは難しかった。

3

慶具に告白しにいく！と言った甲本は戻って来なかった。体育祭終わりの川沿いにクラスメイトの約三分の二が集まっている。慶具は多摩《たま》川に程近い位置に立って他の女子たちと喋っているのだから、甲本はふつうに振られて家に帰ってしまったのだろう。かれは甲本にＬＩＮＥしようかと考えてスマホを取り出したが、日に六回ほどする各種ＳＮＳ巡回の動きにまぎれて、やっぱ止めておこうといつの間にか考えが変わり、その翻意すら数時間後まで思い出されないのだった。

体育祭の最中にいっしゅん雨がふった。昼まで曇っていた空は午後二時のあたりでいきなり晴れだして、校庭の気温は今年最高にまで蒸しあがり熱中症に倒れる生徒が数人出た。無事に体育祭を終えて夜に外出できる面子《メンツ》は川沿いで打ち上げをする。校舎から数百メートルほど南下する多摩川から煙るような湯気が、夜の黒さをうすめるように立ち上っていた。高校生たちの歓声を掻《か》き分けて川から漂ってくる臭いを嗅ぐと磯《いそ》くさい。草を避けてスニーカーをつくと、河原の土が脆《もろ》くなっていて二、三回滑った。かれは尻に段ボールを敷いてスポーツドリンクを飲んでいる。かれを含んだクラスメイトの数人が土手に横並びして座り、三人までの隣とそれより遠い位置のクラスメイトが喋る声の、トーンがくっきり区切られるようでもなく混ざっていない、ここにいる誰とも会話が成立していないがひっきりなしにみな喋っている。

なるべく相槌《あいづち》に熱がこもるようにしていた。担任の福生は集う程度は黙認するが巡回したときに間違っても酒や花火などが目につかないようにと注意した。競技において、十三のクラスがある一学年で二位に入り、上級生とともに組を縦に割って競う総合順位でも三位に入ったのだから、クラスは盛り上がり結束が固まった、ふうに振る舞っている。高校生になったかれがまず驚いたのは、テストの難しさと同級生たちが伝統をすごく重んじるということで、これは中学のときにまったくなかった経験なので最初は戸惑《とまど》った。先輩たちが踊っている動画を真似て自分たちも踊るし、先輩たちが体育祭の後でいつも多摩川に集い打ち上げをすると聞いたら自分たちもそうする。もう卒業した誰々のきょうだいの誰々の世代からずっとそうだったからと、そうした継承にいちいちテンションが上がっていて、いつしかかれもそう意識するようでもなく慣れた。ただ、毎日眺めている川の別の顔に気づいたり夏の雨のぬるさにふれたりして、景色のなかにいる自分を意識するとふと思い出す。高校生になる前の自分はいったい、どんなだったっけ？

河原に座る横のラインは五名の男子と四名の女子で構成されていて、比較的中庸なイケてもいないしあぶれてもいないグループの流動体になっていた。演じる仕事をしていることを笹岡に暴露されてから、イケてるグループに混入されそうな流れを感じたかれはそういうのは無理なのだと何度かやわらかく拒んでやっと、周囲にわかってもらえた。

「生崎はそういうのじゃないのね？」

ある日、甲本に言われた。体育祭の二週間前ぐらいのことだったと思う。この直後に入学式の日に出会った慶具のことが好きだという告白を受ける。そういうのじゃないよ、と肯定したかれは、甲本のその告白は間違いなく失敗するだろうとわかっていた。

「イケるとおもう？　正味の正味」

「正味？　うーん。慶具さんの気持ちを想像してみたら？」

「オレのこと、脈ありそうかな？　なあ、生崎なら分かんじゃね」

「うーん」

そうではなく、出会って二ヶ月のそれほど打ち解けてもいない表面を好かれ告白される面倒さを想像してみたらとかれは言ったのだった。

横に並んで座っている武居《たけい》と浜山《はまやま》は一度イケてるグループに交ざりにいくチャレンジをしており、動画に入ったり夜の徘徊《はいかい》に参加したりしたあげく、武居がアンチに晒《さら》され意気消沈した時期が中間テストと重なり、散々だったテストが明けたころにはすっかりイケ組へ交ざらなくなった。学年でいちばんのモテ男子とされている同クラの都築の肩を押すというちょっかいをしつこく繰り返す動画で武居は主に「調子にのりすぎ」という意のコメントを1500ほどくらっていた。武居は根はやさしいのだが早口でそこに気質にはない嫌らしさが混じっており最初のうちは警戒心を持たれがちなのだが、浜山は逆に無愛想にしていても愛嬌が滲むタイプで二人でいると丁度いい。モテメン都築を擁する五人程度のイケ組は、しかしおしなべて悪意に乏しい人間の集まりで未だに武居と浜山を遊びに誘ったりしている。都築に加えて楽井《らくい》という女子は企業から商品紹介を頼まれるほどのインフルエンサーで、若年層における知名度は生崎陽や笹岡樹の比ではない。

浜山は酒を飲んでいるようだった。二名を挟んだ右横から「おれが武居を焚《た》きつけちゃったんだよ」という声がする。武居炎上事件はもう半月も折に触れて話される案件だったが、「都築ちゃんと絡んでればおまえもモテるってさあ」と浜山が泣いている。かれはなるべくそちらのほうを見ないようにして逆サイドの耳に意識を傾けた。隣にいたティモシーが「ちょっとトイレいってくるわ」と席をたった。

「てかトイレどこ？　川沿いに歩いてたらあるかな」

「わからん。ねえ、トイレどこか知ってるひとー？　ってだれも聞いてへんやん」

「歩いてったらあるでしょ。あと、さいあくキッチンコートまでいく？」

「あートイレ？　私もいく」

グループメンバーが減ると、隣に及川《おいかわ》がきた。慶具とよく話している女子のひとりで、「生崎くんなに飲んでるの？」と言い横に座った。

「え、なんかスポドリ」

「スポドリ？　君、ぜんぜん体育祭頑張ってなかったのに」

「そんなことないけど、運動は無理。及川さんは？」

「なんかコーラにちょっとだけお酒混ぜてもらったの」

「悪いねー」

「ほんとちょっとだよ。一センチぐらい。ねえ、甲本くんミドリちゃんに告白したでしょ」

ミドリちゃん？　イントネーションが終始平坦なその発声に戸惑っていると、及川が「甲本くん慶具に告白したでしょ」と名前を名字に変えただけの台詞を丁寧に言い直した。

「えー？　知らん」

「うそー。ミドリちゃんになんか告白されそうって聞いてて、さっき二人きりでどっかいってたよ？」

「本人に聞いてみたら？」

「聞けないよ。でも、ミドリちゃんぜんぜん甲本くんのこと、異性として見てないのね」

「へー」

「けど、嫌いじゃないの。ひととしてべつに。だから、甲本くん落ち込んでたら、ふつうにまた話すようにいってあげて」

甲本には滑稽《こっけい》なところがある。高校に入ったらまず彼女をつくることが目標だと言っていたから、べつに慶具じゃなければ絶対ダメというわけではなさそうだった。なぜそんな風に……わからない、急にかれは川の気配と月の光、それら風景に挟まれて、わからない、なにを思いそうになったのかもわからないけど眩《まぶ》しかった。甲本も慶具も武居も浜山も都築も楽井も及川も、眩しくて目が潰《つぶ》れてしまいそうだった。

「わかった」

と言うと、及川は立ち上がってどこかへ行った。かれはずっと同じ場所に座っている。いつの間にかひとりになっていた。両隣が空いたと思ったら、九人のラインが分解し、それぞれまた別の円と線に同期していく。すると闇の中から笹岡が現れて「生崎陽くん、おつかれ」と言い、「横、いい?」と許可を得る前に座った。笹岡と一緒に竹下《たけした》もいた。

「どうぞ」

「サンキュー」

「いつも一緒のひとは、今日はいないの?」

「あー、児玉司? ウン。こういうのは疲れちゃうみたい」

竹下はクラスでもっとも無口な男子と言えるが、今日は更にしずかだ。打ち上げにすら来ないと思っていた。笹岡も、竹下も。

竹下はクラス対抗リレーのアンカーだった。帰宅部にもかかわらずクラスの中でだれよりも足が速い竹下は、一位でもらったバトンを四位でゴールして、クラスの熱気を醒ましてしまった。三位までにゴールできていれば学年総合一位だったと、真実かどうかの誰もわからない噂が回っていた。

「なに飲んでるの？」

「スポドリ。竹下くんは？」

「あ、ウーロン茶です」

「スポドリて。ハハ、ツボる。よう聞かんわそんな言い方」

うるせえ。かれは会話とはまったく関係のない思いを巡らす。どうにかこの三人の横並びを解散できるきっかけはないだろうか。竹下が隣に座り、笹岡がその反対側に座ったのでふたりに挟まれるかたちになった。

あたりはまっくらになっていた。笹岡の表情が闇に紛れて見えないことはよかった。自分の表情を見られないことも。実際、かれ以上に笹岡を嫌っている人間はクラスに五人ほどいて、はっきり聞いたわけではないが「有名人ぶっている」「不幸自慢がうざい」「ナルシスト」「存在がうるさい」という評判があるようだった。

「竹下くん、足大丈夫？」

ぬかるんだ土にジーンズに包まれた足を投げ出して座っている竹下はあきらかに傷《いた》めていた。弱々しく笑って肯定する竹下に、「あんなに盛り下がることとってないよな。ハハハ」と笹岡は言っている。

「リレーが始まるまえは神のように崇《あが》められていたのにな。帰宅部神って言われてたでしょ」

「言われてたね……」

「最後のほうは、帰神って言われてたでしょ？　キシン。うけるわ。陸上部のヤツとかに敵《かな》うわけないじゃんね」

「マジで申し訳ないっすね」

かれは笹岡と竹下の会話をニコニコして聞いている。笹岡の声はバラエティ番組の動画などで聞くよりすこし低い。話すトーンはもちろんのこと、機材やカメラを通すと高くなりやすい性質の声だった。不快な声だとかれは思う。

「生崎陽くんは、ずっとおなじ場所に座ってんね」

笹岡が言う。コイツはいつも、言いたいことを言いたいように言っているな、と思う。

「ウン。こういうとき、自分から動けないんだよね」

「動けない？」

「そうそう。自発的にだれかの輪に入ったりできない」

「意外。生崎くんそういうの得意そうだと勝手に思ってたって、ゴメン、おれなにも知らないのにな」

「いやいや。そうそう、できるっぽいけどできないことのひとつだから」

「ふうん。なんで、みんな生崎くんならいつでも入ってきてほしいと思うけど」

「うーん、でも、なんか、自分のようなものがって思っちゃう」

「自分のようなもの？」

「自分程度のもんが、なんかすいません、みたいな」

「えー、マジか」

「ウン。おれめっちゃそう思う」

竹下がすごくがんばって口数を増やしているのがわかり、かれも緊張しかけていた。こういうときに緊張していない演技をすれば、ほんとうに緊張しない。けれど、緊張している演技をしてちゃんと緊張するほうが、竹下には居心地がいいだろう。こんなことはだれもがやっていることだ、わざわざ意識せずとも。

川を見る。月が低い。ゆらめくひかりが川面《かわも》をシワシワにし、生き物が跳ねる音が高校生のうるささに紛れてもべつべつの世界の音みたいにハッキリ聞こえた。ときどきつよく細い風が吹いて、シャツを膨《ふく》らませ汗に気づく。鳥の羽ばたく前兆を見つけて、ずっと何十年もこの場所で高校生が集まり、高校生以外も野球をしたり殺人したり転んだりセックスしたり入水《じゅすい》したり、そうした場にあつまる記憶が羽ばたく鳥の翼でつたわる気がしたが、シーンが始まるわけでなければ集中もしないしすぐに忘れる。

「生崎陽くんは、つぎ出る作品とかあるの？」

「やー、どうだろ」

「おれはまたクラスメイトのモブだよ」

知っていた。前クールにつづき笹岡はこれから始まる学園ホラーに出演する。学年中が知っている。しかし笹岡の持ち前のうるささと怪しさ、それとバラエティ番組で平気で親を罵《のの》り身を売る態度がきらわれ、それほどチヤホヤされてはいない。だが雑誌などではつぎくる俳優として特集されはじめ、身体がいつも見られている人間特有の波動を纏《まと》っていた。

「たいへんでしょう。やたら拘束も長いよね。台詞ないのに」

学園ドラマあるあるを装って皮肉を言うと、「ウン。そういえば生崎陽もドラマに出てたね。

観《み》たよ。モデルが主演のやつね。「愛してる」って。ハハッ。言われてたでしょ。あれいつの撮り？」

「入学式の日。観てくれてありがとうございます」

「やっぱ生崎陽はああいうのじゃない作品で観たいな。まああれは主演の人があきらか緊張しすぎだったから、よく合わせた方ですわ」

「そんなんじゃないです。おれも誰かと抱き合う演技とか、元から全然できないんです」

「いや、あれで出来ちゃったら相手の緊張がさらに浮きまくるっしょ。相手の演技がまずい場合は受ける側がやたら上手いとますます現実感なんて消え失せるもんな」

「いや、だから、ほんとそんなんじゃないんです。お恥ずかしい」

「ふーん」

「演劇で大失敗してから、中途半端な演技しかできなくなったんです」

「演劇か。生崎陽はカメラが好き？」

好き。だけど、そう応《こた》えたくなかった。現実よりもカメラが好き。それをカメラの前以外で言うのはどうも「くさい」気がして。現実で言うべきではない本心は、たとえば親友にならカメラの前みたいに言える？　まったく馬鹿馬鹿《ばかばか》しいとかれは思う。

「好きとか嫌いとかないですね」

「おれは好き。カメラの前のほうが楽だからおれは幸せだよ」

「へぇー。すごいな」

「またまた。バラエティだって幸せ。生きてる〜って感じする」

「さすがですね」

竹下がいつものように、話を聞くだけの時にする表情になっていった。だれかが喋らなければわれわれの間は埋まらない。沈黙するにしてもうるさいこの時間を埋めるには真心を発するのがもっとも楽だった。

「おれは自分のことをカメラの前で喋るとかってぜったい無理。ほんとすごいですね」

かれはこれが笹岡に嫌われるべき発言だとわかって言った。

＊

笹岡はじっと生崎を見た。

かれは本心を言っているのに偽っている。

笹岡にはそれがわかる。偽りたいからこそ本心を言う。コイツはそういう人間だと、ほとんど喋っていないにもかかわらずわかっていた。川のほうへチラと目をやる。

ふと、奇妙な感覚に浸されている身体に気がつく。高校生たちと川の臭いが混ざってわかり、低い月のうかぶ空と川のあいだで風が動いている。ゆるくカーブを描く川の奥で、石にとまる鳥が飛び立つのを見た。人と喋っているときにこんなに風景が目に入ってくることはなかった。ただ言葉に、会話に、集中していて自分がどういう環境におかれているのか認識できていない。その、ふだん認識できていないということが急にわかった。混ざっていく。これは生崎がみている景色なのかもしれないと笹岡は思った。というより、生崎からうつっている。五感が？いや、もっともっと違う、べつのなにかが？

笹岡は笑い、生崎に言う。

「生崎陽はおれとは違うじゃん。演技のほうが饒舌《じょうぜつ》だから、そういうのしなくていいよ」

その台詞でかれらは同じように傷ついていた。

4

帰宅すると二十二時を十五分ほど回っていた。しずかに靴を脱いで玄関を上がり、手洗いを終えて嗽《うがい》をしていると風呂から出たばかりの沙耶《さや》が「おかえり」と言った。かれは口のなかの水を吐きながら「ばだいまー」というような声を出した。

「うわ、制服の尻きたな！　最悪」

「あー。最後のほう、河原に直でいったからな」

「陽くんもそういうのするんだね。なんか食べたい？」

「あるなら食べたいっすな」

河原で集まる前に、ファミレスで飯を食うグループに参加していたので夕食は終えていたが、いまは空腹だった。

「冷凍のクロワッサンでいい？」

「あざすー」

「三個いっとく？　二個？」

「うーん。三個いきたいっすね」

沙耶は冷凍庫からクロワッサンを三個取り出して、レンジにかけた。門限は二十二時なのだが、すこし遅くなってもとくに怒られたりはしないし、無断外泊や日付を跨《また》ぐようなことは起きえなかった。そこで一太《いちた》が泣き出したので、「あ、てきとうに食って皿は流しね。おやすみー」と言い一太をあやしに寝室へと消えていった。

かれはリビングで水を飲み、他人のSNSをチェックしながらクロワッサンが温まるのを待つ。赤ちゃんの声。寝て起きて泣いて、寝て起きて泣く。製薬会社で医薬部外品を商品開発していた沙耶が育休に入って一年半にもなると、まるで専業主婦の義母として接することに慣れきっていた。ようするに、なにもかも甘えきっていた。

クロワッサンを持って二階に上がると、妹が部屋から飛び出してきて、スマホを向けてくる。半ば予想されていたことだったのでかれはあざとくパンを咥《くわ》えたまま、毎日おなじ動きを五回はやっている、片手だけでできる振りつけで踊り、照れた顔を混ぜながら動画を見ている人々と目を合わせた。撮影が終わると、ふたりはしばし無言で立つ。

かれが美築《みつき》にたずねる。

「伸びてる？」

「伸びてない。陽オワコンやん」

「うるさ」

@血の繫がってない兄が尊すぎて死ぬのアカウントで映りはじめ、当初こそイイネが殺到したがいまではすっかり廃《すた》れている。その実とくに仲がいいわけではない義きょうだいの美築とは同い年で、父親が沙耶と再婚した六年前に連れ子同士として出会った。一太は沙耶に露出NGを出されているので映らないとして、それでも五個あるらしい美築の動画アカウントのうち兄死ぬアカウントでの投稿はじょじょに減ってきており、かれは気楽さと淋《さび》しさを同時に覚え始めている。父親といっさいの口を利かないといえ、この絵に描いたような幸せフィクションをうまく演じたい自分がいた。たとえ短時間でも、現実よりカメラの前で時間を送れるほうがよっぽど楽だ。

「風呂入ってこよ、陽のあとキモいから」

「だれがじゃ」

美築にはなにも言っていない。かれの母親は病死したものと思っている。

ようやく自室でクロワッサンを食べる。もう寝るだけ。体育祭も終わり、あとは期末試験を経て夏休みへまっしぐらというところで、順調に学園生活を過ごせていると思う。

甲本はどうなっただろう。どうせ大したショックは受けてないだろうけれど、自らの感情にむりくり没入し、うそくさい激情に嵌まりにいくようなところが甲本にはある。ようするに、自分の発言や行動で自分がよりかなしく惨《みじ》めになりにいくようなところが。

「もしもし？」

「陽ちょーん！」

甲本の元気だが悲嘆にくれた声がいきなり聞こえてくる。機械を通して、心の友よー！と言っている。それほどの関係性ではない。

「アハハ。平気？」

「平気じゃない、元通り友達でいてって、これまだ好きでいちゃうじゃん！　好きでいちゃっていい感じかな？」

「そう言われたん？」

「うん。慶具ちゃんに。ふつうでいよってて。でもそんなん、よけい好きじゃん！」

「だめだろ。好きをやめていきなさいよ」

「無理だよー。ハァー。あー、マジで、ハァーだわ。気まずいよね？」

「え？　なにが」

「だって、まだ六月よ。あと三年、クラスでも一年、顔を合わせるのに」

「あー、そゆこと？　そんなん、わかってたじゃん」

「わかってなかったー！　好き！ってだけ！　はわーカワイイ！　好き！　それだけ！　ああああ〜やばい、やばすぎ」

「マジか。アハハ」

「ああ〜、マジ、ああ！　でも、電話くれてありがとなぁ〜」

「たぶん慶具さんホントにふつうに接してきてくれそうだからさ、甲本もふつうに話すふりぐらいしてく方向でたのんますわ」

「ああー……、努力しまーす。はーい。はいー」

「おーす。またー」

クロワッサンを食べた皿を戻すために階下へさがると、父親が自室で仕事を、母親が寝室で寝かしつけを、妹が二階で動画編集をしているのが暗くなったキッチンからわかるでもなくわかる。

われわれがかれに教えている、とくに知らなくてよい情報、知ることのできない情報を選《よ》り分けもせず。見えるかれはいまはもうここにいない実母の死んだ場に生きているということで。皿についたパンくずをかるく水でながし、キッチンの灯りだけでリビングを眺めやると、意識が場に溶けていった。この家はかれが十歳のころに全面リフォームしてしまったから、こまかい記憶が揺れ動きこえをかけてくる。まず風呂場を玄関横からリビング奥に移動し、その第一条件を基に浴室だった場所を収納に、あらたな風呂場で狭くなった部分をキッチンカウンターを削ることで補ったりなどし、むかしはここにあったキッチンカウンターで死んだ母親が置いてくれたシャーベットを食べてしあわせだったこと。そのころは料理する母とテーブルに着く家族の目が合う構図になっていたが、いまはキッチンに立つ者は家全体に背を向ける。実の母親が自殺したのは風呂場で、酒と服薬をかさねての意識昏倒《こんとう》による溺死《できし》だったから、たとえ二束三文でも家を売って転居すべきはずだったがそのときにはまだ正式には義母でなかった沙耶がつよく反対してこの家はかたちを変えて残った。かれは、家を売ってほしかったのか、残してほしかったのか、それこそいまだに「おもえない」。だからかれがおもうことはわれわれがおもうこと、われわれがかれにおもわせることでもある。わからない、自分だけの身体ではなにも。W不倫で自殺、子連れ同士の再婚、周辺住民から受ける嫌がらせ、そうした安いフィクションが現実として押し寄せてくると、かれは「私」という単位ではどう振る舞えばよいかわからず、そもそも素直な感情というものが消えうせた。いまではそんなのもすべてフィクションで、幻とおもう。素直な感情、おもったままの言動なんて。

子どもの頃にしていた子役の仕事を思い出したのは、実母が亡くなって三ヶ月がたったあたりのことだった。

かれがまだ乳飲《ちの》み子だったころ、赤ちゃんを百人集めるバラエティ番組の企画に参加した。亡くなった母親の友達がアシスタントディレクターをつとめていた番組に頼まれて出たテレビで、母親はなにか勘違いしたらしく一時期積極的にかれをカリスマ赤ちゃんにしたがった。十人並みのかわいさしかない赤ちゃんだったかれはしかしカメラの前で大人しくも楽しげだったようで、養成所に大金を払い断続的に使われているうちに幼児モデル、子役俳優とステップアップしていった。だがそのうちにアルコールに溺《おぼ》れはじめた母親から当初の熱量は消え失せ、自然消滅のような形でかれはふつうの小学生に戻った。

「陽くんはカメラすき？」

「すきー」

そんな会話を思い出す。正式に義母となった沙耶にお願いして元いた事務所に連絡をとってもらうと、再所属は難しいがべつの事務所を紹介すると言ってくれて、いまもそこに所属している。

母親が自殺し、葬儀のあとにはすでに沙耶の姿があって、「初めて会った頃は、すごい変なしゃべりかたの子どもだと思った」と後に言われることになるかれは当時、沙耶に異常な甘えかたをした。実母にさえどちらかというとドライな子どもだったというのに、沙耶の買い物に置いていかれただけで泣いた。美築ばかり構われていると思い込んで拗《す》ねた。そうした記憶は斑《まだら》になっていてうまく時間の線を結べないが、沙耶や美築との関係は程なくして落ち着いた。とくに一太が生まれてからは一家に安定感がいや増したが、実の父親とはいっさいの口を利かずにかれは生長していく。

演技の仕事は楽だった。まず映像として記憶が残る。自らの意思や選択が時間経過を左右せず全てはカメラの前で奴隷の時間のように流れていく。朝に現場に入って気がつけば夜という日がざらにあり、生崎でいなくてよい役の名字と一緒に過ごす時間は世界がうつくしく感じられ、やたら撮影中に見た風景ばかり覚えている。自分自身の目で見た世界はことごとく汚くて淡い。どんな役でもいい。生崎の社会的身体でなければ。どんな役でもかれが現実に体験した実母の自殺よりは「おもしろい」。ありえない荒唐無稽《こうとうむけい》のフィクションでかれが少女強姦《ごうかん》者だったときも、転生した主演の恋人役だったときも、自分のものよりよほど世界はおもしろく美しかった。ひとのつくった物語のなかに生きているほうが楽で居やすい。人生はキモい。しばらくしずかだった家にふたたび一太の泣き声が聞こえはじめて、抱き上げる沙耶のあやす声が追いかける。かつてこの家で自分が赤ん坊だったこと。かれにその記憶はないけれど、われわれは覚えていて、かつて風呂場だった場所に収納される「いらないもの」の声が聞こえる。

赤ちゃんをあやして抱きしめ、離乳食を先っちょにのせたスプーンを二十往復も含ませる、その口がまだ言葉を知らない。沙耶が睡眠不足と荒れた家に疲れきり、うんざりした顔でこなしている一太の食事シーン、かつて自分もそうされていたこと。思い出せない「私」のことを、埋めるように他者が補ってくる。しかしそうした記憶を補いともに生きる私のなかの他者が怖い。一太が怖い。かつてかれもそうだったことを教え、ない記憶を擦《こす》ってくる毎日の連続が、記憶を補ってより強度の濃い「私」を押しつけてくる。

「変なしゃべりかた？」

沙耶にベタベタ甘えることもなくなり、内心はどうあれだいぶ関係が落ち着いてきた頃に、かれはかつての自分のことを訊《たず》ねた。

「うーん。まあ、あんま覚えてないけど妙にマセてたね」

「どんなしゃべりかた？　なんか演技の参考になりそう」

「ええと、そうだなあ。ちょっと女の子っぽくてね。あと言ってる内容が、マセてるというかね、ちょっとそれも変なマセかた」

「えー。想像できんな」

「あ、小説とか映画のさあ、ナレーション？　みたいだったかな！　あそうだわ。なんか、あるじゃんあなたの台本でもト書きとナレーションの部分に書いてある言葉。なんか子どもらしくないとかそういう感じじゃなくて、そもそも台詞というよりアレみたいだったんだよね」

期末試験前にふさわしい暗さが二時間目の教室に広がっていた。花倉、池田《いけだ》、笹岡の三名が欠席しているクラスの窓外から、プールの授業を受けているらしい声が入ってき、熱とともに侵入する歓声と蟬《せみ》の音がかえって教室内のしずけさを際だたせた。タオルを首にかけた生徒がノートをしめらせながら板書を取り、数学教師の声が生徒間を縫って後方の連絡掲示板まで届く、反射して戻ってくる。花倉は今日保健室登校をしているとクラスの全員が知っていた。われわれが花倉を排斥しているとわかっているようないないような、あいまいな認識をあそばせている。とくになにか、無視をしたり暴力を浴びせたり恣意《しい》的に目立たせるような事件が花倉に関して起きたわけではなく、スポーツテストで貧血を起こした以外にわれわれが花倉を、よくもわるくも認識するようなことはなかった。けれど、最初のころに想像されたなにかしらの難病や体質の関係で席を空けているわけではない、花倉はわれわれになじめないのだと、われわれが花倉を場になじませないのだと、何人かの意識が合わさればようやくそう理解される。わ笹岡は二日連続で欠席していた。その前日も一時間目が始まる前に病院へ行ったきり早退していったから、クラスはもう四十八時間以上笹岡を欠いている。本来は芸能クラスのある高校へ進学してもいいはずの笹岡だったが、家が生活保護だから普通校へ来たのだと、バラエティ番組でもカットされるような内実をみんな知っていた。その笹岡にわれわれはいよいよ集団感情を形成し始める。なんとなく、気味がわるい。なんとなく、敬遠したい。そうした排斥が場に馴染み、床に椅子の擦れる痕《あと》が刻まれるみたいにわずかずつ定着していった。

この三日前に事件が起きた。隣のB組から急に悲鳴と喚声が響いてくる。ホームルーム前にA組の生徒が雪崩《なだ》れるようにB組の廊下へ野次馬に行くと、男子生徒が化学教師を殴っている。男子生徒の名は向《むかい》という。化学教師はすでに意識があるやなしやの瀬戸際に立っていて、向を鋭く見据えることはできているが声は血を伴って明瞭に発せない、教壇の段差に肩を預け、顔を向の方向へむけたまま眼鏡に血が付いていて、赤黄色い指紋がレンズと顔にベタッと映っている。向は右拳のみでくりかえし化学教師の頬骨《ほおぼね》あたりを殴っていた。

周囲は騒然としていたがどこか静まりかえっているようにも見えた。だれも止めることはできず、別の先生を呼びに行く生徒の他はただ事態の行く末を見守り、向の身内とおぼしき男女の三人ほどが動画を回している以外は突っ立って眺めているという状況だった。A組の生徒は廊下側の窓から、B組の生徒は教室の端に散り散りに位置しながら。

きっかけはよくあることだったという。毎朝教室のコンセントにヘアアイロンのコードを繋げ、温めているあいだにBBクリームを塗っていた向をたまたま通りかかったB組の担任ではない化学教師が見つけ、注意に入った。

「なにしとるんだお前は、その顔でなにを堂々と校則破ってくれてんの」

向は口応えなどを挟むことなく化学教師を殴ったという。キレてはいたが、どこか冷静でもあって、自分がどういうコトを起こしつつあるのか、わかりながら殺すつもりで殴っていた。向は中学まで空手道場に通っていたが、高校では部活にも入らずただブラブラしている。

するとどこかから、

「ヤメロー」

という声がした。声は教室内からではなく廊下から聞こえた。笹岡だった。すこし静まりかえったあと、もう一度「やめてくれ」と言った。そして向を止めるべくゆっくりと歩み寄る。B組の教室内にいた児玉司が笹岡に抱きついて止めた。しかし笹岡は児玉をふりほどき、「ヤメロー、やめてくれ」と、一度目に言ったそれとまったく同じ台詞を言った。向の前に立つと、三度目の「ヤメロー、やめてくれ」を言った。

それを眺めている生崎はフッと、息を吐くように目の色が沈んだ。演じるときになる身体みたいに、この場にボけていく、風景に、歴史に、この教室の温度や質感に、この身が引いていくみたいにふと。

気がつくと意識が向になっていて、「なんだテメエ」と生崎が呟《つぶや》いた。しかし現実の向はなにも言わずに笹岡を殴った。顔を庇《かば》う笹岡の姿勢は滑稽そのもので、リアリティがありすぎるゆえに物語としてはつかえないタイプの身体ぶり。向も笹岡の意に沿うように腹を殴った。体勢の悪さもあってその打撃はあまり効果を上げなかったらしく、しかし利いたふりをした笹岡の演技が向の逆鱗《げきりん》に触れた。笹岡の髪の毛を摑《つか》んでホワイトボードにおしつけた向は、笹岡の腹部に膝と拳を十数回叩きつけた。

いいぞ、もっとやれ。もっと、もっと、もっと！　我を失いかけて生崎はますます向と同体した。意識が協調しかける身体が、否応《いやおう》なくちかしくなっていき向と生崎の境界がぼうぼうと薄くなった。

「なんだてめえ。生意気なんだよ。は？　なんのつもり？　はあ？　死ねよ。死ね！」

向が笹岡を殴るに合わせて、生崎が声をあてる。しかし現実には黙ったままの向が、一向に笹岡を殴り止めないのをまるでオリンピックを見ているかのごとき気分で興奮していた。

笹岡が胃の内容物を吐瀉《としや》すると、ピンク色の混じったそれをまともに見た有村《ありむら》が、教師たち数人の到着とともに騒ぎが収まって教室に戻る道中に「あいつ朝食パン派な」と言った。ウケをとりたいのかどうかもわからないトーンの声がやけに場にひびき、完全に聞こえたからこそだれも反応しなかった。駆けつけた学年主任が車を手配して化学教師と笹岡を病院へ運び、A組とB組の担任が血と吐瀉物をモップでさらう、その手伝いをしたのはB組の児玉とA組の竹下で、あとのものはヒーローのように殴られた笹岡をどちらかというと嫌悪した。

それから三日経った。ずっと教室はしずかなままだ。声が響きうるさくても、英語教師の披露するエピソードトークに沸《わ》いていても、グループLINEにgifで共有される推《お》しのサービス動画に熱狂していても、起きる出来事に場が動揺せず、影響されない毅然《きぜん》としたしずけさがクラスを覆っている。笹岡を遠ざけると同時に笹岡を待っている。どこかしらイライラしている。人生のハッピーや不幸と関係なく、じっさい部活で練習試合に初起用された生徒、夏休みに海外旅行へ行くことを知らされた生徒、昨夜親に虐待され腿《もも》に火傷《やけど》を負った生徒、父親の地方赴任に伴って転校するか母親と居残るかの選択を迫られた生徒、などこの教室の中にも様々《さまざま》いるのだが、それぞれの情緒に関係なく、場がそれを十全には表現させない。そして教室はわかっている。そろそろくる。

数学の授業が終わりかけた十一時前後に、笹岡は教室に入ってきた。到着するなり机に突っ伏してしまったが、数学教師はなにも言わずチャイム前に授業を終えた。

休み時間になってもいままでにないほどにしずかなままだった。伏せた笹岡に竹下が近づいてなにごとかを話しかけている。

「だいじょうぶ?」

聞こえないが、そのようなことを言っているのだろう。しかし笹岡は顔を上げず、竹下は退散する。もうすこしやり取りしなければ、場が動かないよ。そういう態度をとるにしてもさ。

「うるっせえ。放っといて」

「うん、でも、」

「ほっとけや！　眠いんだよ……とにかく、どっかいけ」

われわれはそうしたやり取りを捏造《ねつぞう》したが、笹岡は突っ伏したまんま、しかし次の授業が始まるとふつうに復帰して、それからとくに変わった様子を見せるようでもなく教室はいつも通りに戻った。とどこおりなく授業は進み、途中で英語教師が「おっ笹岡、来たな。だいじょうぶか？」と言った。

「あっハイ。ご心配おかけしてすいません。みんなも」

場は和んだが、感情はよりざわついている。いずれにせよしずけさは止んだ。われわれは明確に笹岡を排斥しようとしている。苛めや無視ではなく、ただ排斥しようとしている。竹下でさえ、その意識に加わって、さっきまで顔を机に伏せていたのに急にハキハキし始めた笹岡がどことなく「くさい」。

向には停学処分がくだされた。B組を通りすぎる際に、教室の奥の奥から「向はほんとはめっちゃ優しいヤツ」という声が聞こえた気がした。あんなに絵になるように笹岡を殴ってくれたのだから、たしかに優しいヤツなんだろうと生崎は思った。

笹岡が復帰した直後の昼休みに、「生崎くんも、カラオケいく？」と及川から声をかけられた。

「え？　カラオケ？」

「うん。テスト勉強を兼ねて、歌ったり勉強したり」

「えーすご。それ、集中できる？」

「なんか、ぶっちゃけ個人差あるからオススメはしづらいけど、向いてるひとは向いてる」

「へえー。おもしろそう」

「結果がわるくても責任とれないけどね」

「それ甲本も誘っていいヤツかな」

「あー。うーん、いいんじゃない？　うん。むしろいいんじゃない？　甲本くんさえよければ」

及川の返答で、慶具も来るらしいことがわかった。

＊

自分の吐いたそれを信じられないような目で眺める笹岡の、意識がフワーと波うって、身体としては苦しい痛い吐きたいの渾然《こんぜん》でしかない、その極限状態だからこそ、あとで回想して変な気分になった。腹部を殴られる、子どものころしたごっこ遊びでかるく同級生の拳が触る以外にしたことのない経験を、漫画やテレビのなかのことのように経験すると、まったく信じがたいアクロバティックが現前したかのようで、笹岡はフィクションの重みを腹で受けて胃のなかの現実を口から吐いちゃった、そのような異常感覚に陥り這いつくばっていた。すると聞こえてくる、どこかで聞いたことのあるような声で。

「なんだてめえ。生意気なんだよ。は？　なんのつもり？　はあ？　死ねよ。死ね！」

それは厳密には声ではなかった。騒然とした教室の熱はすこし引き、向も教室を出てその場から消え、ただ笹岡とその吐瀉物をもて余している一瞬に、呼吸に集中しゆっくり五感が戻ってくる。すると雪崩れ込んでくる意識があった。自分の吐いたものを見る。朝食べたパンとそこに塗ったブルーベリージャム、咀嚼《そしゃく》した今朝のその時間がこの場に戻っていくみたいに、視界がおかしくなって赤橙色のゲロの表面がふつふつと煮沸《しゃふつ》されるように膨らんでいき、なにか訴えてくる。この場にいないものもここにいる。教室という歴史だけではなくて、家や土地という歴史だけでもなくて、過去や未来に跨がってここにいるものがここにいるということ、笹岡はいま暴力により空にさせられた胃からわかるような感覚でわかった。苦悶《くもん》がなくなったら即座に忘れるような理解だった。

　まず生崎は性格が悪く、この場のぜんぶを呪っている。気楽に仲良くなれるような魂ではない。なにかが見えている。それを才能といってもいい。他の人が見えないものを見ている。ここにいないものに影響をもらって、どういう作用か知らないが演じるちからに変えている。

「おれ」はきらわれている。にくいんだな、おれのことが。笹岡は暴力を受けた向からではない憎しみを身にうけて、ふたたび胃の内容物を吐いた。中身のない臓器から、少量の水分と血の混じったような赤に輝く唾《つば》を吐いて、茫然《ぼうぜん》とする。そして、あらためて周囲を眺めた。

　距離をおいて眺めているわれわれをみた。

　初夏の湿気と温度が渦巻くように教室の中心を探す、われわれの髪の毛のなかで憩《いこ》い、眠くさせる風。暴力に動いた机が個々の役割を失ってくっつき、そのいくつかは中身の教科書やノートを吐き出して床に落とした。廊下にいっぱいのクラスメイトと、合流する暴力が大好きなわれわれが、生存や土地に縛られる笹岡と吐瀉物を眺めてさわいでいる。生崎はそれらを認めてうるさい、しずかにしてほしいから浮かない顔で、だけど笹岡が憎い心がよろこんでいる。

おまえはいつもこんな見方で世界を見ているの？

瞬間の理解が押し寄せるごとに、殴られた腹部からぎゅっと込み上げる苦しみがフェイントして忘れる。だが、笹岡はこの日生崎の呪いの一端を、この場を見るそのちからのありかたを初めて理解して、とてもきもちわるい……

もう二度と、親しみなんて感じてやらない、と思って教師の車に乗り込み、内科を受診してレントゲンをとった。骨や内臓に損傷はなく、しばらく安静にしていれば元に戻るということだったが、厳密には暴力を受けた身体は元に戻るのではない、暴力のある世界で見る場を受肉して、変容しつぎに腹を殴られたら筋肉や内臓は覚えているから前回ほど甚大なダメージを受けない。

II

1

水壁のような雨がふっていた。街行くだれもが予期していなかった通り雨に戸惑い、各集団は距離をほどいて徐々にバラけていき、傘を持っているものすらそれを開く前にめいめいに走り出していた。ふくらみながら駅へ向かっている、人にぶつかってははぐれていき、いつしかサヨナラもなく意識もあいまいなまま別れた。かれは電車に乗って最寄り駅までの三駅を、髪の毛から滴《しずく》をしたたらせ踝《くるぶし》まで濡らしながらすごしている。

カラオケ勉強会は、参加者の全員がそれほど楽しく感じているわけではなく、また勉強が捗《はかど》るわけでもないのに、ふしぎとつづいた。だれかが見つけてくるカラオケボックスのフリータイム底値は連日更新され、テスト前から試験期間中にいたるまで国分寺《こくぶんじ》にあるカラオケボックスに、何人かのメンバーで集まった。そしてグループＬＩＮＥで人数が募られるカラ勉メンバーは日に日に増えていき、多い日で十一人もの人間が歌ったり、勉強したりして過ごした。さして有意義でも楽しくもない時間を肯定したいがために、参加者はよく勉強したのでおしなべて中間試験より順位が上がった者が多かった。

立川に戻っても水壁の雨はつづいていた。ビニール傘を買う金を惜しんでスマホで天気予報を調べると18－19時台には降水確率が10％にまで下がるらしく、その時間までホームの待合室でやりすごそうと決めた。

横開きのドアをあけて室内に入ると、外よりも湿度が抑えられすこし息がしやすかった。梅雨の終わりに夏のスコールが混ざったような空だった。雨に阻まれて一センチ先も見えず、現実が融解してほどけ、それに応じて友情がバラけていくみたいに、これ以降カラオケで勉強しようと言い出すものはひとりもいなくなる。ホームにぶつかる雨粒のひとつひとつがでかく、破裂するそのスローモーがくっきりと目にとまるようだった。プラスチックの壁を一枚隔てても響く雨の音が気持ちを落ち着かせる。もうすぐ一学期が終わる。とくになにもしていない。すすんで取り組んだことと努力したことなどかれにはなにもなかった。しかしなにかしらの怒濤《どとう》をこなしたあとのような疲労が、なぜだか身体のどこかに燻《くすぶ》っていた。

「雨、止みますかね？」

突然話しかけられ、ぎょっとした。横にいた、児玉司だった。

「わ、ビックリしたー」

「ごめん。すごい近かったからつい、話しかけてみた」

「ごめんなさい、ぜんぜん気づかなくておれ」

「うん、気づいてないなーっておもってた。車両もいっしょだったんだけど」

「声かけてくださいよー。もー」

期末テストが終わったお疲れ会のような形で集まった今回のカラオケに、児玉が初参加していることは知っていた。さりげなく距離をはかって、なるべく話さないよう努めていたのだが、最寄り駅の待合室で自分から近寄ってしまっていた。

「児玉さんも立川？」

児玉は最近髪を切って制服でもないブレザーを着ていた。かれや笹岡よりすこし背が高い。聞きはしないが、笹岡と付き合っているのだろうと思っている。わざわざ聞かなくてもよいというのと同時に、わざわざ聞いてやるものかという気分でもある。

「ウン。生崎くんも?」

「そうですよ」

「うわー。敬語やめてー。めちゃ生崎くんっぽい」

「なんすか、てか、なんなんだよ!」

「なんなんだよ?」

「ごめん。敬語からしぜんにタメ口にいくパターンがむずい」

「下手すぎてビックリだわ」

児玉に対して強い悪感情はないけど、笹岡に繋がってしまうかもしれない部分が面倒で、あまり仲良くなりたくはない。へんな鋭さをアピールしてくるのも苦手だった。案の定、児玉は日常会話からシームレスに、「ねえ、樹がめちゃくちゃ殴られてたとき、生崎くんなんか呟いてたでしょ?」と言うのだった。

「樹?」

「笹岡樹。あれ、なんだったの?」

「え? 呟いてた?」

「半月前、向くんに樹がめちゃくちゃ腹パン食らって吐いてたときだよ」

「ああ、あんときね。おぼえてない。呟いてた?」

「「なんだてめえ。生意気なんだよ。は? なんのつもり? はあ? 死ねよ。死ね!」」

「はあ？　そんなの呟いてないよ」

「呟いてたよ。わたし、樹を止めに入って振りほどかれたあと、生崎くんのすぐ横にいたの、覚えてない？　けっこうはっきり聞こえたよ」

「ゴメン、まじ覚えてないけど、じゃあ呟いたかもしれない。ゴメン。すげえ悪いね」

かれはほんとうに覚えていなかった。しかし呟いていたのかもしれないと思う。

一瞬ドサッと雨音が増し、その量に驚いて放心したあとで意識が戻ると小降りに変わっていた。そこで席を立つべきだったが、立てずにいる。

「生崎くんは、夏休みとかなんか撮影あるの？」

「あー、うん。いつも誘ってくれる、常見《つねみ》監督が撮りたいって言ってるから、出るかも。端役《はやく》だけどね、たぶん」

「あの監督の作品、すごいおもしろいね。樹にすすめられて全部むりやり見させられたけど、どれも好き」

「なんで？　上映館あった？　ソフトにもなってないし」

「樹がだれか関係者に頼んで、Vimeo のリンクもらってた」

「そうなんだ。はあー。恥ず。でも、観てくれてありがとうございます」

「もう、仕事はそういう映画だけ？」

「はあ、まあ誘ってもらえたらやるけど、もう子役枠とかじゃないし普通の高校生だし、将来俳優になるとか、そういうつもりもないし、オーディションとか出ても受かる気がしないし」

「俳優にならないの？」

「ならないよ。演技もべつにうまくないし、とくべつドラマや映画が好きとかでもないし」

「ふうん」

「なんか、なんでかわかんないけど、自分がそういう世界で到底うまくいかないってことだけはわかった」

「なるほどね。世知辛《せちがら》いね」

すこし笑った。プラスチックの汚れを吸いながらベロベロと垂《た》れていく待合室の透明な壁の向こうで、ポプラの木の枝葉に溜まった水分がどかっと落ちた。

「あ、じゃあそろそろ」

「樹はスターになりたいと思ってるかなあ？」

同時に言い、しばらく黙った。じっとしていれば重なった台詞をほどいて児玉が解放してくれるはずだった。しかし児玉はこっちを見たまま帰してくれない。くさいなあとおもう。すごく苛々《いらいら》した。

「さあ。おもってんじゃない？　自分を売って当事者性をアピールしてるじゃない」

「当事者性？」

「不幸ですよー。消費していいですよーって、テレビで言ってるじゃない。スターにでもならなきゃ割に合わないんじゃない？」

「ハハハ。その実、ぜんぜんそういうの興味ないらしいんだよね樹は。人気になりたいわけじゃない。生崎くんにはわかりそうなもんだけどね」

「どうかなあ。わかりそうでわからん、わからんようでわかる、どっちでもあるかなあ」

立てずにいるベンチで、居心地わるく貧乏ゆすりをしている、そのことをかれは自覚している。しかし苛だちのアピールとかではない。わからない。先ほどからのこの湿度がごとき気持ちわるさに、身体のほうが嵌まり込んでいる。

「半月ぐらいね、あれってなんだったんだろうって、考えてたんだけど、樹が向くんにめちゃくちゃ殴られた事件」

「笹岡はかわいそうだったね。向くんも期末テストから復帰してべつに問題行動を起こしてる訳じゃないって聞いたし、高橋《たかはし》先生も問題なく職場復帰して、まあ何事もなかったようにはなってるね」

「どう？　生崎くんは、あんなこと呟いてた当人として。半月後の感慨」

「感慨？　覚えてないっすけどねえ。でも、まあヘンな気分ではありました。笹岡がなんか同じこと、くりかえしてましたよね、あんとき。向を止めに入ったとき」

「やめろ。やめてくれ。って言ってたんだよ」

「ああ、そうだそうだ。思いだしてきた……。そろそろ先生方が来るんじゃないかってときにとつぜん、「ヤメロー、やめてくれ」って、二回、いや三回言った」

児玉はすこしギョッとしてかれを見た。

「いまの、すごい似てた」

「止めて。思いだしただけ」

「わたしもめちゃくちゃ思いだしたもん。あんまり似てたから。思いだす以上に思いだした」

「なんなのそれ」

「ふつうに思いだすよりもっといっぱい思いだしちゃった、みたいな。思いだしすぎて身体とか情緒が耐えきれないやばい、みたいな」

「さらになんなの。とにかく、なんかくさかった。芝居がくさいってよく言うでしょ。そういう、くそドラマを見ているみたいな気分になってて。だって、「ヤメロー、やめてくれ」って、どんな棒読みだよって思っちゃって」

「それは、ほんとに「ヤメロー、やめてくれ」って思ってたからじゃん？」

「え？」

「ドラマじゃないんだもん。現実なんだもん。だからね、くさいのはわれわれのほうだったんだよ。演技してたのはわれわれ。樹じゃない」

気づいてしまったことを、一時間、一日、一ヶ月、一年、三年とだらしなく先送りにしていくみたいに、とぼけているときと雨が上がったホームが乾いていく経過がはっきりと身体にうつった。水溜まりを踏む親子の倦怠《けんたい》が目から入ってきて、月の浮かぶ空に視界をあげた。戻ってくる感覚がもう一時間も座って会話している腿にたまる痺《しび》れを悟り、しめったズボンから濃い雨の臭いが立ち上ってくる。時間が身体にかえってくるようだった。

「向くんも高橋先生も、撮影してた子も傍観してた子もわたしも、生崎くんも、みんな演技してたんだと思うよ。それはあのときたまたま濃かったけど普段からそう。高校生であるとか、教師であるとか、ヤンキーであるとか、そういう演技をしていることが、樹がぜんぜん演技をしなかったことで、あの瞬間に露呈しちゃったんじゃないかって、思ってるんだよね。だって、ほんとに「ヤメロー、やめてくれ」って思って、そう言ってたんだもん。そんなひとがあの場に他にいた？」

＊

寝返りを打つとピーカンの光が目に飛び込んできて痛い。カーテンの裾から漏れ入る陽射《ひざ》しで目が醒めた。寝ぼけたまま布団横のカーテンを開ける。アパートの共有部分に生えている欅《けやき》の木の葉に溜まる光が輝き、緑と銀色が高速に入れ換わっていた。窓のサッシにたまる黒い埃《ほこり》で日常を思い出すと、身体中にうっすら膜をはるような汗をかいている。そして今日の予定を思い出した。晴れていたら校舎でロケ、曇天だったらスタジオで撮影と言われていて、LINEで送られてきた香盤表《こうばん》を見るまでもなく前者とわかった。

襖を開けて台所へ出る。白湯《さゆ》として飲むための湯を沸かしていると父親が起きてきて、まず母親の排泄《はいせつ》の介助をしている。糞尿のたまったオムツを捨て、尻や性器の周辺を拭《ぬぐ》っている様子が、隣室から聞こえてくる気配でわかる。そのうちに台所へやってき、二重ビニールにくるまれた汚物一式を捨てて手を洗っている、するとトーストの焼き上がりを報《しら》せる音が鳴った。

「またパン一枚！　まったくもう」

大麻取締法違反の罪に捕まって出てきたあとに、母親は健康と自己同一性を、父親は性格を失っていた。少なくともマリファナ栽培と薬物パーティー以外では酒も煙草《たばこ》もギャンブルもやらず会社勤めに埋没《まいぼつ》していた父親は大人しく優しい人物という印象だったが、出所して快楽物質と縁を切った今のほうがむしろ常にアッパーでいる。

「心配だな！　せめてお惣菜《そうざい》のひとつでもつけ足しな、ってばよ〜」

「うるせえバカ」

部屋に戻る。カラッとあかるい部屋の窓を開け放し、家中にこもる腐臭を混ぜこぜにしていると、汗が乾いて気持ちよくなった。畳の表面にのびる早朝の陽が多角形をおりなしてあかるい。演技をしているときには景色は見えない。けれど、こうした日常に溜まった、身体に溜まった風景のゲージを、演技する一瞬に解き放っているような感覚がある。そして記憶のない三、四年の、どこにもない景色のこと。重なっていく。演技をしているときの景色のない身体、ネグレクトされているときの景色のない身体、それでようやく見える日常の景色とそのかがやき。安いドラマに全部あげてしまったかのように、明け渡した物語が記憶のない数年を証《あか》しえない。要《い》らない「おれ」をだれかが引き取って、きっと世界のどこかでフィクションにされてしまったのだと、へんな確信が身体にしまわれている。トラウマと言われＰＴＳＤと言われいなくなったかわいそうなおれの見た景色。奪われた五感や感情を、どこか遠くでだれかが演じている。かれがいま、どこにもいない登場人物をドラマのなかで日々演じているみたいに。夏休み初日の朝。

やけに体調がいい。向に殴られて教室に復帰してから、ずっと苦しかった。無視をされているわけではない。殴られたりからかわれたりもない。ただ、適切な距離をつねに置かれている。自分の勘違いかもと、ひいては自分が悪いのかもと、納得できてしまう程度には穏当な。そして生崎陽に呪われていること。すべて知ったいまでは、なにも信じられなくなり、かれは学校に行きたくなかった。しかし仕事でどれくらい欠席してしまうかわからない状況で、できるだけ成績は落としたくない。その一心でなんとか学校へ行った。二学期以降のことを考えると気が重かったが、しかし撮影のある夏休み初日の朝にかれの気分は劇的な改善をみた。リハビリを経た筋肉がかえって可動域を増すかのような好調で、以前より見えるようになっている風景に気づく。

教室でじっと黙っている。だれとも目が合わない。窓の外を見ていた。この七月前半のあるようなないような記憶。その教室で見ていなかった景色ごと重なるように、層の厚い風景をいま見ている。隣のB組の教室で、自らの吐瀉物を目前に見た、あの瞬間に超越した。

撮影現場の知らない学校に直接向かうと校庭に数台のロケバスが待機しており、そのなかで着替えを済ませすぐに登下校シーンをまとめ撮影した。何度も登校、何度も下校。重ねるごとに友情が深まっていくビジョンを肯定すると、カメラが撮っているときだけほんとに共演者の身体につもる情が見える。台詞がない分よけい、歩く動作や視線に友情を感じてしまって、いつも思うのだがこっちが現実だったらすごいことになる。喜怒哀楽のすべてが連なりすぎて、人間として浴びるには過剰な時間が二十秒のシーンごとにこもってしまうから。ブレザーの中が汗ビショになっていて毎回冷えたタオルをくれるADさんに演者たちは元気な御礼を言う。日傘をさしてついているスタッフが捌《は》けるとよーいスタートの声がかかって、季節ごと捩《ね》じ曲げるカメラの前だけの日常が始まる。いまは秋だった。

ロケバスでだれかが差し入れてくれたアイスを食べて待機していると、昼寝している演者とマネージャーとおぼしき男性が通路を挟んだ斜め後ろに座っていた。空間に頭をハミ出して寝ている演者の顔を覗き込む。助演の葉賀三姫《はがみき》だった。うすぐらいロケバスの中で、電話をしているマネがかれに気づいていない。

「ええ、ええ、その日は出順どうだったか、ちょっとメールを確認しないことには、でもいずれにせよハイ、ハイ」

そして電話が長引くと判断したのかタレントを起こさないようにするするとロケバスを出ていき、その直後に葉賀は目を開いた。カーテンの外をチラッと見、スマホをチラッと見て、まだ待機が続くようだと判断すると、周囲を見渡してかれの存在に気づき会釈《えしやく》をしあう。2リットルペットボトルを潰しながら水をぐいぐい飲んでいた。

「葉賀さんですよね？　話しかけても大丈夫ですか？」

もう話しかけているのだが、かれは通路を挟んだ位置からなるべく一言一句ハッキリ言うように心がけている挨拶《あいさつ》をした。

「おれ笹岡っていいます。いきなりすいません」

「ハイ知ってます。笹岡樹さんですよね、こんにちは」

「こんにちは。ビックリさせてごめんなさい。きょう暑いっすねえ」

「ほんとですね。なにもこんなに晴れなくてもって」

「ですね。葉賀さんって、なんか格闘技やってるんですか？」

「あっハイ。いちおう、キックボクシングを」

いま撮影しているドラマの一話目で葉賀は素手《すで》で幽霊を殴っていた。そうしたトンデモシーンでも葉賀のたしかなボクシング技術によって謎のリアリティが出現し、検索してみたらたしかに本格的な格闘技経験を売りにして活動している俳優と知ったかれはずっとあわよくば話しかけたいと思っていた。

「すごいですね！　一話のシーン、やけ恰好いいなとおもって見てました。なんか、謎の説得力あって」

「ほんとですか！　うれしい〜。あれ大丈夫だったのかなって、めっちゃ心配だったんです」

「マジマジ。おれこないだ学校で腹殴られて、すげえキツかったんです。それから、なんか格闘技の動画すごい見ちゃってるんです」

「え!?　お腹って、どのあたりですか」

「ここ、ここ、このへん」

笹岡はボタンをとめていないブレザーの、鳩尾《みぞおち》からしたのあたりを指で丸くしめした。吐いたことまで言うと本格的に引かれてしまいそうで言わないようにした。

「ああ、そこだと胃とかですね。苦しかったでしょう」

「ウン。めちゃヤバかったです。しばらくポカリしか飲めなくなっちゃって」

「ヤバ。喧嘩《けんか》ですか？」

「ウーン……なんかいまでもよくわからないんだけど、まあ絡まれた？　みたいな感じかな。でも初めての体験だったから、なんか感動した！　みたいなとこもあって。ほんと格闘家ってすごいですねえ」

「私たちでもそんな食べれなくなるようなことはないですよ。よっぽどそれって」

「そうなの？　でも、ボディ攻撃っていっても色々あるらしいですね。脇腹とか？」

「そうですね。右側とか打たれると、レバーブローっていって、苦しいというより痺れるというか、身体がフニャッて力が入らなくなる独特のキツさがありますよ」

「へぇー。やばそうだなあ」

「こんどやってあげましょうか？」

なんかヤバい。ニヤニヤして応えずにいると、スタッフの何人かが戻ってきてこちらを見た。なにかしらの誤解で現実が面倒くさくなるまえに、「ハハッ、ぜひー！　じゃあまた」と言ってロケバスを出ようとした。ところが葉賀はついてき、「もし格闘技に興味あったらまた話しかけてください。私の行ってるジム、あ、ただしくはキックじゃなくてムエタイジムなんですけど、フィットネス会員とかもいないからほんとに格闘技に興味があるならオススメですよ！　めちゃ汚いけど。じゃ」と言って折り返し、戻っていった。

正午には完全にバラされる撮影隊は、にぎやかな活気とともに校庭を占拠する。走るシーンを撮り終えた主演の頭からたちのぼる湯気が、急上昇する外気と溶けあい消えていく。雲と土のあいだで高校生らの身体が熱されるつめたい飲み物や小型クーラーで冷やされるを百回くりかえす。殴られて吐いた記憶が先ほどからチカチカと身体で点《つ》いたり消えたりしている。知らない校舎が見せてくる青春を演じるかれらは先が長い。生きていく先が大半の大人たちより長い。まだドキドキしていた。ドキドキというよりゾクゾクしていると表現したほうがしっくりくるかもしれないこの昂りは、芝居としては演じ分けられずおなじ身体になる、だからこそ混ざってより強い演技になってしまうのかもしれなかった。

2

夕方になると床が軋《きし》む。かれの知らない家、知らない庭、知らない壁にこもる歴史だった。開け放たれた窓は背の高さをゆうに越え、カーテンの膨らんでは萎《しぼ》む動きに合わせて風が入ってき、足裏がだいぶ熱く床はつめたい。そうした気持ちよさを探すようにヒタヒタ進む歩き方をこの家でもう十数年している。そういう、いくつもの嘘の記憶を探していた。ちらし寿司や海藻サラダ、唐揚げに筍《たけのこ》の水煮、コロッケ、生ハムにチーズ、たらふく食べた身体がくちくなった、その体重でキシキシいう。この床とずっと過ごしてきた。庭にのびる草花の根本にところどころ水が溜まっているが、この数日雨は降っていない。近くにバケツが横倒しになっていて、ホースの咥《くわ》えられた蛇口から水が送られ続けて何年も、先の割れた放水口がエノコログサのあいだに転がっていた。

「この家、借りたんですか？」

「ウン、この辺で探してて、一回別のとこに決まりかけたんだけど、散歩してたらたまたま見つけて、ここ空き家かなってていって、すぐ不動産屋に連絡してみたの」

新しい映画の撮影で使う家で、監督らがふるまう食事会に参加している。料理は監督の常見種行《たねいき》とその配偶者でプロデューサーでもある常見幸絵《ゆきえ》がつくった。撮影の前のこの食事会が常見組の恒例となりたびたび参加しているが、べつにこれから始まる新作のことだけが話されるわけでもなければ「映画とは——」「演技とは——」といった面倒な会話が行き交うわけでもない。

しかしカメラは回されていた。テストを兼ねて、実際に明日からの本番でカメラを担当する高木恒彦《たかぎつねひこ》が食事会のようすを撮影しているのだった。ただの記録という体であるが、プロモーションに使われる可能性はある。宙ぶらりんなカメラに撮影されている、自分自身も宙ぶらりんな気分でいた。

常見幸絵が庭を見ていたかれの横に立って、「陽くんはどう？　もう高校生でしょ。慣れた？」と聞いた。

「うん、慣れました。思っていたより楽しいです」

「そう、よかった。今回も来てくれてありがとう」

「ハイ、こちらこそありがとうございます」

常見幸絵はちょくちょくかれを気にかけていて、いつもやさしい。かれは大人ばかりのこうした場に慣れているといえ、年上の男性がこわい性格は変わらずやや緊張している。しかしカメラが、その緊張を和らげてくれてもいた。

「陽くんももう高校生かー」

監督の話しかけているようでもない声が聞こえる。

――向くんも高橋先生も、撮影してた子も傍観してた子もわたしも、生崎くんも、みんな演技してたんだと思うよ。それはあのときたまたま濃かったけど普段からそう。高校生であるとか、教師であるとか、ヤンキーであるとか、そういう演技をしていることが、樹がぜんぜん演技をしなかったことで、あの瞬間に露呈しちゃったんじゃないかって、思ってるんだよね。だって、ほんとに「ヤメロー、やめてくれ」って思って、そう言ってたんだもん。そんなひとがあの場に他にいた？

夏休みが始まる直前に児玉司と話したことが、頭のなかにずっとある。ヤンキーが化学教師をリンチしている場にしゃしゃり出た優等生気取りの男が返り討ちにあう。単純化するとそんなシーン。しかし教師を殴った向はヤンキーではないし、笹岡樹も優等生とはほど遠い。でも、ああいう強い場、フィクション性の強い場というべきだろうか？　そういった場ではたとえ日常であってもわれわれはなにかしら演じている。それはたしかにそうなのだろう。かれは笹岡を嫌う加害者よりの傍観をあるべき現実より濃く演じ、児玉は親友として笹岡を止める必死な身体をより濃く打ち出して、場の強さに吹き飛ばされないよう気を保つ。まるで風避《よ》けのないただ広い場所で吹いた強風に、身一つで飛ばされないよう骨盤周囲に力を込めて踏ん張るみたいに、場に飛ばされないように。そうしないとなにかしら居たたまれない。とくに学校生活のような予期せぬノイズにまみれた時間の送りかたで、大勢の情緒がうるさくどれが自分の意識でなにが集団の意識かもわからない。そんなことだれも考えてもいない。そんな一秒ごとに慌ただしい意識の嵐が吹き荒れる場で、場の強弱に合わせて演じ分けるなんてそんなの当たり前すぎてわざわざ言葉にする意味もないことかもしれない。

しかし、そこにゼロ演技の者がひとり、交じってしまったとしたら？

演技をする者はオンとオフで人格差が激しく、稽古や本番ではしてはいけない余計な呼吸、余計な動作、余計な発言があるぶん、オフでは自分の身体がいま本当にはどうしたいのかの意思をこまかく問う癖があり、とくに演劇制作において自由が許される場ではノビをしたい、立ちたい、歩きたい、寝っ転がりたい、俳優同士がそれらそれぞれの動きを促すような独特の許容空間になる。俳優が平均より人間にも世界にもリラックスした顔をしがちなのはそのためだ。ふつうに生きているだけで、自分の身体の声を良く聞いて、つねにいま「私」が本当はどんな感じで動きたいのかを問う精度が高い。

では演技をしない人間は？　立ち上がって、深呼吸して、ノビをして、すこし歩いて、そうした動きが許容される場面でもえてしてじっとして居がちである。消極的になにもしないという場面が、演じる者の身体に比べて圧倒的に多いともいえ、かえって常に人間を演じているようでもある。俳優とはオフ、つまりふつうの日常においては限りなく演技をしない人間のこともいえる。

笹岡はおとなしく児玉の制止に屈するべきだった。そうすればじき教師は到着し、余計な怪《け》我《が》人も向の余罪も生まれなかった。教室も吐瀉物に汚れない。けれど、そうした場の強さに屈しない人間というのが、ときどきいるものだ。それはいわゆる空気の読める読めないの能力とは別の話で、ものすごい異物だ。排除したくなる。そうとはっきり意思するよりまえに。

柱に傷がある。87・3センチ、97・1センチ、99センチ、112・7センチ、127・5センチ、134・5センチ、おそらく技術家庭の授業でつかわれるニードルのようなチープなもので削られた数字に、物語が濃い。指でさわると、柱から家全体に感覚が広がっていく。かれが足を踏み入れたことのない二階で、三人きょうだいが川の字で昼寝している、飼っている犬が子犬のうちだけ家の中に入れていた、そのころに爪で削られた傷が畳に走っていて、この部屋をおおう屋根にどこから飛んできたかわからない鯉のぼりが引っ掛かっていた。次男が興奮して持ち主を探しに行ったが見つからず、子ども部屋を出た廊下のすぐの場所にある物入れにしまっておいた七年後大きくなった長女が交通事故で死んでしまった次男を思い出すモノとなって泣いていた。

犬は次男の亡くなった年まで生きたその翌年に死んだ。

「うわ、こんな傷、久しぶりに見た。なんか、ノスタルジック」

すこし酔っ払ったらしい女性の声に話しかけられ、「ほんとですね」とかれは笑顔になった。ふだんは会社員をしているその俳優は津村美喜《つむらみき》といい、常見作品でときどき呼ばれている。今回は主演の親友役で出演する。先ほど初対面のスタッフに好きな食べ物を聞かれ、「素麵《そうめん》かな。ネギとかミョウガとか、海苔《のり》をうかべたり……あ、薬味かも。薬味がすきなのかもしれないです」と応えていた。

以前からときどき演じるところを見ていて、すこし親近感を抱いていた。この俳優もカメラの前でいかにも「演じてます」という身体にならない。カメラの前でも、カメラの外でも、同じように振る舞う。その実、カメラの内外で同じようでいることがまったく同じであるわけがなく、ようするに撮られているときのほうがすこし自然であるよう普段がどこか不自然に生きている。津村美喜は「推しとか好きとかそういう感情がないんです。生き甲斐《がい》みたいなものがなにもなくてなんか恥ずかしいです。演じる仕事にも拘《こだわ》れなくて、なにがなんでも女優になろうとも思えなくて、結局いまはただふつうに毎日会社が辛《つら》いだけ。平凡な人間ですよ、めっちゃ」と前回作品の上映時にアフタートークで言っていた。

すこし浮いている。現実から。しかしそれはだれしも大なり小なりそうだ。だからカメラの前に立つとありのままに浮いている身体が暴かれて緊張しすぎる。浮いていることに慌ててしまい取り繕《つくろ》えない。そういう人間がいわゆる大根にあたる。浮いているままが現実なのに、浮いてないふりを無理にしようとするから。現実じゃないのに現実くさい、見ていられない演技というのはそういうもの。

くさいのは現実なのだ。現実は場において素人《しろうと》だ。演じる現実は大根の類いといってよく、だからこそフィクションが要る。一方でダメなフィクションはときに現実以上につまらない台詞を役者に強要する。「死ね」という台詞をしぜんに言うための表現が積み重なっていない。身体にフィクションを厚塗りしてほんとの感情っぽく言うことはできる。けれどそこまでしてなりたい何者か?

いつからこうした葛藤《かっとう》が生まれたかわからない。もともとは自分でない者になれるならなんでもよかった。しかし演じる先が自分よりペラペラだと、自分のペラさがより際だつように思えてきて……ただ生きているだけは耐えがたいが、俳優として生きていくにはなにか足りない。どちらかというと、作品内でする演技より現実においてする演技が、足りていない気がしていた。職業俳優として生きている人間は、人間のレイヤーがいくつも重なって平気でいる。というより、気づかないうちに重なってそれに慣れていく。言葉はすぐに古く、ださくなる。中身のない演技論を熱く語ったつぎの瞬間には、もうべつの人間だ。言葉が定着する余地はない。身体のほうが速い。たとえばすぐれた芸人やアスリートがそうであるように。

そんなことも、この場のわれわれが思わせてくれなきゃ思わない。

「ねえ、この家には幽霊がいるよ」

高木のカメラがかれと津村を抜いていた。べつに意識するようではないが、いきなりタメ口になった高校生に戸惑い、しかし戸惑いすぎはしない、その際《きわ》のところで「えっ、君、見える人？」と津村は言う。かれは今回、津村演じる女性の親友の婚約者の弟を演じる。映画のなかで同時に映るのはワンシーンきりで、そこでも台詞のやり取りは予定されていない。

「見えるというか、わかる。でも、たいていいるよ」

「いる？　どんな姿で」

「姿とかはない。好きな姿で見える。石とか、好きな人とか、犬とか、鯉のぼりとか。おれはおかあさんが多い。今はこの傷が幽霊」

「傷？　わたしも見えているよ」

「傷は現実だよ。でも幽霊でもある。幽霊が、傷になったり、傷の周りを漂ったりしてる」

「なんか伝えてくるの？」

「うーん、家のなかのことを教えてくれてる。でも、べつになんも悪いことは起きないよ。いままでそんなことは一度も」

「そう。じゃあ、いい霊なんだと思うようにするよ」

会話が途切れ、カメラは外れた。津村は常見幸絵に呼ばれてなにやら話し始めた。明日から十一日間で撮り終える映画は半年後に公開される予定。

かれは映画の公開期間中に高校二年になる。高木がカメラを置いて戻ってき、スティックケーキをかれに渡した。

「ありがとうございます」

礼を言うと、なにか言いたげな高木を見てとったかれは飲み物のあつまる場に紅茶を取りに行った。チーズの味が濃くて喉《のど》が渇いた。傷のついた柱のそばに戻ってきたときに「生崎くんはオカルト好き少年なの？」と聞かれた。

「なんですか？」

「いや、幽霊とか……。ムーって知ってる？」

「ムー……、わからないです。映画監督とかですか？」

「いや、雑誌の名前」

なにかつづくのかと待っていたかれは黙った。しかし高木は二の句を継ぎかねており、そうした沈黙に耐えかねて「生崎くん、前よりはすこし日焼けしたねえ」と脈絡のないことを言った。

「ほんとですか？　うれしいです」

「うん、すごくまっしろだったから。うれしいんだ」

「ハイ。なんか、新鮮で。そっか……」

ずっと焼かないようにしていた。しかしこうしたメラニン色素の生成が、ふつうの高校生として認められた証のような気がして、それがうれしかった。高木は程なくして離れていき、ふたたびカメラを回し始めた。かれは自分の半袖から伸びる腕をまじまじ見やる。

夕方が終わる気配は全体の暗さの始まりというより明るさの退場といった色合いで、いつの間にか部屋から光が去り、表から青みが失せる。部屋のなかにいる人間の顔が翳《かげ》っていき、そこにいない人間がかさなるみたいに、徐々に夜の顔になる。家がまだ建つ前に、このあたりを襲った火事や空襲の影が覆い、土地が混ざって川だったものが川じゃなくなり、家だったものは家じゃなくなり、木だったものが木じゃなくなり、そのように固有の名だったものが名じゃなくなった。そして人は混ざっていったものを引き剝《は》がして直した。べつに、だれが知っているわけでもない歴史が身体に戻る。

オレンジソーダの炭酸で歯茎がピリッとした。目の前で監督が絞ってくれた。前腕に浮いた血管が目にとまるとしろい果汁がコップに溜まっていき、炭酸水とハチミツを足している。氷を浮かべて、ガラスに当たってコロコロ鳴る音が閉めきられた窓に反射した。すこしずつ、帰る人間がおり、やってくる人間もいた。なぜかしら泣きそうだった。しかし、泣くような情緒だからといって涙は流さない。情動と感情表現は別のものだと身体が知っていた。

子役はすぐ泣けることが価値と考えている人は多く、とくにヒトケタの年齢のころは求められるとすぐ泣いた。泣くことがもっとも他者のためにしてあげられることだと思っていた。最近の子役みたいに秒殺で泣くようなことはできないまでも、番宣に連れ出された情報番組の一コーナーでよく。

「ええっ、もう？」

と大袈裟《おおげさ》におどろくメインＭＣが、「泣くときには、なにを考えて泣いてるの？」とお昼の番組の何万回と繰り返されているテンプレ質問を投げかける。

「ハイ、おかあさんが自殺したときのことを……」

笹岡ならそう言うかもしれないが、それすらも嘘。本当はなにも考えずただ場に集中すればいつでも泣ける。だから台詞や文脈など関係ないそうしたテレビ番組などの方がはやく泣ける。人間がほんとうに集中するとき、自己同一性や個人の趣味嗜好《しこう》を離れて場にズレた身体に、複数の意識が入り込んでくるから昂る。どんな場でもえぐい感情や常軌を逸したハッピーは同等に溜まってい、だから場をちゃんと見て身体に入れればどんな感情にもなれた。「私」じゃない身体になれば泣けるような蓄積がどこにでも落ちていて、場にこもれば誰だって泣ける。どんな幽霊も泣けるものなら泣きたいはずだ。そのようなかれもだれも言葉では考えていない泣くコツを、「えっと、なんとなく……」と応えると湧いた。天才とは集中する場のことをいう。


夏のことだった。これから始まるドラマの番宣が終わり、テレビ局を出る前に沙耶が日焼け止めを塗ってくれている。つめたい手。最終話までに急に子どもらしくこんがり、健康な肌！というわけにはいかない。泣いたついでみたいにすこし感情が昂り、「いつもごめんなさい」と十歳のかれは言った。

「なにが！　いまのうちに将来のお小遣いを稼いどきゃいいの」

「でも、送り迎えなど、偉い人にも気を使いっぱなしで沙耶は苦労ばっかり。他にもいろいろ大変だった……すごい時間もかかり、沙耶は自分の時間がとれない」

「こんなもんだよ。時間かかってるなんて思わないよ。これは陽くんの時間じゃなくて、ちゃんと私の時間なんだから」

「でも……沙耶は寝る時間もろくにないのです」

「寝てるよ。演技がすきなんでしょ？　やりたいんだったら応援するっていうか、陽くんがやりたいことをちゃんとやってほしいだけ」

いつもの感じで言う、その実、義きょうだいである美築の反抗期がすでに始まり、血も繋がっていない兄の面倒ばかり見すぎ、とまでは言われないまでも、そのような抗議のこもったつめたい目が向けられていることは知っていた。家庭内は父親である生崎豊《ゆたか》を無視するかれ、沙耶に刺々《とげとげ》しく当たる美築の悪意が渦巻き、だれも口には上らせないストレスを持て余した。子どものピュアな悪意が生長する言葉と身体にまとわれて、全員がまともに傷つく。集中すれば泣けるのはだれだってそうだ。わざわざ集中しなければいい。スポーツや創作の、なにかしらのパフォーマンスの場でもなければやりすごすだけの身体だ。成長するにつれ人間は場に集中しすぎない技術を身につける。疲労やストレスを溜め込んだりしなければ、無為《むい》に集中して泣いたりなど滅多《めった》にしない。それが大人ってことで、やさしさってことなのかもしれなかった。

しかしかれはその場に集中することで、それを仕事として労働として求められるなら、ずっとそうしていたかった。いつだって泣けて、いつだって人を愛せる、そんな子役であの頃はいられた。演技が好き、芝居が好きだなんて、思ったことはない。ただ集中するゲームのようなものが、楽しかったし得意だった。なにも考えなかった。入っていく役の側の人生なんてどうでもよく、どれだけペラペラな器《うつわ》でもボロボロのリアリティでも、むしろ昔はそのほうが楽だったかもしれない。

いつしか現実で言ったこと言えなかったこと、役の上で言ったこと言えなかったこと、それぞれに混ざっていく。

「ママ！　抱っこして！」

子どもの頃にたしかに言った、あの台詞を忘れたかった。

「ママ！　どうして自殺しちゃったの？」

子どもの頃に言うわけがない、あの台詞を言いたかった。

演じるいくつもの役の中に無数にある、フィクションのテンプレになって自らの身に起きたドラマティックを処理したかった。ありきたりな不倫劇を、ありきたりな愛着の終焉《しゅうえん》を、ありきたりなドラマのなかで消費する、そんなふうに、本当に真心として言ったことをすべて忘れ、本当に真心として思ったことをすべて言葉にし、すべて安さのなかで消費してしまいたかった。

「なんでぼくをおいていっちゃうの？」

「死なないで！　かえってきてよ！」

「ぼくをひとりにしないで！」

もうぜんぶ言った。おもしろくないフィクションのなかで。

そうして徹底的に、失《な》くしてしまったのかもしれなかった。なにを？　わからない。失くしてしまったものは自分ではわかりえない。「私」ではわからないから演じたい、そんな頼りない身体だと思う。

「そろそろお暇《いとま》します」

常見幸絵にそう告げると、「おーい監督！　陽くん帰るって！」と大声を出して報せた。常見監督がやって来る。ほんとうはまだ監督に緊張していた。

「じゃあ、帰り気をつけてね。明日、じゃないか明日は陽くん出じゃなかったよね、最初は明後日、公園のシーンからだよね。オーイ、そうだったよな？　陽くんあの公園の、立ちシーンからだったよね？　そうそう、じゃあ明後日からまた、よろしく」

常見幸絵に確認事項を振りながら、朗らかに笑う、その影にすらない感情を読みとってしまいそうで。

来たときとはすこし違って見える夜の外観を一周すると、ほんの一ミリずつ身体に埋まっていくように場が、自分に馴染んでいく。生崎陽の身長より低い位置ではやや濃い灰色に映る外壁が二階へいくにつれ白く光を反射している。来たときにはよく見えていなかった。太陽より月に照らされている時間のほうがよく目に映った。虫の声を耳にいれながら、一時間前に点灯された室内照明が零《こぼ》れている台所の窓を見る。

十四歳のころに放送された『母』というドラマで評価され、その夏休み前に受けた演劇のオーディションで主役格に選ばれたかれは、そのことで初めて自分は役者なのだという認識をもった。だんだん子役と呼ばれなくなり仕事を失っていく、ときには自らの意思で演じる仕事からフェードアウトしていく、環境がそうさせるのか自らの気持ちがそう決めるのかわからない、そうした葛藤においてさえ自他の区別がつきづらい中学卒業までの過ごし方を、その舞台に打ち込むことで乗り切り役者としての自覚を持つか。自我を持つか。いずれにせよ決意を灯《とも》す第一歩にしようと、身体が勝手になんらかのモードに切り変わっていた。それほど大きな劇場ではないが人気演出家がテレビ俳優を多く起用したことでチケットはよく売れた。

稽古の段階ではむしろ順調だった。役の情感はスッと身体に馴染んだし、慣れない美術やタイムスケジュールにも危惧《きぐ》していたほどの違和感をおぼえなかった。共演する人間も今までに感じたことのないリアリティを身に宿して言葉をぶつけてきた。なにより初めてかれは台本を面白いと思った。

それまでは作品の良し悪しを自分だけの感覚で判断することなど到底できなかったし、そもそも面白いか面白くないかということにそれほど関心がなかった。作品が面白かろうと面白くなかろうと、自分の身体はその一部として、作品の世界の中での知覚でものを見ることしかできないのだからわからない。つまらない世界のなかにいればつまらないが普通のことだ。面白い世界にいれば面白いが普通のこと。真剣に場に没入してしまえばその両者を往来することは難しかった。

通し稽古をする時期になってすこしずつ軋みを感じ始めた。舞台は一時間半の予定で、かれはその公演の約半分の時間を舞台上で演じ、台詞も多い役だったが言葉はスンナリ身体に入ったのだ。しかし演出が進むうちにすこしずつ間はズレていき、頭では覚えている台詞を口が忘れ、新たな注釈をつけられるごとにその場との身体の隔たりが大きくなっていった。

違和感が増すごとに、身体がつらい。むしろ映画やドラマの現場より気楽だと思っていた。一時間半×九公演、役の名前で場に集中していさえすればよいのだから、待機の時間が多く連日長時間の撮影に及ぶ映像仕事よりずっと気楽だと。しかし、物語が始まってからの一時間半をずっと別の人間で居続け、それを九公演つまり六日間維持していなければならない、カットがかからない我に返ることのできない時間が長く、その期間中ずっとゆるく放心し続けるような演劇の場と映像の場との隔たりに、まったく身体が適応できずまともにズレていく。当時はなにが起きているのかさえわからなかった。なぜ演じるたび情緒がおかしくなり、そこに居るべき人格がどこにも安定せず、共演者の人格をも侵してしまうほど歪《いびつ》な身体に変化しつづけてしまうのか。本番二週前に関係者を招いて行われた作品の前半までを通すワークインプログレスでもうこれはダメだと自他共に認められ、多少ヘンな設定とルーティンを決めて入りやすい役に入ってしまおうと演出家と相談しているときに、かれは気づいたのだった。

おれは「私」も「役」も無理な人間なんだ。自分と役のあいだの、どちらでもない中間しかできない、すごく中途半端な人間。

それまでは私が無理で役はオーケーなんだと思っていた。しかしそれは大きな傲《おご》りだった。

カメラが回れば役にはなれる。しかしカットがかかったときに中途半端に戻れる人格がある、戻る先があるから安心して遠くへ行き、遥かの感情に繋がれる。「私」に戻って安住したくはない、しかしまったく「私」から離れた役でいることはできない、しんに場に溶け入ることには向いていない、中途半端な身体だった。長時間役と共存するために鍛えられた「私」がない、その「私」の体幹におけるブレのようなものを誤魔化《ごまか》す技術もない、体力が日に日に削られて演じる先の人格へ渡れない、役を離れて日常に戻り、すぐにまた役を身体に馴染ませる往復に要する集中力がない。ブレる自分が数十秒間、他者っぽいなにかになれるだけ、役と自分のあいだを短い時間だけ往き来する、繰り返しに耐えうるその不安定が人よりすこしできる、それだけのこと。ほんとうには、役でも自分でもない、束の間何者でもない身体でいることに安心している。本来身体とともにある社会性とその責任から一瞬だけ剝がされて、蓄積のない身体に束の間安住していたい、中途半端で平凡な人間にすぎないんだ。

「私」も「役」も無理なら、じゃあそれってもう、幽霊じゃん。

「ハハッ……」

そのように渇いた笑いを漏らす。演出家はかれの諦念《ていねん》を見抜いた。これはもうフィクションに集中するのは無理な身体。それなら、できるだけありのままのかれで居てもらうしかない。元のシナリオよりずっと生気のない人間として演出をつけ、動きや表情のとぼしさや棒立ちが似合うよう限界まで台詞は削られた。

「ほんとうの生崎くんがこんな少年だったって、むしろ知れて私はうれしいけどね。これまで頑張ってきたんだなあ」

演出家が言うと、かれは泣いた。他の演者に迷惑をかけ、かれは役を不安定な「おれ」に寄せてもらうことで、なんとかその舞台を乗りきったが役者は無理だと悟った。そして仕事をじょじょに減らしていった。それも再現ＶＴＲや主演らの子ども時代を演じる機会が減る年齢に差し掛かったタイミングだからそれほど不自然なことではない。

ほんとうにはわかっていた。『母』が対外的に成功したことでかれは、自分に役者はできないことを悟り始めていたのだった。演出家は「でも生崎くんがこないだ出てたドラマなんだっけ？　そうそう、『母』ってやつ。見たけど、あれすごいよかった。迫真だったね」と言い、直近の評判のよい仕事を思い出させて覇気を与えるつもりだったが逆効果になった。二ヶ月前に放送された二時間のそのドラマのなかでかれは主演の息子役として出演し、義理の母親という設定の主演とキスシーンを演じた。笹岡にエロいと評された当のシーンでかれはひどい気分になってトイレで吐き、そうした顔色を維持したままこちらは主演よりずっと知名度のおとる俳優が演じた実の母親に向かって「愛してる、愛してるんだよぉ」と言って泣いた。しかし母親はかれを捨てて家を出た。つまりドラマのなかでかれは実の母親に捨てられ、直後に新たな義母が家にやってくる。キスシーンはこれから母となる人物へむかう反抗の象徴として撮られ、役のなかでかれは義母を犯そうとする。そうした愁嘆場を経てすこしずつ気持ちを交わしていく母子がそれぞれの抱える事情を解決していき、それぞれの成長を遂げてわだかまりを解いていく。その過程でかれは夜逃げした実母にもう一度会いにいき、「ずっと愛してるよ。いままでありがとう。サヨナラ」といって訣別《けつべつ》する。それがドラマの筋だった。

そのとき十四歳のかれは、初めてフィクションというものに軽蔑の念を抱いた。

明後日からの撮影の主な舞台となる家は国立《くにたち》駅が最寄りの空き家で、かれの自宅から四十分歩けば着く距離にある。生まれたときから暮らしている立川－国立間の風景を身に馴染んだものとしてかれはろくに認識せずにいた。身体は先ほどまで時間を過ごした初めて見る家の情報に囚われていて、まるで二枚重なったレイヤーで風景を眺めているみたいにボヤボヤした。気がつくと自宅に着いていた。

美築がSwitchをしながらソファに横になっていて、その足元の地べたに一太が座っている。玩具《おもちゃ》を弄《いじ》りつつ空いた片手がソファテーブルをえんえん叩いている。

「いっくんバタンバタンやめてー」

美築が無言でゲーム音量を上げたところでかれに気づき「おかえりー」と言う。一太の頭を撫でて「たでぇまー」といった声を出すと、キッチンで洗いものをする沙耶が「ああお帰り。夕食終わっちゃったけど平気だった？」と声をかける。

「ウン。けっこう量おおかったから」

「そう。シチュー半分冷凍したからお腹空いたら解凍してパンでも焼いて」

父親はまだ帰宅していないらしかった。

「久しぶりの撮影だね。がんばって」

沙耶の声に聞こえないふりをして、一太に抱きついたかれはあばばばばーとヘンな声をだしてあやした。一太は機嫌がいいらしく歓声を上げて笑った。たくさん昼寝した日なのかもしれなかった。

ドラマのラストで、かれは義母に泣きつき、「さみしかったんだ、いや、いまだって、ずっとさみしいままだよ」と言った。現実にはそんなことを思ったことはない。思う機会もない。そんなのふつうのことだ。なんでもテレビで言う笹岡とは違いかれは自身の複雑な「家庭の事情」などほとんど誰にも言ったことはない。自らオーディションを受けに行ってたまたま自らの境遇に似たドラマを演じた。かるい気持ちで、まさかここまでフィクションやキャラクターを嫌悪することになろうとは思ってもいずに。「迫真」「ハマリ役」などと言われるたびに怖気《おぞけ》だつ。現実と同じように実母に捨てられ義母に打ち解けていく過程をなぞったかれだったが、フィクションよりよほど現実は地味でつまらないもので、さらわれる感情や言葉にまったく腑に落ちるものはなく、実感から隔たるごとに違和に引き裂かれたかれは直後に出た舞台でしくじり、元から上手くはない演技的な台詞の抑揚がますます出来なくなってオーディションに落ちつづけた。

沙耶は『母』のクランクアップの翌日に、「陽くんはあのドラマ、どうだった？」と漠然としたことを聞いてきた。

「めちゃくちゃ楽しかった！　おもしろかったわ〜」

かれはまったくの嘘で応えた。沙耶は「そう、おつかれさま」と言った。

風呂を浴びてから自室に上がり、もらった映画の台本に今日見た家の景色やそれに附随するイメージ、ちょっとしたスケッチなどを書き込む。演じるキャラクターや新たな人格に乗り込む思考のことなどは考えない。考えられなかった。知らないべつの人間の思考回路や趣味嗜好など、想像するだけで気色《きしよく》がわるい。

反吐《へど》が出る。ここにいない人間を登場人物というだけでおもしろく演出しなければいけない抑圧みたいなそんな想像力など。なぜおもしろくないといけない？　それは暴力だ。

おもしろいは暴力だ。『母』を観たたくさんの人に「おもしろい」と言われてかれはまともに傷ついてしまった。それで本格的に自分はもうダメだと思った。

だからせめて周辺の場の情報を確認する。だれかがそこに居ることを、つまらなくてもいい、僅《わず》かなりとも肯定できるように。自分を無理におもしろくしなくてもいい、ただ普通にそこに居ていいよって、けどそんなことをだれが本当に思っている？

かれが唯一打ち解けたマネージャーに家庭の事情を打ち明けたとき、教えてくれてありがとうと言ったその口で「だから君は演じるんだね」と微笑《ほほえ》まれ、うれしかった。だけど、わからない……、そう言われつづけたくて、自分が自分である所以《ゆえん》がここにあると思いつづけたくて演じた。だけどわかっている、思いつづけたかったのではない、思われつづけたかった。

しかし人になにかを思われつづけるのはそれこそ嘘でファンタジーでつまりフィクションなのだ。そのことをマネージャーのあの微笑を思い出すたびに実感する。「だから君は演じるんだね」と、マネージャーは自分がそう思いたかった。複雑な家庭環境がかれを演じる仕事に向かわせるのだという、そのありきたりの物語にかれの人格は利用されたのだ。

だけど、そんな風に現実を利用されつづけていられるのであればずっとそうしていたかったんだよな……じきに眠くなり、もらった台本に譫言《うわごと》のような落書きが重なっていく。筋や舞台とも関係のない落書きやイラストが書かれている本を翌朝眺めておもいだす。

はんぶん壊れたみたいな建物。窓脇のコンクリが割れて、外からの光が直接入ってくる。リノリウムタイルに砂が溜まり、ちょっとした浜辺ほどの量になっていて歩くとスリスリいう。じきに潰れると言われつづけるままの姿で、小ぢんまりとしたゲームコーナーを併設したボウリング場は、初めて行ったときからもう七年そのままの姿で建っていた。丁度そのころから流行りはじめた複合スポーツ施設にあおられて、「知ってる？　あそこ、来月潰れるって」。そんな台詞を何十回と聞いた。

「ここ、もうすぐ潰れるらしいな」

今日もだれかがそう言った。中学の友達で集まろうとグループLINEを立ち上げて、メンバーは全員小学校から一緒の面子だった。高校ではほとんどバラけた。男子五人、女子四人で集ってゾンビのようなボウリング場にいる。ゲームを終えて、「ひとり千七百えーん」と高田《たかだ》が言っている。財布から二千円を出して後方から窺《うかが》っていると、隣にいた佃《つくだ》に「陽ちゃんファミレスいく？」と聞かれた。どうやらボウリングの後でファミレスに行く流れになっているらしかった。

「うーん」

「ゲームコーナーいかない？」

「そうする！」

ファミレスに流れるメイン集団とわかれて、かれと佃、二宮《にのみや》と鈴木《すずき》の四人がボウリング場に残った。二宮が喉が渇いたと言うので、まずどこかに座って駄弁《だべ》ろうということに。プールサイドによくあるタイプのホームベンチに並んで座り、三人はお茶かジュースを飲んでいたがかれはセブンティーンアイスを買って剝《む》いて食べた。つめたくてうまい。

「ちょっとちょうだい」

佃がライフガードを差し出してそう言った。

「うまー、ありがとう」

ライフガードをひとくち飲んで返す。味がなつかしい。まるで思い出を飲んでるみたいだった。

「ホスちゃんはさいきんテレビの仕事、もうしてないの？」

鈴木はかれの生崎陽↓キザキ↓キザ↓ホスト↓ホスちゃんという流れで一時期呼ばれていた渾名《あだな》をそのまま採用しつづけており、かれは仕返しとして鈴木のことをりんちゃんと呼んでいる。

「うーん。ちょっと映画に出る。テレビはもうないよ。りんちゃんは部活とかしてるん？」

「ボート部に入ったんだけど、めちゃキツいー。じつは今日もサボり。集まりをサボりの口実にした」

「コイツすごい焼けてるっしょ」

二宮が言う。鈴木と二宮がねっねっねっと腕を見せあってなにやら笑っている。かれは、このふたり、もしや「付き合ってる」のか？と思った。

ふしぎな気分になる。昨日まで友達どうしだったものが翌日には「付き合って」いたりする。そして周囲はいつの間にかそれを知っている。かれは小学校六年生ぐらいのころに知ったかぶりを覚えた。「やっぱりー。そうだとおもった」と言った、あの唇に言葉がいつまでも残って痺れるような、モゾモゾした気持ち悪さを何度となく味わっている。

「学校のヤツに「おれ生崎陽と同中《おなちゅう》だったんだぜ」って言ってやったから」

鈴木は言った。かれはキモ、と思った。

「えー。ありがとう。そんなヤツ知らん言われたでしょ？」

「アハハ」

「そいつはなんも知らないんだよ。ボーッと生きてるから」

「えー？」

「そんなん言うなって。おれの知名度で争わんといて」

「そっか。ゴメン」

「いやいや。こちらこそ無名でお恥ずかしい。りんちゃんが思ってるみたいに有名だったことなんてないから」

「そんなことないよ。映画ってこれから撮影？」

「撮影は今日から。だけどおれの出番は明日からだよ」

「えー絶対見るわー。いつ公開されるん？」

「半年後とかかな」

物珍しくて最初は同級生が出ている作品を見たりする。みんな感想を伝えてくれようとするがひとり平均二、三回といったところで、それ以降はお互いに気まずくなる。鈴木はかれと高校が分かれて、内心すがすがしい。同級生だった頃よりちょっとした有名人といる気分を非日常として満喫できている。

佃は会話に参加せず黙ってライフガードを飲んでいた。鈴木が二宮の腕をとってゲームコーナーに消えていくと、それを充分に見送ったあとで、「あれって、「付き合ってる」の？」とかれは聞いた。

「うん、そうだよ」

「本人たちに言われた？　そういう気配でわかったってこと？」

「言われたし、言われる前に気配でもわかった。たぶんみんなわかった」

「そっか」

たぶん鈴木と二宮の「おれたちの関係、まだバレてないかな？」で遊ぶ最後のひとりがかれだった。それでやや落ち込むような、そうでもないような、微妙な気分になった。友人たちはかれが恋愛の話題に疎《うと》いことをたまに「鈍感」と揶揄《やゆ》した。笑ってやり過ごしていたが、ちゃんと傷ついていた。そんなことも、初めて佃に告白したときに、遅れて気づいたことだ。セブンティーンアイスのゴミを捨てて戻ってくると、自販機まで歩いて帰ってくるあいだに醸成された感情がかれに「あいつら、調子に乗りやがって」と言わせた。

「調子にのらせてくださいよー」

佃は笑っている。その声で気分が軽くなり、かれもふふっと笑った。それでたくさんのお菓子を落とそうとするメダルゲームをしているときに、「陽ちゃんはそれでどう？　高校生してる？」と聞かれた。

「してるしてる。意外とね。めっちゃしてるんじゃないかな？　どう？」

「いやしらんし」

「そっちは女子高してる？」

「してるしてる。世間のダルい女子イメージに付き合わなくていいから毎日くそ楽になったね」

「めちゃ女子高メンタルじゃん」

中学のころ、かれがいちばん長い時間をともに過ごしていたのは間違いなく佃だった。通常女子男子と集団がかたまりかける小学校高学年から、第二次性徴に半ば性格を奪われる中学二年ごろにおいて最も仲いい友達が異性だった者として、周囲からお前ら「付き合ってる」の？とよくからかわれていた。

お互い、それなりに十四歳だった。二週間ほど気まずい空間を過ごしたあとで、かれは「いっそ、付き合っちゃう？　ほんとに」と冗談のつもりで言った。

「お、いいっすなあ。青春」

掃除の時間。かれがチリトリで、佃がホウキを持っていた。あとの者は机と椅子を元に戻していて、机の足がタイルを擦り引き摺《ず》る音が喧しく響いていた。

「でも、陽ちゃん興味ないでしょ」

そう言われて、そのときはなんとなく「まあな」みたいなことを言った。その三日後に「興味ないって、なにに？」と聞く勇気がようやく湧いて、それで、佃にはぜんぶ話した。家族を憎んでいること、父親以外の家族と血の繋がりがないこと、実母が自殺してしまったこと、恋愛とかキモいと思っていること、できるだけ普通の顔をして生きていたいこと。

メダルゲームにはすぐに飽きて、二宮鈴木とも別れてブラブラ歩き、近くの公園に移動して木のベンチに腰かけた。もう夕方時間になっていて、低い位置におりた太陽が細い木の幹のうしろで潰れ、二分割されたオレンジ色がつよい光として目に刺さってきた。

「意外に日差しつええ」

「日焼け止めと虫除けあるけどなんかいる？」

「あんがとー。さすが芸能人」

「芸能人ちがうけど」

それで虫除けを貸して塗っている佃の横で、かれはボンヤリした。

「ファミレス、行ってもよかったけどカネもったいないし、なんかバイトを始めてからのほうがケチになっちゃったんだよねえ」

「え、佃ちゃんバイトしてんの？　えら」

「うん。でも疲れちゃって。だから正直今日も若干ダルかったけど、まあ陽ちゃんとか馬場《ばば》ちゃんとかとは喋りたかったから来たよ」

「それはあんがと。なにしてんの？」

「スーパーだよ。品出し。めっちゃしんどい」

「すげえ。バイトとか、正直アンタが眩しいだわ」

佃はスマホでInstagramを開きひたすらイイネを押している。そこからTikTokに移動して、

「おお、兄死ぬじゃん」と呟いた。

佃のスマホの中で、今朝美築に突撃された寝起きのかれが映っている。緩慢な動きでよく慣れた振り付けを行い、眠たそうにしているが半分以上は演技だった。つまり、ちゃんと好感度と生っぽさを兼ね備えた適切な寝起きを演出した。TikTokでは完成されたキラキラやオモシロよりも、より若者らの日常にちかしい素朴のほうが受ける。おもしろくしようとする癖が目につくとおもしろくない。

「イイネしとくわ」

「あざっす。これで生き延びましたわ」

「妹と仲いいじゃん」

「いいよ。いいけどね」

憎んでいる。美築も沙耶も父親も一太も。憎んでいるが、それがどうということもない。沙耶はかれの両親がまだ婚姻関係にあるうちから父親と「付き合って」いた。沙耶じしんにもまだ配偶者がいた。ハッキリとは聞いていないが美築に聞いた話をつきあわせて判断するとそうなる。

死んだ実母もまた父親と婚姻関係にあるうちから若い男と「付き合って」いた。男はボクサ

ー志望で、かれも何度か会ったことがある。その男の名前をいまも時々インターネットで検索する。とあるボクシングジムのブログにプロ志望として登場するエントリーがいくつかヒットするだけでプロボクサーになった形跡はない。ボクサーにはならずに、どこかで生きている？

許さない。けど、許さないからといってなにもない。憎んでいるからといって。沙耶にも美築にも一太にも世話になっていて助かってはいるのだが感謝はしていない。感謝を伝えることはあってもそれはコミュニケーションを円滑にするためにそうしているにすぎない。わからない。こうして対話する人格すら、どこか演じている。それはかれが役者だからではなく常にそうで、堂々と演じていてよい生育環境だからこそかれは演技に甘んじる。

「ねえ陽ちゃん、私にも好きなひとができたかも」

佃がなにげなく言う。相手は女性なのかもしれないとかれは思う。こうした理解すら、させられてる、やらされているもののように思えてくる。

「よかったね。うまくいくといいね」

「ありがとう。陽ちゃん、また遊ぼうね」

「うん。連絡するわ。最低でもまた夏か秋にはね」

佃と別れて家に帰る。すごく眠かったのでベッドに潜り込み四十分寝た。起きてトイレに行くと浴室までピカピカに磨かれていて、水回りを家事代行業者に清掃してもらうと何週間か前に沙耶が言っていたことを思い出した。出産祝いとしてだれか友人にそういうクーポンを贈られたらしかった。一太が生まれてから当たり前に沙耶は忙しくなり、かれのサポートに回れなくなっていることを気に病んだ。自分を気づかってかれが演技の仕事をセーブしていると考えていて、それとなく聞いてくる。

「陽くんがしたかったら、これまで通り演技の仕事、しててていいんだよ」

かれは笑って、「うん、そうしてるよ！」と言う。うまくできないはずの演技、演技的演技、すなわち演技のためだけの演技で、よき義理の息子を騙《かた》る。そして沙耶の目には言葉とは裏腹に遠慮して自分のやりたいことをやれない、気を遣う若者の姿が若干の引け目とともに映るのだった。

*

トタン？っていうのかな……

かれは日常見慣れているものだがこれから入ろうとしている建物の屋根に使われている素材の名前に自信がなく、すぐにググった。

トタンだ……

元は真青だっただろう色が錆《さ》び落ちている波型の金属板のしたに、溜まった雨水が濁っていた。かれの寝ているあいだに雨が降っていた。アスファルトにはすでに乾いている昨夜の雨の存在を教えてくれる素材をまじまじ眺め、勇気とともに引戸に手を伸ばす。開くか開かないかわからないような窓。隣の高層マンションに植樹されたシラカシの枝が斜めに伸びてき、横引きの戸を開けると枝が挟まった。

社交辞令のたぐいと期待していなかったのだが、フォローしたInstagram経由で葉賀三姫からDMが届き、そこには通っているムエタイジムのリンクに加え「待ってます！」というメッセージがあった。ジムは吉祥寺《きちじょうじ》と立川に系列施設として二軒あり、かれは立川の方へなら自転車で十五分で行ける。

その前にもう一軒、ボクシングジムを見学していた。ハキハキとストレッチ、バンデージ巻き、シャドウ、ミット、話の流れでボディ打ちまで体験させてくれたそのジムに、しかし自分は馴染めないだろう、と思った。無理やり付き合わせた児玉に、「ああいうの、おれむり」と言った。

「ああいうのって?」

「ああいうの。高校と一緒だ。みょうに場が流動的で、それなのに、みんなすごい。馴染んでいて、馴染んでいる振りをすごいする。なんというか……すごい孤独だ。知らなかった。自分がこんなに場に馴染めない人間とは」

高校ではもう、友達のひとりも作らないと決めた。話せば話すほど浮いていき、自然にしているつもりの身体がぐいぐい場から剝がされていく。このままでは自分も花倉とおなじく保健室登校者になる。児玉が中学生のころの一時期、花倉と同じように保健室から出ないまま一年を終え、二年次のクラス替えでようやく教室へ復帰したときも、教室移動を要する授業だけ受けに来るとか、部活組が大会で出払っている日の午前だけ教室に来るとか、徐々に慣らしながら行きつ戻りつ教室へ復帰したことをかれは覚えていたから、自分もそうなりうる想像は難しいものではなかった。明確にハブられていたり苛められていたりするわけではない。それなのに、どんどん周囲に「浮かされている」。

なんだかみんな無理に演じているんではないかと思う。中学まではまだいくぶん溶け合っていた子どもの意識が恋愛や将来や夢や社会性やなんやとうるさく問われつづけ、中高生らしい演技がうまくできないと置いていかれる。カメラの前ではうまく演じられる道化が現実では空回る。高校で唯一まともに喋ってくれていた竹下もうかれに話しかけない。話しかけても明確に避けられる。ちゃんと謝ったのに。「あんとき、」殴られたあとクラスに復帰した日に「話しかけてくれたのに無視してゴメン」。竹下はそのときは「そんなことあったっけ。いいよ気にしないで」と言っていた。しかしそれから目があっても避けている。

いまならわかる。クラスが始まる最初の日からどれだけ生崎陽がそういうことに気を使っていたか、警戒していたか。おもえば最初に話しかけた日から、生崎が本心と思《おぼ》しきなにかを言葉にする場面などなく、しぜん演じているのだ。美学もなく、ロマンシシズムもなく。

生崎陽、おまえにはわかっていたんじゃないか？　すぐにおれが嫌われる、その場から失格にされ剝がされていく未来が、見えていたんじゃないか？

あの日向に殴られて、なぜか殴られた相手ではない生崎の呪いに気づいた日から、自分には見えていない生崎に見えているかもしれないもの。ごく当然のことだ。だれかに見えているものが他のだれかには見えてない。だけど、異質な身体感覚ですこし生崎の集中がわかる気がする。なぜだろう？　わからないけど……あの日から、ふつうの風景が見えなくなっていた。河原で体育祭の打ち上げをした、あの夜に見えすぎていたような風景が、いまはパタリと止まっている。とくに向に殴られて復帰した日から、学校の景色や周囲の環境、こまごまと日々移り変わる教室にずっとあるもの。ロッカーの傷みと修繕された教卓。老朽化にともない新しく張られた学食の巨大窓。かつて周囲の住人が逃げ込んだ体育館が覚えている、六年前の多摩川氾《はん》濫《らん》、十六年前と七十六年前の台風強襲、十二年前と百年前の大地震。そうした場の情報が入ってくる身体が乏しくうすい。なぜ学校では風景が身体にうつらず、透き通っていくばかりなのだろう。あの日から、生崎のただそこにいる身体のなかにだけ、見えるものがある。生崎の身体にうつる太陽光と木漏れ日、校舎の影、体育で怪我した打ち身の移り変わる内出血の位置、いつかの過去にいまの生崎と同じ席に座りながら自殺することばかり考えていた生崎ではない生徒。そんなのおれにも見えて当然の景色なのか？　しかし生崎自身はなにも言わない。言葉ではなにも……かれはそのような生崎の主張のない身体に嫉妬をおぼえた。そしてその身体の持ち主に呪われている。呪われているから見えるもの、まるで生きている身体から抜けていくように、べつの人格を演じるように。思えばここにいるのにここにいないかのように見られているからこそ、多くの亡霊はわれわれに溶けいって見えるべきじゃないものが見える、見られるようになる。異質な集中によって都合よく〝霊感〟きざす、いますぐにマスターピース創作するようなスポーツで新記録出せそうな、そんな勝手気ままな集中で見たいようにわれわれを見るから見返しているだけ。暴力や非常事態によく発露する、見返される視線の空洞。つけこまれる幼いころからの希死念慮《きしねんりょ》をうすめた粉ジュースめいた苦さがかれらの身体におなじ濃度あるから。

ジムの引戸を開けて中に入ると、ムッとわきあがる湿気に汗が混じる革製品の独特の臭いに、かつて通っていた小学校中学校の郷愁をおぼえた。あたりを見渡すも葉賀の姿はなく、ひとり練習していた女性がどこかへ消えると、奥からタイ人と思しき男性がやってき、「おまえは笹岡？」と言った。

「あ、はい。おれは笹岡です」

「三姫から紹介された？」

「ああ、はい！　葉賀三姫さんに……」

オーケー、私が会長だよと言われて肩を組まれ、着替えてくるよう促されると、あれよあれよという間にグローブを着けさせられ、いきなりリング上でミット打ちをすることになっていた。なにも習わないうちに、右ストレートだ、ヒジだ、ヒザだと言われ、指示も受けていないのに男がミットを出すその位置で次に動くべき動きがわかって、意思よりもすこし早めに身体は動く。

3分2R《ラウンド》汗を掻くと、ヘロヘロになって窓の外を見た。運動していたあいだ預けていた思考から、戻ってくる余剰がある。

殴りたい、はやくだれかを。

かれはそう思った。しかし、明確にだれをというわけではない。不思議と、自分をボコボコにした向に恨みの感情はなかった。あの場でだれがどう見ても被害者でいられた自分と、加害者である向に、いまさら湧いてくる感情などなにもない。定まった役割ではなにも思えない。しかし、溜まっていく。幼少のころからつもるなにかがある。それがなんなのかわからない。わからないいままつづいていく。接続していく先にわれわれはいる。そのつづいていく線を、道筋を殴りたい、はやくだれかを……

思考のあとに、景色が戻ってきた。風を乞うようにアゴをあげると晴天がジリジリ肌を焼き、乾いていく身体が負けじと汗をかかせる。窓外のひかりはジムと周囲の建物に遮られ、ごくうすい陽だまりのような明るさだけ均一に入ってくる。その光量のさかいをボンヤリ眺めている。

結局その日に葉賀は来ず、三姫の紹介なら入会金もいらない月謝も三ヶ月いらないよと言われたかれはここなら通えるかもと味をしめ、三日連続でジムに顔を出すことになった。二日目はかれが入会するという連絡を受けて来た葉賀とディフェンスを学ぶ対人練習をしてもらい、手加減された蹴りにむしろ闘う慣れた身体が湛《たた》える迫力を学んだかれは、他者の身体や景色に与えられる覇気がいっぺんに戻ってくるような全能感を得た。三日目に顔を出すと、引き落としは再来月の十五日だからお金を入れるのを忘れるなと言われて口座登録書を渡された。

「再来月？　三ヶ月は？」

「三ヶ月？」

「月謝。葉賀さん、三姫の紹介だから三ヶ月は無料って会長言ってました」

会長は微笑みながら、「オーケー、もちろん、三ヶ月後からね」と応えた。その日はシャドウとロープを教わり、ミットを持ってもらいサンドバッグを打ち込んだ。

帰り道、自転車のペダルをつよく漕《こ》ぐ。速度に乗り始めた最初こそ練習後の火照《ほて》って濡れた皮膚に風があたりヒヤッとしたが、すぐに漕ぐ運動の熱が夏と合流して汗みずくになった。地元だからこそ知る、運がよければ視界に人間がいっさい現れない長い沿道に立ち並ぶ木々の匂いが濃い。風が身体にたまり抜けていく。タイヤがからまるアスファルトから跳ねてくる熱を置き去りにして、空気の詰まったチューブが回る車輪からシャーカラッという音が連続で鳴る。前方に咲く花を後方でみとめる。速度が景色をつくる。身体が風景になると、あれは殺意だったと思い出す。最初にジムを訪れた日、いきなりミットを打ち込んだあの時間に身体をめぐった想念。はじめての殺意だったかもしれないあのモードはこわい。でも、殺意でいいかな？　かれは思い巡らす。愛だって殺意じゃん。共同体って殺意じゃん。知らない歴史を身が帯びる。速度においてわれわれが教える。かれは無心でペダルを漕いでいる。集中する、まるでたくさんのカメラの前で本番を演じるみたいに。失くしてしまった小学生のころの思い出が、奪われた子どものころの情緒記憶が、カメラに集まっていくように演じている。

記憶が殺されたおれはこんなに景色が楽しいぞ。

更にペダルを押す足にちからを込める。また景色がなくなったら生崎陽の身体を見ればいい。そこにはいつだって生崎というより呪うかれと呪われるかれの吸い寄せる景色がある。演じる生崎陽の身体で雨の日には雨の日の、晴れの日には晴れの日の景色がうつってい、けして場を動揺させない。建物が遮る陽のなごりが、気温をうつす肌のひかりが、シャツに溜まるおもいの影が、全部その身体にうつっている。

けど、そんなふうにして生崎は、自分の人生をどう生きる？

おれはいい。かれには両親の逮捕で周囲のクラスメイトに苛められていたその記憶はないけれど身体にその歴史はつもってい、誹謗《ひぼう》中傷の気配、他者の想像力がまだ幼いその身に集中し「かわいそう」と言われそうなときの感情の宙吊《ちゅうづ》り感がつもってい、ときどき〝おれ〟が滞る。瞬間、自分が何をしているのか分からなくなる時がかれにはある。気がついたら教師を殴る向の前に身体が立っていた。いつか向ではなく走るトラックの前に立ち塞がったとしてもかれはいい。いまはもうない加害と被害がどういうわけかこの身のどこかにくすぶり、自分のみではできないことをやってしまうことがある。いつか取り返しのつかないことをするのかもしれない。いまさら忘れる我があって、きわめて恥ずかしい。でもそれでいい。ずっと恥ずかしいまんまで、恥部を曝《さら》け出すふりをしてもっと奥に隠してきた恥のこと。

友達はいらない。恋もいらない。愛もいらない。人生はよろこび。それでいい。おれは恥になる。だれかの恥ずかしい思いを上回って、もっと恥ずかしい存在になってだれかの恥におれはなる。

しかしそんなのすぐに醒める。こんなこと、だれに望まれてもいない、自分のエゴにすぎないものだって。けど、だれかの恥にかれはなる。

3

真夏のそれにしても濃い緑をたたえる深緑に、暮れかたの色がうつっていた。夕焼けのオレンジを混ぜた葉が茶色っぽく見えている、ひとつ息を吐いた次の瞬間にはうすい紫に青色を混ぜたような色に変わる。風が吹くとシャカシャカいう葉擦《はずれ》の音で、小枝を奪いあうように生えている葉がぶつかり、残ったり落ちたりする。幹がかれの胴の五倍程度の太さで斜めに立ち、根の一部は地面を覆う背の高い草むらからも浮いていて、丁度かれの座っているスツールが置かれた地中までその先端を延ばしていた。手前に広がる原っぱが人間の靴からズボンの裾までを隠し、踏みしめられると青臭さが上った。ひとりの演者に数名のスタッフがつき、いくつかの島を織り成すように公園に散らばっている。

今日は台詞もなく立っている。亡くなった兄がこの場に現れ、かつて婚約者だった主演と距離を保って話す。ふたりを同時には映さない。死者の兄は暮れた空にうつる葉の色に溶けるような白を顔に塗っている。かれもまた距離を保った位置でそれを見ている。兄は文庫本を持っている。原民喜の『夏の花・心願の国』という本。兄は自殺した。かれは、どこかで兄が自殺することを分かっていたような気がする。かなしいさみしい悔《くや》しい怒りや驚きが身の内にこもろうとも、どこかしらその感情に没頭できないでいる。

待ちの長いこの仕事をこなしていくなかで、かれはいろいろな風景を見た。それらが作品に残ればかれの記憶にも残る。しかし、時々なかったことになる仕事があって、そうしたら風景ごと忘れ去られる。この映画が公開される半年後に、いま身体に入れるように見ていた風景を思い出す。だが演じていない、演じていてもそのシーンが残らない仕事のときに見ていた風景は、いったい身体のどこにいくのか。Instagramにアップしたもの以外の記憶が全然ないとクラスメイトの楽井は言っていた。かれはそれがなんとなくわかる気がする。自殺した兄をぼうと眺めている。場に溜まる歴史や情報を身体に入れることで実際にはない血縁とその思い出を、あるべきリアリティを立っているだけの身体に込める。無表情でよいと指示されていたのでただ佇《たたず》む。

主演の井手寿和子《いですわこ》がたっぷり表情を作り、なにか男に言葉をかける。演じている時は本当にただボンヤリしていたので、そのシーンを回想する数分後に井手の声にこもる情報の圧にいまさら驚き、評判にたがわぬ見事な演技と感動した。この場に現れる情動のみならず、ずっと男を愛してきた、一年前に死なれた、また別の一年を激情とともに静かに生きた、そうした生の質感がシーンとして繋げられる前の素材だけでも充分に感じられた。井手は近年ヒット作で主演賞を受け有名になった人物だが、もとはいわゆるピンク映画の出身でその頃から常見監督は注目しつづけていたという。

そうした演技を目《ま》の当たりにしながら、ただ立っている。場がうつろい歪んでいく場で平然と立っているのだったから、ちゃんと風景を身体に入れていなければ集中できず勝手に身体が表情をやってしまいそうだった。たとえば手指の動き、たとえば呼吸のリズム、たとえばまばたきの多寡。

ただボンヤリとしていればよい。

カットがかかると、台詞や動きのあるシーンよりもやけに緊張していた身体に気がつく。それでようやく立ち会ったシーンの迫力に思考が及び、いまのところ自分は要らなかったかもしれないとかれは思った。井手の迫力にまったく見合っていなかったに違いなく、かれが持ち合わせていない演じることのなにか素養のようなものが、彼女にはすべて備わっているとわかる。じっさいに編集段階でかれを押さえていたカメラはカットされたからかれの記憶にこの公園は残らない。

カメラの高木が寄ってき、機材を右腕に下ろし支えた状態で、「生崎くん、折り入って相談があるんだけど」と言った。

「相談？　なんですか」

聞くと最近ホラー専門YouTubeチャンネルを立ち上げたから、実話怪談の再現ドラマなどに出る俳優として手伝ってくれないか、とのことだった。

「もちろん、事務所は通すし、ギャラはちゃんと出すよ。興味あったら連絡ちょうだい」

なぜホラー？　かれは腑におちず渡された名刺をポケットにしまった。常見幸絵がやってきて、台本の修正を直接もらう。そのちいさな紙をセロテープで本に張りつけて読んだ。明日はいくらか台詞がある。

「陽くんのキャッチボールシーン、監督も楽しみにしてるみたいよ」

微笑んで会釈をし、かれはスマホを取り出して知らない公園からの帰路をあらためて調べた。

＊

雨上がりを装うために放水された庭に立っている。黄色の半袖シャツにベージュの短パンといった、小学生の夏休みのようなスタイルで。リハを終えた縁側に座り周囲を見ている。足の親指と人差し指が鼻緒をはさむサンダルの前側に粘度をおびた土がついている。そこから上ってきた蟻《あり》がシャツの襟付近を喉仏の方向に進んでいた。首もとまで辿《たど》り着くとそれに気づき手の甲側で払った。蟻がいなくなったしろい首筋に、夕方の光が暖色からだんだん寒色に変化していくのを認める。紫とうすい青の混ざった、まだ大人になる手前の夜の子どもみたいな空の色。

そのように撮影を控えた家の縁側にいる生崎陽と目があった。

こちらに寄ってき、「笹岡くん？　なにしてんの」と言う。言葉としてはそう言っていて、意味としては「なんで来た？」と言っていた。

「いや、監督によかったら見学においでと言われて」

「そうなんだ。なに、知り合いなの？」

「いや、メールでだけ。やでも、さっき挨拶してきた。以前、人伝に作品の感想を送ったら、監督本人からお返事をいただいてて、そっから、少しずつやり取りを」

「おれと笹岡くんが同級生なのも？」

「え？　あー。いちおう伝えてあるよ」

「ふーん」

本番直前の雑然とした空気のなかで、とつぜん友人と鉢合わせたバイト中の学生のような立ち話をしている。しかし笹岡はわかる。生崎はものすごく動揺し、そしてものすごく怒っている。

「さっきのリハ、よかったね。キャッチボール、練習したの？」

「え？　あ、あー……、あのさ、お願いがあるのだが、本番撮っているときは、ちょっと外してくれないかな」

「え？」

「ちょっと、外してくれ。ごめん」

「おれ、帰ったほうがいい？」

「いや、そこらへんにいていいけど。ちょっと、ブラブラして来てくれない？　申し訳ない。視界に入るとおれ、集中できなくなっちゃうんだ。ゴメン」

「えー……」

「まじでわるい。このとおり」

生崎は頭を下げた。

笹岡はただ突っ立っている。

ようやく集中して身体に馴染ませた場に、日常生活でよく見る、それでいて家族のように内面を曝け出すわけでない人物がいる。これは気持ち悪い。笹岡に見られて恥ずかしい、なんだか居心地悪いという気分もたぶんにあるとして、それもプロとしてどうなのかというレベルの話なのだが、なにより……

おれというより、場が混乱するだろう。

「わかったよ。外しておくよ。本番、がんばって」

生崎はホッとし、「すまん。ありがとう」と応えた。

「じゃ、あとでまた」と言って庭に戻り、また縁側に座りぼうっとしている。笹岡はそんな生崎の目が見ているだろう庭の景色を、自分の目で重ねて見るような心地で頭の中に再現している。

狭い庭だ。敷地としては大分広いようなのだが、群生する低木や伸び放題の草花がしぜん人間の歩く幅を制限しており、全景を想像することが難しい。笹岡は生まれてからずっとアパート暮らしの子どもだったのだが、ときどき庭を持つ子の家に遊びに行った。手入れされた芝生で遊ぶ子どもが主役といった庭とは真逆の、植物が主役という感じの庭だった。スタッフや演者もたくさんの植物に身体を隠されて点々と立っていた。

しかし笹岡は場を外すつもりはなかった。本番が始まるまではどこかへ消えてい、スタートする瞬間に戻ってくる。なるべく生崎の視界に入りづらい場所に居ればよい。植物のおかげで互いの視線の合いようのないポイントはいくつもあった。家の南側に面した庭は、東側の外壁につたう細い通路を辿ってそのまま玄関先から外に出ることができた。そこから一度家をあとにして近所をぶらぶらと回り、庭の塀を挟んだ道路側をウロついて聞き耳をたて、本番が始まる兆しを逃さないよう意識を敏《さと》くした。予想では、もう十分のうちに始まりそうだった。

二階に目をやる。洗濯物の干場は空っぽだが、家の材質に似合わない物干し棒が三本、段違いに掛かっていた。衣紋《えもん》かけがひとつだけぶら下がってい、窓が一センチ程度開いている。空き家だと聞いていたが、ちゃんと人が数十年住みつづけている家のように見える。急激に生活感を与えられた家がビックリして、そうした偽装ってまるで幽霊を飼うみたいだと思う。笹岡の身体にふとおとずれたそんな着想に、かれ自身がおどろいた。先ほど縁側で寛《くつろ》いでいた生崎を見ていなければそんなことは思わなかった。生崎がいる場の笹岡であることでようやく見える、自分だけの知覚では足りない風景の重層がある。リハで演じる生崎を見て、笹岡はますますそう確信した。ふたりで見る風景の、それぞれの視界や聴覚が、嗅覚が混ざって、もっとたくさんの、複数の耳や目や鼻があつまり風景が何枚も重なるように感じられる。そこになにかがいる。

ここにはいない、なにかがいる。

笹岡は道で身を折り、数度えずいたあとで咳き込んだ。吐きたい。しかしふつうの日常でふつうの道で身体の内側のものを外に出してしまうのはいけないことだ。しかし吐こうとする身体がある。もう一度笹岡はえずき、しかし一滴の液体すらも吐けず苦しんだ。

通行人が笹岡を覗き見た。ちいさい子どもと男の人ふたり。とくに子どもにジイッと見つめられ、笹岡は咄嗟《とっさ》に身体をまっすぐにした。右足の爪先五センチ先にある電信柱のてっぺんからぶら下がる電線の、たわむ真下にある影はあと数時間後だったら笹岡の身体がうつす影にぎりぎり重なる。歩き進んだ笹岡が子どもとすれ違いひとりになると、いま見えそうになっていたものを忘れる。

笹岡が庭に戻ると、丁度よーいスタートの声がかかる直前だった。スタッフに交ざり、なるべく生崎の視界に入らない位置を探しあてた。東側の通路と庭との繋ぎ目あたりにふくらむ植物に隠れてしゃがみ、人相が見つからないよう一方的にじっと見やる。生崎がなんらか台詞を言いながら、死んだ兄とキャッチボールをする。カメラは兄の背中越しに生崎を映すもの、生崎の背中越しに兄を映すものと二台回っていた。演者がなにを言っているのかこの位置からはわからない。

生崎の背中から右肩のあたりに伸びている植物が、兄の背中側から撮るカメラに映っていた。ボールを投げようと生崎が右肩を出すと、肩がシャツの生地ごしに枝に擦れる。庭にたまった湿り気が全体の色を淡くしていた。かれは無表情だ。それなのにすこし笑っているようでもある。口角はわずかも上向いていないのだけど。すると、庭の周囲をまとう淡さからじょじょにしろい蒸気のようなものが生崎の身体の周囲に溜まっていく。それは夜へむかって消えていく光と合流し、あいまいになにか輪郭をあやなし、やがて人体を模した。濃くなっていく。やがてちらちらと赤みを帯び、鮭の切身のようになって水分らしきものをだらだらとこぼした。つぎには子どもの体格になった。夕方の光をうつす雲のような仄《ほの》赤いモヤモヤが、まるで小学生ぐらいの男児の動き。煙のような人体がただ小型化していくのではなく、明確に九、十歳程度の骨格と肉づきに即した体積に変わりすこし黄色っぽい顔の部分がなにか表情を灯しているようにも見えた。生崎の身体の周りで、遊んでいる。とても楽しそう。

生崎の身体に溜まったわれわれが見える、笹岡はぎょっとした。

「はい、オッケー」

監督の声とともに、生崎の身体にまとわれたモヤがかったものは消えた。笹岡はふるえる。慌てて兄越しのカメラで生崎をおさえていた高木のもとへ近寄り、「お疲れ様です。あの、さっき生崎陽くんの身体のまわり、ちょっとスモークとか焚《た》いてました?」と聞いた。

「スモーク? 君は生崎くんの知り合い?」

「あ、そうです。クラスメイトです」

「そうなんだ。へえ。珍しい、友達がこんなとこに」

「いや、おれが無理いって監督にお願いしました。おれも俳優なんです」

「そうなんだ。スモーク?」

「いや、なんか生崎くんの周りだけへんにモヤがかってたじゃないですか? そういう幽霊がうつりこむみたいな演出なのかなって」

「君もホラーとか怪談とか興味あるひと?」

「ホラー？」

「いや、生崎陽くんもなんか幽霊とか平気で言うタイプの男子だったから。霊感とかあるんじゃないかなあと思ってて。そういうの、君たちのあいだで流行ってるの？」

「流行ってないです」

「ふうん。ところで最近ホラーとか怪談専門 YouTube チャンネルを立ち上げたのよ。君もよかったら俳優として出てくれないかな。いま生崎くんもスカウト中なんだよね。もちろんちゃんとギャラは出すし……」

笹岡は立ち尽くす。

そこへ生崎がやってきた。

笹岡は呆然《ぼうぜん》としたままで「お疲れ」と言う。

生崎も「お疲れさま」と言った。

「ありがとう。外しといてくれて」

生崎は笹岡が現場にいたことに気づいていない。

どことなくスッキリした表情をしており、先程までのつめたい温度は身体から消えている。

笹岡はまじまじとどこも変わらない生崎の衣装と身体を眺めた。なにも変わっていない。

「あ、そうだ。今日はもう撮影終わりで、さっき監督がよかったら笹岡くんも飯食ってかないかって言ってたけど、どう？　たぶん居酒屋になるけど」

笹岡は「あ……」とこぼしたきり戸惑った。

こわ。生崎って、なんかこわ。

あ、でも、本人はなにもしらない？　みえてない？

いや、あれはおれの目の錯覚というか、なにかの自然現象を幻視しただけかも……

いや、しかしあんなにハッキリ人体になって、あんなキモくなるか？

とはいえ、それを……

とにかく、キモく、そしてこわい。

こわい。でも。

でも、演技に感動したことは事実なんだ。

「おまえ、身体はだいじょうぶなのか？」

「身体？　まあ、けっこう待ちのあいだ暑かったから、暑いな」

生崎は思わずシャツの襟ぐりをつまんでパタパタと叩き、すぐに衣装であることに気づいて止めた。随分と平常心でいる。

笹岡はふだんドラマなどでしている撮影とか、演技とか、そういうものに対する感受性の皮を、一枚二枚ベロッと剝かれたような心地がした。

ただ本番の声がかかって、カメラが回りはじめた瞬間に、場が騒いで、そこに立っているのは生崎だけではないのがわかった。ただ生崎が演じているというそれだけで、場に含まれるもののなにか蓄積が圧倒的に身に応えて、つらく、こわかった。言葉でそう感じたというのじゃない、生崎の身体から笹岡の身体に入ってきた。

身体と身体で入ってくる言語だった。そんなことはわからない。ふつうでは「おもえない」ようなことだ。けれど身体はそう感じた。それはふだん役で演じる登場人物たちに対する感度に似ている気がした。演じているあいだはたしかにそこにいる。けれど演じる季節が終わるといない。けれど、世界のどこかにはいるかもしれない。また演じる場に戻って物語を再駆動すれば、戻ってくるもの。この家でかつて生活したものらも、そんなフィクションの誤作動によって戻ってくるかもしれない？　それなら、間違ったフィクションで間違ったものが戻ってきちゃったらどうすんだ。いつもフィクションの都合で現れたり消えたりする登場人物たちの、役や物語には関係ない感情を、痛みを、よろこびを、無視することで初めて作品はなる。わからない。もう終わってしまったもの。フィクションだって生活だって、終わってしまったらもう同じように取り戻すのは無理だ。笹岡は無言のうちに混乱した。

「いや、待たせてすまんね。しかも本番も見せられず申し訳ねえ」

生崎はどこかからもらってきた団扇《うちわ》で扇《あお》いでいた。笹岡は生崎の平常心に驚愕《きょうがく》しつづけている。

「うるせえ。そんなこと思ってもいねえくせに」

笹岡が言うと、生崎は淀《よど》んだ。

すこしの間を空けて、生崎が「まじゴメンって。なあ、怒ったの？」と言う。

「そうじゃねえって。おまえはずっとそうだ。ほんとはおれのことが嫌いなんだろう？　それなのに、周囲に気をつかい、場におもねって、嘘ばっかいう。わかってるんだ。おまえの演じている身体がほんとうなら、現実の言葉はぜんぶ嘘。この、クソ嘘つき爽やか野郎が」

「なんだそれ……そんなことねえって」

「もういいよ。それでいい、嘘でいいけど、現実のおまえがぜんぶ嘘でもおれはおまえのこと好きだぞ。でもおまえのおれに対するその態度はまじで腹たつ」

「それはありがとう。でも、いきなりどうした」

「あれほど演じることがほんとうなら、現実のおまえはまるで最低だな。糞野郎が。地獄へおちろ」

「ちょっと待ってよ」

「うるせえ！」

カメラの高木が、小声で「やめろやめろ」と介入した。明日で撮影はオールアップだ。しばらくはただの高校生に戻る。作品は半年後に上映される。監督の作品は一般的にヒットすることはないが、細く長く全国の上映館を回る。そのころにはもうかれらは高校二年生になる。

笹岡は高木の方を向き、言った。

「怪談YouTube、おれやります。生崎陽、おまえもやれ」

「え？　怪談YouTube？」

「おまえはやる。おまえはやるよ。おれがおまえの幽霊になってやるって。だから生崎陽、おまえはやるんだ」

笹岡樹は直感した。幽霊は恥、恥は幽霊だ。

4

家を出るタイミングで父親と鉢合わせた。陽くん、どこ行くの？と言われている。かれがいつものごとき無視をして靴を履いていると、中からややグズっている一太を抱いた沙耶が現れ、「花火だってー。友達と約束してるんだよね」と言う。

生崎豊はかれが右手に持っていた白いビニール袋を覗き込んだ。花火かぁ。もう何年もやってないなあ。いや、下手したら十何年かな。気をつけて。チャッカマンとバケツは持った？

チャッカマンとバケツはそれぞれ上信《じょうしん》と甲本が持ち寄ることになっていた。いってらっしゃい。返ってくるわけがない声がドアの閉まるタイミングで追いかけてきた。聞き取るわれわれは偽の「いってきます」を生崎の声で囁くが、こちらも返ってくるわけがない。すぐには聞こえない。風呂場で死んだ実母など合流し、溜まった声を加工して家中にはりつけ、過去未来の映像を現在と区別せず見せつける。たとえば数時間、数十年遅れて夜中に聞こえる「いってきます」。だれかいる？　生長した一太が言う。だが一太が十代になるころにはこの家は荒廃した空家と化していた。現実には訪れない未来こそ幽霊なのだった。

お兄ちゃん？

まだ言葉を知らない一太は未来で現在のかれを呼んだ。

かれは突っ込んでくる車をゆっくり避けた。急ぎすぎていたらハネられる、しかし接触まではだいぶ余裕があるのだった。自殺した実母の痕跡を消そうと試行錯誤を重ねてリノベしても、玄関だけはなにも変わっていない。何万回の外出と帰宅が安全を教える。生崎豊はかれに根気強く言葉をかけつづけてきた。なにかしら勇気づけられる、日一日と身体が生長する変化を認めるだけでも。花火の入った袋を籠《かご》に入れた自転車のペダルを強くかれは、いま父親の声を聞いた記憶をなるべく外へ放出するよう漕いだ。相槌やジェスチャーを含めた無視をもう数年来しているのだが、父親の態度は硬化することも軟化することもなくずっとあんな調子だった。それでいて、母親が自殺したこと、その主因として沙耶との不倫があったことを話したことはない。なにかしら欠落している、それは明白だとしても、沙耶や美築とはよく会話をしやさしい父親でさえあった。かれはおぞましいと思っている。生崎豊は二十二歳のときにかれが生まれたのでまだ若い。中堅出版社の営業課長として働いており、できたての書籍見本を家に持ち帰って、こんなのできたよと披露することが時々あった。多くは健康実用書と、若い人向けの自己啓発書のたぐいで、まれに美築が興味をしめすと、後日刷り上がったものから一冊あげたりもしていた。

じき公園に着いた。甲本と及川がすでにおり、「ミドリちゃんと上信ももう着くって。鷹《たか》ノはちょっと遅れるらしい」と言う。

昼間には水を吐きつづける噴水が中央にあり、円を囲うようにいくつか花火をしている集団があった。すでに光と音を混ぜあうような歓声が上がっていて、夏の終わりが騒がしい。かれはスマホを確認した。

「おれの友達も、もう着くって。おれちょっと迎え行ってくるわ」

そして花火を甲本にあずけた。

数日前、佃とミスドで喋っているときに、こんど花火やるけど来る?と軽い気持ちで誘っていた。

「えー、いいの？　いきたいー」

「うん。もしよかったらパトナさんも誘ったら？」

「ありがとうー。聞いとく」

しかし音高《おんこう》に通っている佃のパートナーはピアノの練習に根を詰めているということで来れなかった。そのかれの会ったことのない人物をかれらはパトナさんと一方的に呼んでいる。

夏休みも終わりかけていた。この一週間前にお馴染みのメンバーで花火でもしようかとグループＬＩＮＥで盛り上がり、花火班としてかれと甲本と広井《ひろい》が昼のうちに花火を買いに行っていた。駄菓子屋のようなつくりの専門店で、店番のおじいさんに種々たずねつつ、大袋のパックをふたつ、バラで色んな手持ち花火を三千五百円分ほど買った。

夏らしいことをするのは久しぶりだった。常見監督の撮影を終えてから毎日なにもせず、ただただダラダラすごした。ときどき友達とプールに行ったり、カラオケに行ったり、マクドナルドに行ったりはしたが、あとはとにかく家でゴロゴロしていた。

じきに七名が集合し、それぞれ初対面同士の者は挨拶を交わして、花火をした。煙が目の前をボヤかすと、夏の匂いがけぶって急に楽しくなる。おー、とかうわーとかしぜんに声を出してしまう。花火の弾ける音といっしょにキャーという声が耳のすぐそばに聞こえてにやける。甲本がアツ、アツッと言っている。おもしろいな。場がたのしくて混ざり合い、みんなの情緒が狂騒し、声が響きあってワーッとなると、街灯があってもだんだん暗くなる夜に紛れてかれは泣いていた。すーっと頰をくだっていく涙が、しかしだれにも気づかれることなく、かれ自身にも厭《いと》われることもなくただ流れていた。

花火が終わると、みんなで笹岡が出ている怪談チャンネルの動画を見た。

かれはもちろん出演を断った。意味のわからない笹岡のキレかた、意味のわからない「おまえの幽霊におれはなる」宣言、そうしたすべてを無視したまま一ヶ月が過ぎた。かれはこの場でかれの他に知り合いがいない佃からなるべく離れないよう努めていたが、及川や慶具や上信といった女子たちと佃は充分に打ち解けているように見えた。笹岡の動画はおそらくクラス中に回されている。

広井が「おれこわいのダメだからパス！」と言うのを、甲本や及川が腕を引っ張って画面前に顔を固定させむりやり見せた。

「やめえよー」

「アハハ。でも怖くないって」

「やむり！　マジで無理なんだって」

「だいじょうぶだよー」

「え、これが陽ちゃんの知り合いの子？」

「そうそう。男子のほうね」

動画はさいしょ二人組YouTuberの自宅パートでひと笑い狙う挨拶から始まり、近況とこれから紹介する怪談の前情報を喋る。チャンネル登録者数は１９１人。三分ぐらいから再現ドラマが始まる。


　これは私が大学生になったばかりの、当時十八歳だった頃の話です。


　私の父親はとある商社の貿易国際事務部長として働いており、母はフリーランスのライターをやっていて、何不自由ない子ども時代を送ってきました。余談になりますが私は欲しいと思った物を我慢するという経験をほとんどせずに大きくなったタイプの人間です。

　十八歳になり、無事に第一志望の大学に合格することができた私は、下宿先を探し始めました。一年次のキャンパスが実家のある立川からすこし離れた土地にあることから、初めての一人暮らしを計画していたのです。

　しかし、いざそのことを相談すると、父親は私にとって意外なことを言い出しました。学費はもちろん出すが、一人暮らしやその他の生活費は援助しない。バイトをしたり生活を切り詰めたりして、自立した生活を目指しなさい、と。

すでに目ぼしい物件を見つけていた私は、急遽《きゅうきょ》検索条件を大きく下方修正しました。苦心の末、ようやく見つけたワンルームの部屋は狭く、ユニットバスで駅から離れた位置にあるものの、大学が近く、家賃は四万円台と、都心周辺としては破格の物件でした。

そうして私は無事に大学に入学し、早々に恋人を作るなど、順風満帆《じゅんぷうまんぱん》なキャンパスライフを送り始めました。

そんなある夜、恋人が初めて私の家にやって来ることになりました。

私は普段作り慣れない料理のレシピをクックパッドで調べ、それなりにかれを喜ばせようと頑張りました。それほど立派な味にはならなかったけど、かれもよろこんで食べてくれました。

それは二十二時を回った頃のことでした。

「この部屋、すっごく落ち着くね」

かれは言いました。その口調から、私は、お恥ずかしいことですが、かれの性欲をたしかに感じとりました。

「そう？　ありがとう」

実はこのとき私は、自分の異様な性欲亢進《こうしん》にとても戸惑っていました。こんな経験は後にも先にもありません。かれと普通に会話をしているだけで、変な言い方ですがおかしくなりそうに気持ちが、というか気が、なんというか、熱いのです。私はほとんど震えていたと思います。

お分かりでしょうか？　純粋な性欲というものは、感動に似ています。すばらしい映画を観て放心している瞬間みたいに、どこか穏やかでありながら身体中で叫んでいる矛盾があるのです。きわめて冷静でもあります。だって、なにはなくとも性欲を解消することだけが目的なのですから、クレバーでいなければそれは難しいでしょう？　性欲とはそういうものです。クールでありつつ、異質な情熱でものすごく多くの物理的、心理的ハードルをクリアしていかなければ、それは解消されない。異様に亢進した性欲とは「おもしろい」という状態そのものなのだとその時に思いました。興奮の坩堝《るつぼ》にありながらどこか醒めきってもいる。人は「おもしろい」を求めつづけ生きます。けして抗えない。「おもしろい」は欲望そのものです。だって、お笑いでも映画でも、なぜそれがおもしろいのかという理由は説明できても、おもしろいという身体の状態についてはいちいち説明できないし、しようとも思わないでしょう？　それぐらい当たり前にそこにあるものとされています。「おもしろい」も性欲も、一度昂ってしまったそれをはねのけて拒むことは難しく、普段では想像もできないほどの葛藤と暴力性に、私は飲み込まれてしまいそうでした。

とくに首。かれの細いながらも筋張った首のラインを見つめていると私は、唇がビクビクするほどに欲情していました。高校生のときにも性的な経験は一応していたつもりだったのですが、それはまるで違うものでした。

頭の中に泥を流し込まれるみたいに、見えるビジョンがありました。かれの首を絞めたい。絞め落として、苦しむ口角の両側から泡を吹かせて舐《な》めとりたい。

かれを殺したい。

おそろしい想像でした。断っておきたいのですが私は普段は穏やかな人間で、子どものころからろくに他人と争った経験もありません。自分から性的に欲情するなどそれまでにはありえないことで、高校のときの経験にも、痛みと屈辱しか感じていませんでした。

「寒くない？」

私は、自分からそう言って、かれがベッドに突いていた左手に、するすると右手を近づけました。泥のような頭で想像します。重ねた右手をじょじょに上らせて私は、片手でかれの首に手をそっと添えます。撫でるようにしてもう片手を合わせます。そして……

「ちょっと、夜風を浴びにいかない？」

てっきり私の手を握り返すのだと思っていたかれが、急にそう言い出しました。私は、避妊具でも買いにいくのだろうかと想像し、「もちろん、いいよ」と応えました。

家を出る時にかれが、「たしかに外はちょっと寒いね」と言いました。

エレベーターで階下に降り、大通りに出た私たちは、ふと振り返り、空を眺めました。その日は満月で、天気もよく、くっきりとした明るい黄色の輪郭が、周囲の空に滲んでいるようでした。

「月、すごいね」

私は言いました。

ところで私の住んでいるマンションは、すべての部屋の窓が大通り沿いに面しています。私はふと、月から視線を下ろし、なにげなく、自分の部屋の窓を探しました。

すると、点けっぱなしで出てきてしまった電気の灯りが漏れている自室の窓から、人間の影のようなものが見えました。

目の錯覚かと思い、何度も確かめました。別の部屋なのではないかと、しつこく位置を確認します。しかし明らかにそこは四階の右端から二番目の、私の部屋のベランダでした。距離にしてまだ十メートルほどしか離れていませんでしたので、影は比較的はっきりと見えました。

「ねえ、あれ……」

私はかれに声をかけました。

「ん？」

「私の部屋。だれかいる」

それも、一人ではなく二人、いるような気がする。くっついたり離れたりする二名の影が、ベランダでなにか、争っているように見えました。片方は男で、片方は女のようなシルエットでした。

しばらく呆然と眺めていると、やがて、男の影が女の首に手をかけ、絞り上げているような動きが見えました。

はっきり首を絞めていると確信できるわけではないのに、だんだんと力がこもっていき、絞まっていく気道からゴブゴブと呼吸そのものが苦しむように音を立てて狭まる。そんな想像が具体的に私の身体にうつりました。

私は叫び出しそうになるのを必死に堪《こら》えていました。

「ねえ、殺そうとしてる？　通報した方がいい？」

私はかれの腕にしがみつき、なるべく冷静にそう言いました。そのときには、自分の部屋に見知らぬ男女がいるということよりも、単純に事件として、どう対処すべきかの方に気をとられていました。

とりあえず警察を呼ばないと。私はそう考えながら、しかしベランダから目を離せず、身じろぎひとつできずにいました。やがて、無人であるべき私の部屋のベランダで、女が崩れ、蹲《うずくま》りました。真っ黒な人影が折り畳まれ、黒い塊になったみたいでした。

するとと、女の首を絞め落とした男が、通りを隔てた私たちの方へ、ゆっくり首を回し、目を合わせてきたのです。

私はそのときに思わずヒクッというような声を漏らしました。

ベランダにいた男の顔が、いま隣にいるかれの顔にそっくりだったからです。

そっくりというより、まったく同一人物としか思えないほど、顔も体型も、何もかもが似ていました。ベランダの男はおそろしい形相《ぎょうそう》でこっちをじっと見つめていました。

「やっと、「見て」くれたね」

すると隣にいるかれが、これまでには聞いたことのないような声で、そう言いました。そしてゆっくり、かれの顔を覗き込むと、のっぺらぼうのようなまっくろい顔で、しかし鋭利な月のように口角がどんどん上がっていき、ニイッと笑いました。

そしてかれの背中越しに、ベランダにいた影が飛び降りるのを見ました。地面に激突したはずなのに、なにも音はしませんでしたが、目の前のかれの顔で夜闇に破裂するような、なんとも言いがたい、ごく小さな、グチャ、という音がしました。

それから、私たちは無言で見つめあいました。時間にしてはほんの一、二秒だったかもしれません。しかし果てしない長さを感じる時間でした。

「大丈夫？」

ふと、かれが言いました。気がつくと、すっかり元のかれに戻っているようでした。

「え？」

「コンビニはあっちだよ。アイス買おうかな」

私はかれのそう言う口から視線を下らせて、シャツの襟から飛び出すような喉仏を見ました。その時には私の中の性欲はすっかり消え失せていました。コンビニから戻った後の家の中にも変わった様子はなく、かれは終電で帰りました。

私は部屋を解約すべきか迷ったあげく、結局住みつづけましたが、それ以降おかしなことはなにも起こらず、かれとは普通に一年付き合って別れました。あれは一体なんだったのだろうと、今でも時々思い出してしまいます。


「笹岡くん、めっちゃイケメンじゃーん」

動画が終わると、われわれの間で悲鳴と笑い声が同時に上がった。画面はYouTuberの自宅パートに戻り、実話投稿を元にした先の再現ドラマについてのディスカッションが始まった。かれはずっと黙っていた。

及川と上信は笑っていた。広井は「ヤバイヤバイ。鳥肌たった」と言った。

「えー、笹岡だよ？　ぜんぜんこわくないじゃーん」

「わたしめっちゃ怖かった。女の子の演技やばすぎ」

「うそでしょ？　コントにしか見えんかった」

「そもそも意味わかんないし」

「笹岡くんめっちゃ棒だしね」

「こないだ出てたドラマではそうでもなかったよ」

「うけるー。幽霊役？　めっちゃ似合わない」

「ありえないしね、あんな高校生丸出しの感じで大学一年生って」

「おれちょっとトイレいってくら！」


かれはそう言いながらこの場を去った。こうして笹岡の動画に沸きながら、しかしわれわれは充分な自覚なく笹岡を疎外している。公園内の小便器で用を足しながら、かれはふたたびすーっと涙をこぼした。じつは、笹岡が出演したその YouTube 動画をもう八十回は見ていた。

トイレを出ると、広井がこちらに向かいやってくる。かれは「ヒロケンもトイレ？」と言った。


「そーそー。もう限界。あ、てか今日よっちょんが連れてきた友達、めっちゃかわいくない？彼氏とかいるんかな」

「友達？　ああ、佃？　おれの友達をそんなん言うの止めてや。いまは恋人いるってよ」

「おん？　そっか。てかよっちょん泣いとらん？」

「ここのトイレ激烈臭いのよ。涙でた」

「まじか。息止めてしよ」

「そうしな」

「てか、そんな中悪いけどトイレもう一回してくれん？　おれまじでこわいねんさっきの動画」

「そうなんだ。いいよ」

「なんでみんな平気なの？　笹岡めっちゃこわくない？」

「うん。こわい」

映像の中で高速落下する影になり夜を見ていた。この身にこもる、すべての生者と死者が染みでる色で夜のなか速度になっていく。夏休みの最終日にかれは宿題をまとめて片づけている、この期に及んでまだ笹岡の出演している怪談動画をリピートで流していた。

かわいそうだと思った。幽霊がかわいそうだと。ずっと笹岡の演じる役の男がなぜ幽霊になってしまったのか考えていた。たしかにきっと生前、男はろくでもなかった。でも、だからといってこんなふうに撮られて、幽霊がかわいそうだと思った。

グラマーの宿題で、指定された単熟語を含む英作文をでっちあげている。五十の英文を作るのがノルマとされていたが、四十も作れば怒られはしない。赤字で苦言を呈されるだけで、しかし提出扱いにされすぐに忘れ去られる。そうして汚い字でノートに短い英語を書いていき、四十の例文を作った直後に同じイディオムの派生で作れる文章がもう一つ思い浮かんだので追加。四十一の例文を書き終えたところで雑多な課題に移る。公民の教師が分量不問で、なんでも良いから太平洋戦争において多摩地区で起きたことを調べて書けという宿題に立川、空襲の検索ワードでヒットしたいくつかのブログをコピペしてコラージュし、教師の目を偽るための文体を整えると、幽霊の笹岡がもう百何回目かの「やっと、「見て」くれたね」を言っている。「渋谷《しぶや》と中台《なかだい》の幽ちゃんねる」にこれ以降笹岡の出演シーンはなく、ふだんは渋谷、中台と名乗るふたりの怪談ライターが昨今のホラー事情についてただ喋っている。そうしたトークの方が再生数は伸びており、笹岡が出演しているような怪談ドラマを含むタイプの動画再生数は伸び悩んでいる。

しかし、高評価とコメント率は高かった。ドラマが褒められているわけではない、むしろ映像の拙《つたな》さや怪談の出来に関する苦言が並んでいるのだが、しかしそうしたネガティブなコメントへのイイネ数と競って高評価の数も伸びつづけている。

かくいうかれも高評価を押した人間のひとりだった。見終わったら泣いていて反射的にタップした。我にかえると取り消そうとした。しかし感情が押し寄せてうまく自分の人格に集中できず、訂正しないままここまで見つづけている。

花火をしたあとであの動画を流していたとき、多くのクラスメイトが笹岡をホラー大根だと言っていて、かれは心底驚いていた。テレビドラマで見せる演技のほうがまだマシだという。信じられない。かれはなにも感想を言わずただあの場にいたが、心は怒りに似た焦燥感に満たされ苦しかった。ドラマでの笹岡は、まじまじ物語を追って見たわけではないが普通だった。演技を見せられて普通だと感じさせる役者は有用だから、いい役者なのかもしれないな、と思ってはいた。十人並みの華と個性で、端役とはいえ子役出身ではない色物枠からいま連続ドラマに抜擢《ばってき》されているのもわかる。しかし怪談の再現Vに出ている幽霊役の演技は異質だった。

数式を解いている、間違えても誤答の式を残したままその下に正解文を書き写すよう指導されていた。夏休み後の授業の予習分として解くよう指定された部分だったので、間違えたところをひとりで分かろうとせず授業と一緒に理解すればよいと言われている。しかし一度はちゃんと間違えるようにと。適当な解答をでっちあげてガンガン正答をノートに写していく。

「やっと、「見て」くれたね」

数式が滲む。動画を流していると、自分が演技をしているときみたいに束の間、場に集中してしまう。それゆえに宿題は捗ったが、自分がどういった感情で泣いているのかわからない。流す涙がこぼれる前に吸われる皮膚から、教科書を覗き込みうつむく旋毛《つむじ》の延長線上に窓がある。そこから落下しているかもしれない影をかれは見ない。多くの「もっと生きていたかった」という願いより、だれかに「もっと生きていてほしかった」という願いのほうが重たい、われわれの輪郭をなぞって濃くしていくように、勉強に集中するかれの背後で鳴っている。

こっちへきて
という声が聞こえない、かれはただ集中している。

身体が勝手に。笹岡の意識にまとわれる。羞恥心《しゅうち》がうつってくる。笹岡の幽霊、その身体につよく感じる恥の情動。なぜ恥ずかしい？　知りたいよ。死んじゃって恥ずかしい？　死んじゃってるのに見られて恥ずかしい？　かつて生きていたことが恥ずかしい？　死んだ身体を生きている者の視覚で見られるのが恥ずかしい？　死んだ視覚で生きている者の身体を見るのが恥ずかしい？

混ざっている。あの画面で、生きている羞恥心と、死んでいる羞恥心が。かれは極めて恥ずかしかった。きっとあの動画を見ているみんなが恥ずかしいのではないか。その羞恥心が、演じる笹岡を否定する。だからみんなは笹岡の演技を口々にくさした。けれど、こんなに言葉より身体のほうに速く、うるさく感情を植えつけるなんて、いい演技に決まっていた。

おれは生きていてずっと恥ずかしいんだな。

かれは生まれて初めてそう思った。自分の感情をまっとうに認めてやれた気がしていた。なにが恥ずかしいのかはわからない。家の事情のこと、思春期にありふれた劣等感のこと、普通じゃないかもしれないこと、そういった絡み合うおれという自己同一性の、どこがどのように恥ずかしいのかわからない。わからないことが恥ずかしいのかもしれなかった。とにかく、ただただ、生きていて本当に恥ずかしいよ。だから泣いてしまうのかもしれなかった。

そして笹岡、おまえも恥ずかしいんだな。

「やるぞ」

と生崎陽は言った。

夏休みあけ、数日たったわれわれの教室。われわれは泣いている。窓外から飛び出し、十数メートルを降下しハネ返るように斜めへ、するといくつかの校舎の調理準備室、武道場、部室棟へと抜ける渡り廊下、などを越えてプールがある。そこでふざけていた生徒に押されて転び、膝を擦りむいて水面へ落下、そうさせた二年C組崖束《がけつか》のほうが謝って涙ぐんだ。生崎の「やるぞ」と言った発声のリラックスにざわざわするキューポラの葉の隙間から、声がピュルッと抜けて泣いている。それらの声が高校生たちの身体に騒ぎ合い、先生が「うるせえぞ」と注意したが生徒はだれも騒いでいなかった。雰囲気がうるさいだけだった。

教室はしずまった。まだ休み時間はあと二分ある。べつに騒いでいてもいいはずだったのだが注意された、われわれはだれもそのことに疑問を持たなかった。まるで夏がもう一度始まるみたいな陽射し。夏休み中ムエタイと撮影で汗をながした笹岡樹は、日焼けしたせいか半袖からのびる腕が筋肉も含めて別に太くなったわけでもないのに存在感を増してそこにある。細いだけの生崎のと比較するとまるで夏とそれ以外。顔はこの数日間、夜じゅう泣いている。かなしいという感情ではない。疎外され半分ここにいないものにされる学校が辛い、われわれがこわい、けどそれだけではない。笹岡は演じることもムエタイももう止める。夏休み終盤に起きた笹岡の事情を生崎はなにも知らない。笹岡が言う。

「やるぞって、なにを？」

＊

笹岡樹は無表情だった。始業式の日を含めて、丸三日休んだ。もたらされたゴシップにより死んだメンタルによって。

笹岡樹は芸能界を引退する。まだ公になっていないが、もうすぐ出る週刊誌の中で「人気急上昇中（?）セキララ系個性派ＤＫ俳優笹岡樹くんのホントにイエナイ家庭の事情」という記事の、トップリード部分には「息子を家から追い出して、両親は夜な夜な怪しい『ハッパパーティー』を……」という太ゴシックが斜め下方向にデザインされた。

かれは「なにをいまさら……」と笑った。さんざん自分からテレビで言いふらしてきたことだ。コマーシャルの夢なんていまさら見ない、商業主義に身を切り売って大金を掴もうだなんて思ってもいないのだったから、ただYouTubeやテレビですでに周知された情報をさも真新しく初見の人に紹介しているだけか、と記事を見下した。フッと吹く鼻の息がかかったゲラを見ていた八月下旬、エアコンが故障していると汗をかきながら事務所の社長、マネージャー、かれの分とコピーされた文書を読んでいる。

問題は記事の後半にあった。

見開き左ページの上段に撮られた写真につづく太字のリード文には、「薬物の前科はミスリード？　笹岡家のさらにヤバい凶悪レイプ事件の闇」と書かれている。

かれはえっと思う。

笹岡樹（16）の父親である笹岡亨《とおる》（43）には薬物依存の他にも血塗られた過去があった。二十五年前のとある夏の夜、集団で襲った当時未成年の女性に対する強姦致傷の罪で五年二ヶ月の実刑を受けていたのだ。刑期を終え罪を償ったとはいえ、その十五年後に子どもがいる身で薬物に溺れ再び刑務所に逆戻りとは、この父親はまったく懲りない人物と言うほかない。

「樹くんが最近テレビで親の過去を話すようになったのは、父親のレイプ事件を知らなかったのか、あるいはそれすら『芸の肥やし』というわけなのか、どちらにせよ親子ともども若気の至りでは済まされないことだと思います」（前出・情報提供者）

本誌記者が笹岡亨らに「マワされた」当時の被害者にインタビューを試みたところ、被害者女性は「知らないです、覚えてないので」と言い残しそそくさと古アパートの一室へと消えた。しかしその顔にはハッキリ映る恐怖が今も刻まれている。被害者女性はテレビで活躍する笹岡樹を見て果たして、なにを思うのか——

「これ」

その夜、笹岡が事務所でコピーされた記事を父親に見せると、それまで高かったテンションが一瞬で収束し、その瞬間に母親の絶叫がアパートに響きわたった。

「あ、ごめん。お母さん見に行ってくるね。ちょっと待って」

腐臭ただようリビングで父親を待つ、かれの心境はいやに冷静だった。母親に筋弛緩剤と鎮静剤をふくませて戻ってきた父親は、開口一番、「黙っててゴメン」と言った。

「この、情報提供者っていうのに心当たりは？」

「あ、うん……もしかしたら。ちょっと前に電話かかってきて、借金を申し込まれて……。でもうちに余裕なんてあるわけないじゃん？　それに、当時、というのは大学生のころだから、僕たちちょっとヤンチャやっていて、二十年以上前だけど、そいつは僕のことをずっと下に見てプライドを保っているようなとこあったから、僕に借金を頼むなんてよっぽどのことだったと思うけど、その時はお母さんのトイレ関係やってるとこで、余裕なくて、そしたら、そういえば樹くんが最近テレビに出ているらしいじゃんとか、被害者の女の子がいま住んでるとこが分かったって、言ってた。そのときはどうにか謝りたいんだって言ってたんだけど……」

「そいつも加害者なの？」

「そうだけど……、その……僕たちがひどいことをした相手の子はずっと僕が好きだった女の子だったから、彼にとってみれば警察に捕まって、彼ともうひとりの先輩のほうが彼女を殴ってたから、その子を好きだった僕より彼らのほうが刑が重くなって、僕に対し釈然としない気持ちがあったんだと思う。けど、ほんとうは気は優しくて、いいヤツなんだよ」

「は？　女の子を殴ってヤるようなやつが、いいヤツ？　なわけねえだろ。テメーと同じクズくそ野郎だろ、どんなに日常やさしくて、いいヤツだったとしても、なんべん死んで地獄落ちても足らないくらいのくそクズ野郎なの」

「ゴメン、樹くん。黙ってて、ごめんなさい」

「てめえ、よくそんなんで子どもなんてつくっていいと思えたな。まったく、たいしたタマだよ」

「お父さんまた樹くんに、迷惑かけちゃうかな？」

「おれにじゃねえよ。被害者の女性にだよ。死ねよ。死んで償えよ」

しかし、いまとなってはかれが笹岡樹としてテレビに出ることが被害者をもっとも傷つける。それは週刊誌の記者が書いた通りなのだろう。かれは土下座する父親の頭を踏みながらマネージャーにLINEした。

……記事は事実です。仕事全部やめさせてください。ごめんなさい

マネージャーが社長にそれを報告する。「残念だけど、引き止めるわけにはいかないね」と言われ、マネが泣いたのはべつに商品として惜しいとか、かれの俳優としての将来性に思いを馳《は》せとかそういうのではなく、ただ無表情に昼間ここにいた笹岡樹の身体が、もう二度とこの場に現れないのだという事実にしみついたなにかノスタルジーに泣いた。昼の光を浴びてかれが「父親に確認してみます」と言い事務所を辞すその去り際に被《かぶ》っていたキャップをとって頭を下げると、場にサワサワと吹くはずのない風が吹く。

「いい俳優だったのに」

と、泣きを終わらす最後のきっかけのようにしてかれのいない事務所でマネージャーが言った。

5

それが一週間も前のことで、そのように笹岡が教室にいることをまったく知らない生崎が、「やるぞって、なにを？」という笹岡の台詞に「演技を」と応える。

「演技？」

「怪談」

「拒否ってたっていうか、あんなにおれを避けてたくせにどういう、どういうアレ？　どういう……。あの、こういうときなんて言うのだっけ」

「いや、知らんけど」

「風……そうだ、どういう風の吹き回し？」

休み時間はもうゼロ分。チャイムが鳴ってクラスメイトは全員席についていた。
一、二時間目にプールに入った。多くの生徒は陽射しと塩素で乾燥した肌に化粧水を塗り、保湿クリームを塗っていたから、かれらも含めてワイシャツのカットから覗く首がむしろいつもよりツヤツヤ、てらてらしている。もともと笹岡は窓際の自分の席に、椅子ではなく机にだが座っていたから、机から尻を離して椅子につくだけでよい。しかしそれすらもせず、生崎は廊下側から三番目の席だったから、約五メートルを七〜十二歩で他のわれわれの身体や机を避けながら戻らねばならない。だが、かれらはいっこうに動かなかった。
これはそういうフィクションだったっけ？　われわれはいつ茶化してよいかわからず、妙に緊張してしまいおくびすら上げることができずにいた。教師もすぐに注意すればよい決断をこまかく無限のタイミングで先延ばしにしつづける。そのようなしずけさのなか、今度は吹くはずの風が吹かず、動かなくなった場で生崎が言う。

「おまえの幽霊。よかった。おまえも恥ずかしいんだな。いっしょに怪談しよ」

笹岡はそれで泣きそうになったが、表情も言葉もなにも応えなかった。それでそのカットは撮れたのだとわかったので、教師が「こら〜」と言った。

「授業はじまってるぞ〜」

だれかが次に続くべき教師の言葉を盗《と》ったので、ただそれだけのことで緊張がほどかれたわれわれは爆笑した。

「ちょっと、ここで待っとれ」

と言った。

その声を聞いた笹岡は、コイツ変わったな、と思った。しかし、三年のクラスと二年の一部が立ち並ぶ校舎の一階に緊張する身体が思考をぶつ切りにし、繋がらない。なぜ、なにが変わったのか。プールの塩素くさい水が、窓から入ってきて蒸している。樹木の枝葉より低い位置にいる、幹から匂う虫たちの命が緊張と混ざった。晩夏の放課後の三年生たちはすごく子どもっぽく見えた。受験や進路といった大きな悩みを抱えているからこそ、却《かえ》ってそれが身体を子どもっぽくしているのだった。将来への漠然とした懊悩《おうのう》が、われわれの怨恨《えんこん》や俗世への未練といった懊悩と重なり軽くなる、その体重が傾くように、毎日親や教師に不安を預けていき、一人ではとてもいられないから同期する。それが自立する身体だった。笹岡や生崎ら一年生のように四階の教室で一人前の顔をしている、だれかに甘えたくない身体とは違うのだった。もう演技はしないと思っていたのにな。下を向くと足先で溜まる気圧を膝の皿がわかる。そこから一本の植物のように立つ身体が、ここから先なにもない、なにもなくていい笹岡の将来と生きていく。ただ生きているだけの身体。べつに生きていたくもない身体。たったひとつで立っている。不安がスクッとこの身に沿っていて、なにも感じていない。

「お待たせ」

それで戻ってきた生崎は、「こっち」と言ったか言わないかわからない態度で笹岡を誘導し、かれらは屋上に出た。

家々の屋根が描く大きな多角形と、その隙間の黒い空間をざっくり見下ろして、オフィスビルの窓が銀色に発光するように反射する太陽光が、翳ると中の労働が丸見えになる。すこし涼しい、プールで濡れて渇いたパサパサの黒髪を梳《す》いて流すと、靴底で擦れる砂がコツコツとコンクリートの隙間に踏まれて押され嵌まっていく。いくつかの家に干されている洗濯物はあと二十分で完全に乾く。まもなく午後四時になろうとしていた。校庭側に身体をうつすと、部活で運動している生徒たちの頭からのびる首に汗が噴きでてい、髪の毛や胸を濡らす。影が野球部とサッカー部を溶かし合うと、ところどころ生えている草に走るスピードでめり込んでいき、屋上の風は……

　そうした景色はかれら二人で見た。ひとりではなにも見えないが、ふたりでは多すぎた。二台のカメラ映像を重ねたみたいに、視界が重複したり溶けたり淡くなったりし、遠さと近さすら混ざりあった。ヘンな風景。かれらの身体の差異が、五感の重なりが景色をそのように見せるのだったから、これではちかすぎるのではないか？　見えすぎている、この風景がわれわれの最小単位だった。ときどき、生きているだけでは見えないように風景は見えるが、それはだれしもが持つ身体のポテンシャルにすぎない。

「演技やる？」

生崎が笹岡に聞いた。

「やらない」

「なんで？」

もう芸能界を引退するから。べつのバイトをしてお金を稼がなきゃならないから。身体が力を失い鬱《うつ》状態だから。子どもとしてここに存在するだけで自分を隠したいほど父親がクズだったから。もう生きていたくないから。死にたいから。

演技なんてはなから興味なかったから。

ただ立っている。しばらく黙していると、風と空がふさふさしてき、笹岡はわかる。夏休みの庭で生崎の演技を見た、あのときと同じ感覚で、地面から空の間の景色がぜんぶ一枚めくれていき、擦ればとれちゃうみたいにふやけて身体に吸い込まれていく。こんな身体の近くにいるとつらい。生崎が屋上のすみに iPhone を置き、それが動画になっているのがわかった。撮影状態の景色が生崎の身に宿り、吸い込まれるように集中するのがわかる。

「おい、撮るなよ」

「どうして屋上に入れたんだ?」

笹岡の言葉を覆うように、生崎が言った。

どうしてって、それはこっちの台詞。笹岡は啞然《あぜん》としている。なぜそれをおまえが言う?「笹岡樹」は知らない。「生崎陽」がなぜ屋上の鍵を持っていたのかを。それに「生崎陽」はもちろん知っているはずだ。なぜなら生崎じしんが鍵をおそらく三年生の教室から手に入れて現実にいまここにかれらふたりでいるのだったから。「笹岡樹」が聞くべき台詞を言う生崎は、「生崎陽」が知っていて笹岡の知らないことをわざわざ訊ねる。

「どうしてって……」

笹岡樹とも生崎陽ともつかない主体でそう言うが、そのじつ生崎が屋上の鍵を手に入れられた事情などなにも知らない笹岡が場に引きずられるように集中すると、「おれはそんな方法いくらでも知ってるんだ。しぜんにおれを生きているだけで、身体に情報が集まるよ。みんな聞いてもいない秘密を、押しつけがましくおれに打ち明けてくるからな。さもしいよ」と言った。

笹岡の言ったその「台詞」は正しく、生崎は鍵を学校指定バッグにじゃらじゃら付けることを趣味としている三年の対馬《つしま》のバド部の後輩の高槻《たかつき》の叔母の城間《しろま》がこの学校の家庭科教師で同じくこの学校の英語教師である漆木《うるしぎ》と不倫関係にあることを知っている高槻が脅して学校のいくつかの鍵をコピーさせ対馬にあげていたからその中に交ざっていた屋上の鍵を自宅の鍵と交換してもらいさっき手に入れた。そんな事情までは知らない笹岡が、「入学したときから、いっこもほんとのことなんて言わずにすんだから、性格が良いままで通っていてありがたいな」と言った。つまり笹岡樹という社会的身体が「生崎陽」という役をやった。

幽体離脱や憑依《ひょうい》はホラー。演じることは現実。その常識を取り違えるみたいにかれら、ごく穏当にかれらを交換し演じあう。

笹岡樹　わかるー。おれはその点すげえ、ピュアだったな。本音を言えば皆が、よろこんでくれる、笑ってくれるって、信じてた節がある。おれの本音なんて、ほんとはないから、しんじつはただ本音っぽいことを言っていただけだ。

生崎陽　そうだね。不器用ちゃ不器用なんだろうけど、そもそもおまえはひとに好かれようとするとどんどんきらわれてく人間。なんで笹岡樹のありのままでいられると思ってた？　無理だよ。幽霊の役が嵌まるようなおまえだよ？

笹岡樹　だって、おれだって愛されたかった。おまえみたいに。嘘ばっか吐《つ》いて。ほんとズルい人間。だけどおまえのことがおれは好きなんだよ。じゃあ、おれが嘘を吐くわけにいかないだろ？　お前といっしょに、演じたかったよ！　演技のこと、いろいろ話したかったよ。おまえはだれにも好かれたくないから好かれていたってだけだ。

　のちに確認する映像で、笹岡役を演じる生崎の身体で言われる生崎陽への好意が、ふつうに生きていた笹岡の本音のままだったことに、生きている身体だけでは味わいえない気持ち悪さ。だけどそのときは集中しているだけだった。つまり、ただ笹岡の身体が生崎で、生崎の身体が笹岡だという、純粋にそれだけの場が屋上にあったにすぎないから、べつになにも気持ち悪くなかった。

生崎陽　ばかだなあ。執着したら、執着できないだろう？　そんなにおれと仲良くしたいんだったら、ただ日常会話を交わすだけのポジションで、たとえば先に周囲からちかくなっとけば、おれだっていやでもおまえと仲良くしなきゃいけなかったんだ。なんでわからねえかな。

笹岡樹　だって、わからねえだろ。おれは魂の会話をしたかった。演じることが好きだったから、すぐにおまえと仲良くなれるって純粋に信じてもいたんだ。たしかに、そんなにうまくいくかな?って思わないでもなかった。

生崎陽　そういうところが、子どもなんだよ。おれだって、幽霊を演じているおまえの演技を見て、クラスメイトが「大根」っていう、あれが「は?」って思って、自宅で何回も観た。生きている演技が比較的下手なだけだ。そういうリアリティなんだって、伝わらなさすぎてかなしかったよ。魂だって演技だろ。この世で生きているってだけの、演技だろ。だから、死んでいるおまえを救いたいとおもっちゃったのかな。

知らない情報を知っている迫真が、生崎の役を生きる笹岡の身体にきざしていった。知られている生崎の身体は怯《ひる》むでもなく、じっと瞳を睨《にら》んでそこにうつる景色を吸いとっていく。

笹岡樹　救われたいだなんておもわない。ただおれは演じたいだけ。だけどそれももうない。死んでしまった。おれにはもうない。なにもない。だからさっき、おまえの誘いを断った、っていう以上に、まったく意味がわからなかった。

生崎陽　どうしたい?　おまえは、どうしたいんだ?　笹岡。いましかない。いましかないんだよおれらには。

笹岡樹　ころしたい。全員殺してやりたいよ。まずは親を殺す。おれの人生めちゃくちゃにした。親をめちゃくちゃにしてやりたいよ。なんだよ子どもをしめだして薬物パーティーって。アホなんじゃねえ?ってそんな風にテレビで言ってたら、その過去にもっとヤバいネタがあっただなんて、軽率なおれが生まれてきたことを呪うよ。そんなに生きるのが苦しいなら、子どもなんて生んでんじゃねえ。殺してやる。殺してやるよ!

そうして笹岡役の生崎がハラハラ泣くと、校舎にあつまる生きていない物質とわれわれがワアッとさわいだ。生崎役の笹岡はきわめて醒めている。

生崎陽　そんなふうに言えることなんて、まずしいな。だせえよ。おまえも、おれもな。

そこで暮れてカメラにあつまる光は足りなくなり、これ以上演じることはできなくなった。役を戻したかれらの身体は恥でいっぱいで、それからひとことも発することができない。一秒先すらどうしていいかわからないような混乱に襲われ、どっちが先に「じゃあな」と言って屋上から去ったのかすらわからなかった。

III

1

「ヒロケン、ヒロケーン」

遠くから名前を呼ぶ、この響きが好きであえて遠ざかり、ヒロケンこと広井を探していることがある。わざと見失いわざと探す。

「なにー？」

一度目には声を返さず、「よっちょん？」とわからせる。いつの間にかれらはこんなに仲良くなったのか。

「おおいた。公園いく？」

「いくいく。だれかいる？」

「笹岡と児玉」

「おっけおっけ」

そこに笹岡も加わり、「児玉は着替えたいから遅れてくるって」と言った。

すこし変わった雰囲気の日。五時間目を終えたら急遽今日はもう帰っていいということになり、部活組がどうすんのこの中途半端な時間、とザワついた。噂では体調不良により休んでいたA～D組副担任である朝見《あさみ》が夏休み明けから復帰したのだが、もう一度休む。国語科の主任と反《そ》りが合わないらしいからたぶんメンタル？ってりゅきが言った。明日は自習にするとしても当面の時間割をどうするか、万が一復帰がかなわない場合どうすべきか話し合う、その緊急会議を一学年の教師たちで行うようだった。よく晴れた秋の教室の底にひかりが渦巻いていた。その周囲をかこうように風が溜まり、窓を全開にした教室がちいさい外みたいな匂いする。

われわれは戸惑っている。ある日から急に仲良くなった生崎と笹岡。ふたりは俳優をやっていて、ときどき映画やテレビに出ていたりする。だけど笹岡は親の前科が問題にされて大炎上、メディアに出る仕事は止めてしまったみたい。われわれはだれが具体的に言うでもなく、その身で会話を交わし、教えあう。

「やりすぎたんだよ。あんなふうに露悪的に」

「でも親のしたことを子どもが？」

「本人たちというより、周囲の関係ない人間が傷つけ合うんだ」

「すすんで差別したい人がくる餌だ。正論を言うつもりでしたいのは差別」

「目立とうとしなければ、見逃されてたのに」

「もっとしずかに、もっと隠れて」

「もし好きなことで生きていくのなら」

そんなことはクラスのだれも言っていない。われわれはいよいよ本格的に笹岡を避けようとしていた。それなのに。

広井はクラスの中でだれとでも仲良い、そんな感じの中肉中背だった。だけど特定の親友とかグループがあるわけではない。なにも知らない。笹岡が隣のクラスの向に殴られてしばらく学校に来られなくなったことも知らなかったし、週刊誌の記事が出たあとにＳＮＳでバッシングされ話題になっていても「まじでー？」と言っていた。そもそも生崎と笹岡が俳優でたまにテレビに出ていたことも知らず「うそだろ？　サインくれ！」と言った。しかし知らないはずがない。もう半年この教室で毎日を生きているのだから。しかし広井はトぼけているとか、場を和ませるためにはぐらかしているとかそういう感じでもなく、あくまで本気でなにも知らないみたいだった。

「公園どこ？」

「昭和記念公園」

「おー！　じゃあおれ部室からフリスビーもってくわ」

広井が言う、広井がなにも知らないのと同様クラスも広井のことをなにも知らなかったから、広井がなんの部活に所属しているのかも知らなかったが、生崎も笹岡もなにも聞かず「いいねー」とだけ言った。

チャリで三人。並んで走って。

夏服の最後のような日で、日陰を選んで走らせる。コンビニに寄って、アイスを買い、食べながら、「笹岡はバイト決まったの？」と聞いた。

「決まった。ファミレスのキッチン。もう生活保護のケースワーカーにも相談、つか報告したんだ」

「へえー。え、そういうの直で話すの？」

「うん。ケー番知る仲だから。てか、めちゃくちゃ愚痴《ぐち》聞いてもらってしまった」

「そうなんだ、いずれにせよおめだね。やっぱ金きつい？」

「学費は、貯金してた分でなんとかなるけど、修学旅行とかは行かないかもな。将来どうするかわからんし」

「大学いくヒト？」

「さー。でも、行くことになって金がないとかヤバイしな。奨学金とかもらえるんかな」

「あーあれやばいっていうよな。でも大学行けんよりはマシか」

「マシよ～。あとおれ、ムエタイ始めたから、それ止めたくないってのあるんだよね。でも月謝高いから、ずっとは無理かな」

「えっいっくんムエタイやってんの？」

広井は笹岡のことをいっくんと呼ぶらしかった。

「やってるよ～。打倒、向だろ」

「おおマジか。そこはリベンジ？」

「いやせんけど。純粋にたのしい」

「ヒロケン、アイス垂れっぞ」

「あぶね」

棒アイスを口に突き刺して、ハンドルがベタベタ。もし転んだら喉を棒がつらぬく。生崎はそんな想像をした。

公園の入口に着くと、家に戻っていたはずの児玉がすでにそこにい、網に入ったグローブ二つと硬式野球ボールが見えた。笹岡がそれを引き取って自分のチャリの籠に網ごとそのセットを入れ、「待った？」と言う。

「待ってない。ここ涼しくてよかったわ」

あとで広井が言うところによると、この日の児玉の恰好は「どちらかというと女の子っぽかった」。白いTシャツをタックインしたジーンズで、かれらはもう児玉の見た目を男の子っぽいとか女の子っぽいとか判断することもなかったが、広井はどこか性差にめざといところがあり、児玉に「服カワイイね」と平気で言う。

「えーうれしい。ありがとう」

陽が暮れるまでキャッチをし、フリスビーをしている、平日午後の巨大公園は空いていて、広大な敷地にぽつりぽつりとだけいる人間の、自然とのバランスに違和感があっておもしろい。風や木々が人間を仕《つか》えて、放ってあげてるみたいで、のびのび笑えた。無料開放のエリアだけでも隅々まで探索するのは億劫《おっくう》で、入口すぐの原っぱでボールとフリスビーで遊び、暑くなったら館内エリアに避難して涼んだ。立川に生まれ育っても園内の有料エリアに入ったのは小中の学校イベントの二回だけだった。

すでに公園で過ごす時間に三回飽いたあとで寝転んでウダウダする、そんなころに、「この公園、歪な形してるよな、入口がせまくて、まっすぐにカクカクでかくなっていくじゃん？なんか変な感じうけるんだよな」と言った。

「それに、デカすぎるだろ！　なんなのこのデカさ」

「生崎くん知らないの？　このあたり米軍基地があったんだよ。戦前はなんか日本軍が使ってた土地だって」

児玉が言う。笹岡も「そうだよ。砂川闘争って言って、けっこう危機一髪というか、ギリギリこんな感じになってるけど、いまだって基地だった可能性ぜんぜんあったって、聞いたことない？」と、寝転んだ姿勢から半身を起こし、うしろ手を草についで支えつつ言った。

「へー、二人とも、知識人だなあ」

「てかついこないだ、真山《まやま》とか市井《いちい》が読書感想文でその辺の本扱ってて、発表させられてたじゃん。あいつら、先生に気に入られようとしてそういうの選んだって、自慢してたぞ」

「まじか。寝てたかもしれん」

「生崎って頭よさそうな顔してアホだよな。よくウチの高校受かったな」

「近いから。ダメ元だったけどなぜか受かった。私立行くつもりだったんだけど」

「授業なんてちゃんと聞いてたほうが得だろ。説得力のある話しかたで教えてくれる先生は、話しかたと話す情報をセットで身体に入れといたほうがどっちにしろ役立つし。勉強としても演技にとってもよ」

「ほえー。真面目だねえ」

そこで、さっきまで鼾《いびき》をかいていた広井がムクリと起き上がり、われわれを見てにっこり笑った。

「砂川闘争では、市民は非暴力を謳《うた》って、座り込みとかで頑張った。でも機動隊はそんな無辜《むこ》の市民を殴ったり、踏んだりした。人間が人間を踏むって、ビックリするよ。戦争よりあのときに学んだだろうな。家や国って人を守らないんだって。隠すんだなって。恥ずかしいだけなんだよ。立川でわーわー騒いでるってことが、アメリカとかもっとべつのだれかに知られることが恥ずかしいだけで殴ってるんだ。そんな恥ずかしがるべき確固たる人間なんてないのにね。立川って、児玉の言う通り米軍基地の前は日本軍の飛行場とかあって、何度も空襲で狙われた。坂の途中にあった防空壕は入口を爆撃されて、三十人もの子どもたちが生き埋めにされたりした」

「あー、それ知ってる。線路越えた、あの富士見《ふじみ》町の方っしょ？　あと、なんかＢ29かなんか飛行機に体当たりして、一回生還したから英雄扱いされた人。とか、よくなんか政治とか昔話が好きそーな人にたまに聞いた」

「うん。それと、立川上空で日本軍に撃墜されパラシュートで降りてきた米軍の兵士が、捕まえられて、縛られて、一人一撃の約束で市民に殴られたりもした。親を殺された子ども、子どもを殺された親が我先にと殴り、とても一撃ではすまなかった。先の割れた竹刀《しない》で、米兵のやや褐色を帯びた肌に赤い傷が無数について、埋められて隠された」

「えー！　ヒロケンマジくわしいな」

「てのが真山と市井の読書感想文を合わせた内容なんだよ」

「にしてもよ。ヒロケン、ナレーションとかうまいかもな」

「ありがと」

　夏休みを明けてから、なんとなくこの四人で仲良くしているのには理由がある。親を殺したい、それは愛されているから簡単に言える「うざい」「消えてほしい」「死んでくれ」とはまったく違う、すべての親を殺したいのだった。かれらは知っている。広井でさえ、殺意をもってなにかをトぼけているのだ。

　小学校のときに転校して行った大杉弓希《おおすぎゆうき》。声が伸びやかで、合唱コンのときに独唱パートを担ってた。穏やかで大人で、たいてい学年にひとりそういう子がいた、先生より先生だったから、よくみんなの相談に乗ってくれていた。あるとき急にサンフランシスコに転校した。大杉が当時いちばん心配していた筒尾道《つつおみち》。あきらかに親に殴られていた。痣《あざ》を見てみないふりをしてわれわれは、なにもできないとわかってた。やさしくすることには限界があるんだと、先生や児童相談所の対応を知ってわれわれは学んだ。家と国はやさしくすることに限界を設ける仕組みだ。だからわれわれは安心して一緒に遊ぶこともできた。やさしくしなくてもいいんだ。手を差しのべなくても遊べるんだ。筒尾はやさしい子だったから。でも筒尾はあるときに父親が変わって、以前はボロを着ていて不潔だったのに急にピカピカでお小遣いが急増した。すると筒尾はすごい嫌なヤツになって、われわれは筒尾のお金目当てで仲良くするようになっちゃった。以前の筒尾がいちばん仲良くしていて、以後の筒尾がいちばん苛めていた子が児玉司。以前の筒尾に「お母さんが殺されちゃう」って打ち明けた。児玉のお父さんはおまえが変態だからおれらの子がこんな変な恰好をするってお酒を飲むと怒鳴って殴ったりベタベタと身体を触ったりした。お母さんはかつて女の子と付き合っていた経験があるらしかった。児玉はでもお母さんも二人きりのとき児玉のその日いちばん肌がきれいな部位を探してつねったり、公務員になりなさいってしつこく言ったりお洒落《しやれ》にしようとするのを咎めたりしていたから嫌いで、児玉はつよい意思で好きな服をお小遣いで買ったり、髪を伸ばしたりした。児玉が筒尾に苛められていたころにいちばん仲良くしていたのが笹岡樹で、両親が夜な夜な「薬物パーティー」をして笹岡をネグレクトしていたから、眠くてつねに鬱症状を持て余しとろとろしていた。あのときの笹岡の小柄を知っている児玉からすると、いま平均体型まで持ち直した笹岡の身体に近づくだけでときどき感動する。あのころの笹岡がテレビで観て憧れていた子役が生崎陽で、よく泣きの演技を強要されるから、必要以上にドラマが生崎の演じる役に過酷な運命を強いていた。両親がともに不倫していて、実母が自殺した。あたらしい母親はすごく優しい。父親も近ごろはすっかり優しい。父親はもともとがすごく優しい人間なのかもしれなかった。

だからこそ優しくすることを制限する。家や国はそういうシステムだ。クラスメイトにもそういうヤツがいる。われわれがどうしても優しくできない人間。困っている、修学旅行に行けない、ひとりだけ弁当がない、教科書が買えない、身体が異様にダルい、世界に違和感がある、とくにまだ若いと混乱し仮説ばかりの辛さがある。

「そういうのってキリないし」

たしかにそうだ。だけど、「キリないし」っておまえが言う理由はなに？　わざわざ言う理由ってなに？　だれかに言わされている。家が、国が、われわれが、自分に似せるように人間にそう言わせる。そういう「普通」の人間として演じさせている。

そういう人間の演技を強要されている。

日陰にいても暑すぎて、無料エリアで過ごす限界がきた。公園の入口を名残惜《なごり》しそうに見る、なぜか去らないかれらは立ち尽くす。笹岡と生崎と広井は自転車に跨がり、児玉は立って空を眺める。ときどき昭和みたいってわれわれのだれかが思うような、かれらの生きていない時代からこんなだったろうってなぜかしら懐かしい空がある。決まって夏の午後。今日はそんな日だ。

「すげたのしかったなー」

笹岡が言う、その言葉を合図のようにして、かれらは緩慢に進みだした。

「ヒロケンって、家どっち？」

「おれは西国立のほう。よっちょんは？」

「おれは南口のほう。多摩川より」

「え、あのへんの客引き気合い入ってるよね。夜とかひとりで外出するなって言われない？」

「言われるー。けど無視無視」

「ねえ、こないだの女の子、また呼んでよ」

「女の子って、佃？」

「そうそ！」

「いいけど、変なちょっかい出さんでくれよ」

「おけおけ。かわいい女の子ってだけでアがる」

「ヒロケンって彼女欲しいの？」

「彼女っていうか、女の子と遊びたい。ねえねえ、児玉って下の名前なに？」

「司《つかさ》だよ。児玉司」

「じゃあ、ダマヤンと呼ぼう。な、ダマヤン」

「名前ぜんぜん関係なかったなー」

「おまえ、女の子と遊びたいとか、そういうの露骨だなー。わざわざ言うなよ」

「おん？　わかった」

笹岡が思わずした注意にも、広井は素直なだけでそう請け合い、なにもわかっていないのがわかった。

「じゃあダマヤン、うしろ乗って」

と言い終わるまえの声を勢いにして、強引に児玉の背中を後ろ手に抱えようとする、正確には抱える仕草をしてかすかに触れた瞬間に広井は自転車を出した。魂だけ置いていくような気勢で速く、児玉を後部座面に乗せて笹岡と生崎を置いていく、てっきり駅方面になんとなく向かうのだと思っていた二人は公園の外周から立川口の交差点を南に向かい、ひたすら見えなくなっていく広井の背中に、文句も言えず必死についていく。

「ねえ！　速いよ」

児玉がスピードに置き去りにされる意味にならない声を発した。

「つかまって、サドルじゃない、おれの腰にしっかり」

広井の台詞も聞こえない。しかしおそるおそる、児玉は広井の腰にしがみつく。想像よりはるかに細い広井の胴に巻きつくシャツは汗ばんで、児玉の胸に重たくへばりついた。

「おれ、けっこースピード出すよ！」

児玉はふだん考えないようにしていることを、この速度において考えた。ヒロケンはすごい「男」だ。クラスメイトたちに比べて、樹より生崎より私よりずっと、置いていかれるこの速度みたいに男子だ。そんなのいいのか。好ましいのか好ましくないのか、広井の【男の子】性に戸惑い態度を決めかねる自分がいた。

いまはそれでいいじゃないかと思う。だけど知っていた。それはいまこの速度のなかにいる限られた私でしかなく、瞬間的に頼れる先なら無数にある。たとえばすごくやさしい挫《くじ》けない人といっしょにいるときみたいに。樹といっしょにいるときみたいに。

広井の腰につかまって速い今みたいに。けれどそれはずっとじゃないし、止まったら止まる。それは安全ではないし安心でもない、そうじゃない時間の方がはるかに長い。

「ヒロケンはずっとそばにいる？」

「えー？」

「いないよ」

聞こえない広井ではなく児玉がみずからそう応えた。そして児玉は考えるのを止め速度に委《ゆだ》ねた。

すっごい夏のにおいするなーって必死に追いかける笹岡か生崎が思う。しずかな住宅街で漕ぐ自転車のチェーンが速いときのガキンガキンぶつかる金属音を掻き消すようにハアハア言って、それぐらい息が切れてるなら、どちらが思ったことかわからないことをどちらもそのまま言っていい。だけどいまは切れる息をととのえてなにか言葉を言えば広井の背中はとおくに見失ってしまう気がしたけど、正確には広井の背中にしがみついて乗る児玉の背をずっと追いかけている必死で、そんな速度の最中でも陸橋からのぞむ中央線でいっしゅんとまる思考が、このあたりの住宅街は駅周辺とぜんぜん違い、昔の趣を残したまま開発されていない過去のようで、国立とか西立川とか日野《ひの》とかとの雰囲気ともかろうじて接続できそうな長閑《のどか》さあるけれど、政治的な思惑により開発され都会化されていく駅周辺とこのあたりのどちらが置いていかれ、どちらが速く遠くまでいってしまったのか、わからない。やがて多摩川に合流する残堀《ざんぼり》川の水音がごうごう聞こえる、南にぐねぐね曲がる細い坂道をくだると、広い崖のような高低差の途中に出る。いつのまにか広井と児玉が横に並んでいた。

「で、そこが立川が襲われた十三回の空襲でいちばんの被害を出したところ、きっと」

当時はもう少し剝き出しだったろう崖が石塀とガードレールに整備され、隙間から陽光あふれる木々と風を浴びてかれは先ほどからおかしい知覚に見舞われている。自転車から降りた児玉がリュックから取り出した日傘をさして、もしかしたら暑すぎるのかもしれないと思った。児玉が作ってくれた日陰に佇んでいると、いつか向に殴られ損傷した胃袋が思い出すような吐気があり「生崎暑いか？」と笹岡が言った。

「いや」

「そう？　なんかボーッとしてんな」

それで気づく、いつからか笹岡を演じたときの身体感覚になっていた、正確には、笹岡の身体がすっと立つ場へいつでもいける、集中のルーティンで半分の「私」みたいになる。ここのコツは言葉にできない。おととい見た夢を真昼にふと思い出すときがある、しかし自発的にそうなることはできないからたまたま来たイメージをガツと摑まえる。あんな感じ。だが笹岡はなってない。いつもの笹岡だった。この場になにもないのだ。この場で【なれそう】なものがなにもない。思えばそんなの当然のことだった。だれかになりたいって、ときどき思うけどなりたい気持ち、なりたい技術が突出したからといって、間違っただれかになったらなんになる。間違ったなにかになったら。

なんになる。そしてわかる。おもえば四月に出会ってから、知らず知らずのうちにかれら、日々すこしずつこういう交換を試していた。どうしてかはわからないけれど、かれらごっちゃになった時間として場に溶けるその瞬間が気持ちよかった。それは互いを好きでも嫌いでも構わなかった。むしろ嫌うと憎み、呪う心身のほうが意図せずそうなれて都合よかった。笹岡だってある時から生崎を呪ってたってわかる。だけどいまはもうそうじゃないから。気づいてしまった、演じる身を梯子《はしご》にして、かれらどちらのものでもない意識に微睡《まどろ》むような、宙ぶらりんにぬくい気持ちいい時間はゆくゆく減る。生崎はそれを自覚して、はっきり淋しかった。気づきたくなかったなにかに触って、いま身体の充実する時間制限に却って突出し、笹岡になれるコツを夏休み明けに演じたあの瞬間よりずっとすごい純度で摑みかけている。その代わりのように少しずつ、笹岡以外のなにかになるちからが弱まっていく。けど、それならいま感じているこの奇妙な身体感覚、おとといの夢の中にさっきからずっといる、それと同時にヒロケンと児玉と笹岡という現実にも置かれる身体が二倍五感をやっているかのような異常知覚、この感度はなんなんだ。笹岡になれない意識がさまようなにかを代わりにしてあげてる？　笹岡が感じるべきなにかを、知覚すべき感情すべきここにない身体を、代わりにしてあげてる拒絶反応のような、わからないけどいろいろ感覚しすぎて身体がつらい。けどよくあることだ、かれは即座に集中を止めるきっかけを探すがこの場にはそれがまったくない。

「おー。たしかになー。よく社会科見学とか、フィールドワークとかで来たよな。公民の先生とか、一ヶ月に一回は言うじゃん？　ここの石碑のこと。だから覚えてた」

笹岡はばしゃばしゃとスマホで写真を撮り、そのまま撮りつづけるようなしぜんな動きでスマホをしまい手を合わせる。つられて児玉も同じように拝んだが、生崎は棒立ちで揺れている。かれはそうじゃない。笹岡は【なれそう】になってないどころかいつもより身体が場に流されず強い。普段なら笹岡に導入する【なれそう】な意識がどこにもいけない【なれそう】なのになれない演じられない身が剝がされてうっかり自分の身一つに集中しつづけた。ヒロケンは生崎の背中をトントン叩いた。なにも意図のないような接触だった。ただそこにある身体から触れた。そんな感じで、そして語った。立川の人たちは一九四四年あたりからずっと、戦闘機が頭上を通りすぎていくのに慣れていた。翌年からは軍事施設でないふつうの市街地への空襲が始まって、でもこの辺には大正時代から立川という土地の性格や歴史を大きく変えていくかのように成長しつづけた立川飛行場があって、けど軍用機が飛び立つような戦闘基地ではなく、あくまで技術開発や補給用の施設だった。危機感はずっとあって却って空襲には慣れていたが、東京大空襲の日からいろんな顔が変わった。家族と離れて夜に壕へと逃げる子どもや老人、行かなきゃならない役割があってどこかへ向かう人、住み慣れた家の火消しに我を忘れ水をかける人、それぞれの必死になっていたいくつもの意識が混交するようにかれは、地面から匂う風に川と木々と土が混ざる、天を向き大きく息を吸って吐き、吸って吐いた。坂に傾く両足のあいだから延びる影が、日傘のつくる影と混ざって地蔵碑を跨ぐ坂のうえまで届き、手を振った。げぽっという音とともに腹部を折ると吐気は消え、とおい昔、父親に怒鳴られたときの声が聞こえた。「そっち行くな!!!」きっと下り坂に委ねた覚えたての自転車で速度を上げすぎて、父親はなにかに衝突しかれが死亡する景色をいっしゅん頭に浮かべて「危ない!!!」思わず叫んだけどなにも起きず安全だった、無数の昼と夜を越えて憎んだ。憎むことは恥を覚えることだった。だって、なにか誤魔化している、奪われた大事なものによって構成されていた「私」から引かれ、なくなった要素を繕い埋めるように生まれる憎悪だったから。もう自分じゃないのに燃える感情はあるんだって、だれかに見せつけるみたいに、けどひとりきりの夜、もう死んでもいいと思う夜は恥ずかしく、生きていることが恥ずかしくて「いなくなりたい……」でも傷つけられたものを絶対に許したくない。自分自身の解離する自意識とか、家族とか、繫がれる先だったなにか、愛着のある土地の記憶が壊される。燃え落ちた建物にかつて日陰をえて守られたときの涼しさが身体に溜まってい、壊されるまでは思い出しもしない。死体になるまで思い出しもしない。こんな景色は見ていない。映画か物語のなにかと混ざっている。けど、どの歴史のどの国のどの戦争でもいつしか天井も日陰も足りなくなって、一時的にお天《てん》道《とう》様の下、死体は並べられ大して言葉を交わしたこともない身体に溜まる思い出の、頼りなさにこそ記憶が記憶としてこの生きている身体にたしかにある、手応えがある。なんにも思い入れがないからこそ、あるかもしれなかった思い出を捏造し吐きそうだった、この身体からしかしもう「私」は引かれ、主体性は剝ぎ取られたからこの恥だけの身体は誰のものか。「お母さん！　あそこの防空壕はとても中が広いよ。家の防空壕は小さいや」もういないあれは、爆死証明願を警察署に出さなければならないらしい、と頭のすみによぎりつつ動かない身体で思い出す数日前に隣にいた人が必死に土を掻いている。きっともう死んでいる。だれもが思って口にせず、めいめいに子どもの名を呼ぶ声が叫ばれ重なった。先日は朝から偵察機が頭上を飛んでいて、そういう日は必ずあとでなにかある、だから予兆はしていたけど初めて掘り起こされた死体はちょうど正午のころかも、手足がうしなわれ胴体だけになった真赤な身体だった。あそこの壕がいちばん安全だと判断したから真夜中に子どもたちだけで行かせた。このころは、空襲のなかでも家のなかをまるっきりからにしてしまうことは許されなかった。だれか一人を必ず残して、いざというときに備えておかなければならなかった。それで助かった人もいた。明け方からずいぶん長く土の中だった別の肩を掴むと腕がとれて、アァ……壕のなかに生き埋めにされただけじゃなく爆撃で死んだ人もいる。手指のあいだに挟まった髪の毛はきっと自分のものだが、苦しくて捥《も》いでしまったのか、爆撃の瞬間に咄嗟に頭を掴んだのか、人工呼吸がつづけられる長すぎた時間はまだ死体じゃないと願うけど、それは爆撃や窒息の痕跡が少ない比較的きれいなままの限られた死体だからだ。死者四十二人のなかに子どもが三十四人含まれていて、ムシロがかけられ並べられた死体たちは、中央線の陸橋を狙う爆撃が逸《そ》れたのだという説と、子どもがチョロチョロ出入りしているのが見えたから狙われたって説とあるらしいけど、山中坂の防空壕は人気でいっぱいで入れなかった子は助かった、広井がそう言うと半分ぐらいは聞いたことがあって覚えのある話だったが皆へーって言った。爆死の見舞金のようなカネが天皇から十円出た。昭和二十年四月三日夜から始まった空襲で、すでにこのあたりが狙われるって噂は出ていた、東京大空襲の日に東の空が真赤になっているのを見たから。ほんとに落とされる、そして人も虫も犬も牛も川もなく、平等に破壊されるんだって、なんだか生まれる前の世界みたいだって子どもが思ってた、そんなふうに演じる？　そんなの知らないことだし、知らないからどんなにちいさいか細い記憶でも演出して、延命させる……けど、実際におちた照明弾で壕の中までも瞬間あかるい真夜中を走ると、撃たれる機銃を操縦するパイロットの視線まではっきり見え、あとでこのとき死んでいればよかったと願うことになる、茅葺《かやぶ》き屋根に火の粉が落ちただけで燃え上がり、爆撃で生まれた煙らとも合流する視界でチカチカし地面なのか家なのかわからない、かける水を自分でも浴びながら子どもたちはちゃんと壕に入っただろうかとよぎり「土の中は気持ちが悪いよ」という声がどこかから聞こえ、数時間まえから地面が爆撃でズシンと揺れていたのをわかると雨が降ってきたときはもう朝だ。この日から終戦まで警報が鳴ってももう、家族のだれも避難しない。合流したい意識があった。生まれたからこれまで大切にされてきた。ふつうに生きているだけで信仰みたいだったから死にたくも死にたくなくもない、近所で戦争にとられた人はB29爆撃機に二度体当たりして死んだって。一度目は「奇跡」の生還を遂げたからみんなワーッ英雄だって言った。おれも言ってみよう！「英雄ごっこだ！」キーンって飛行機のマネ。ずりー、なんで？　英雄のマネより飛行機のマネが流行って、ずっとかれは飛行機の役を譲らない。だって、英雄より飛行機のほうがかっこいいから。

「ねえ、まだいんの？」

声にスッとかれは醒めた。夜が更けて風が弱まり、揺れる枝葉を目がとらえて風がわかる。川の音は昼より強く聞こえてき、広井がいなかった。

児玉もいなかった。笹岡がここにいる。

「笹岡は飛行機好き？　おれ、飛行機って子どものころからぜんぜん好きじゃなくて、なんでなんだろって思ってた」

「そうなの？　電車は？」

「電車は好き。怪獣も好き。仮面ライダーもウルトラマンも好き。セーラームーンも好き。だから自分でもヘンだなって思って」

「そっか、おれはむしろ飛行機すきだな」

「どこが好き？」

「お腹が丸いじゃん。お腹っていうか、全体的にすごい丸いじゃん。じつは。そういうとこ」

「なにそれ」

「丸いって強いんだなーって、なんとなく。だって飛ぶってスゴいじゃん」

「爆弾も積める上に、機銃も装備できる」

「まあね。でもお前、不謹慎だよなー妙に。地蔵に祈らない、そんで急にそんなこと言い出して」

「いやおれだって知ってたよ。ずっと立川だったんだから。宿題とか、空襲経験者が、学校に話に来たり……けど、それを自分が語るとか、作文でもなんでもなんか書くとか、それは違うだろ。どんなに違うって思っても、まるで自分のものみたいに、思っちゃうだろ、経験を。どこかで」

「そうか？　おまえ、変なとこ潔癖な。人はみな死ぬんだぞ？　忘れない、語り継ぐ、そう言っとくことが大事だろ、実際そっからだろ」

「うーん……なんか、むかつくね、むかつくよ」

「おまえさあ……。まあいいわ、腹減ったよ」

チャリを漕ぎだすと、笹岡は先を走った。今日の笹岡の言葉には乗れない、きっと、ただ自転車を並んで漕ぐだけのことでもコイツにとっては新鮮で、特別で、うれしく幸せなことなんだろう。幸せだったら移れない。先を行く身体を追い抜くと、生崎という身体の自己同一性が、自分を追い抜いていく気がして、かれは目が痒《かゆ》くなって涙した。

*

家に帰るとスラックスの裾に黄色い植物の穂が大量についていた。玄関にて払いながら「ただいま」と言うと、一太の泣き声を掻き分けるように近づいてきた沙耶が「おかえり、ごめん、ハンバーグのタネ冷やしてあるから美築と焼いて食べてくれる？　一太がミルク吐いてグズった」と言った。

「あとご飯は保温してある」

「了解でーす」

二階へ上がり、自室へ入ろうとノブに手をかけた瞬間に、「生崎陽さんです！　生崎さん、生崎さん、ちょっとお話聞かせてください」と美築が隣室から出てき、言った。

「なんですか？　事務所通してますか？」

またTikTokか、と半ばウンザリしながらもかれはおそらく求められているのだろう突撃を受ける芸能人役のコントを演じた。

「こちらの件についてお聞かせください！」

美築が脇に抱えていたタブレットを器用に操り、ＬＩＮＥのトーク履歴を映し出して見せた画面には、笹岡樹が事務所を退所するまでに追い込まれたゴシップ記事の、初出ではない第二陣か三陣の半ページだけ割かれたその後の情報、両親が薬物使用により逮捕されたあとで笹岡が学校で受けていた苛めのディテール、いまかれが美築からされているような直撃取材を受け流す笹岡の半月前の様子などがメインで書かれた、最近ではすっかり見慣れた記事をスマホのカメラで写したものが拡大されている。記事によると笹岡樹は「申し訳ありません」とだけくりかえし、親のしたことについて具体的なコメントはない。

かれはあえて美築に「撮るな」とは言わなかった。

「笹岡樹さんが生崎陽さんと同級生だという噂はほんとうですか？」

「ほんとうです」

「笹岡さんとはどのような仲なのですか」

「親友です」

カメラを見つめ返すと、まるでカメラのほうが沈黙するようだった。

美築はそれで撮り止めるのだと思った。なにか「作品」をつくっているのでもなければ、とても耐えがたい茶番でありながら同時に深刻きわまる、演じる場特有のオモチャのような現実が転がっている。かれの部屋のドア、美築の部屋のドアから、それぞれの若さを生きてきた記憶と傷が、けむりのように身体を包み込み、吸い込んでいく。互いに再婚した親の子同士として、なにかおもいを共有できるいつかの可能性を意識したり意識しなかったり、そんな日もあったただろう？　それでも距離の近くも遠くもないきょうだいとして、個人的なことはなにも話さずにきた。動画を通してしかコミュニケーションを取ってきていないとすら言える。カメラを外したらすぐに日常に戻る。

この場、この家での美築の声は弱い、それは意思や発言力が弱いんじゃなくただ存在として弱い。美築は両親が離婚したときに深い意図なくそれまでとっていた賞状やぬいぐるみや描いた絵やもらったモノ、まるで「思い出」みたいな子どもらしい物はぜんぶ捨てた。だがまだ前の家族が仲良かったときに買ってもらった、というより一時期買ってもらうために出かけていたガチャガチャのコレクションだけ捨てずにこの家に持ち込んで、リノベしたときに新設された二階の自室の本棚の、漫画文庫を手前に出すための空間にしまわれて、本棚を整理する稀《まれ》な時間に美築が前の場のことを思い出すモノとして、この家で過ごした時間との弱い境界を引く。なぜ「思い出」は捨ててきた？　美築はふと本棚の奥にいるガチャガチャの中身たちを思い出し、かすかに勇敢な気持ちになって初めて、ともに声を象《かたど》り語りえるあのころの理性があった。

美築はわかっていた。義兄は家族のなかでいい兄、いい青年を装っているけれど、それは演じているわけではない。こうしてカメラを向けていると改めてそう思う。演じるということは本当のことを言うことなのだ。この身体の迫力を目の前にして、ふだんの好青年をかれが演じているなどとはとても思わない。

だって、嘘ばっか吐く。カメラの前でかれは人間になる。本当のことを言おうとする。たとえフィクションに求められるどこにもいない人格だったとしても、カメラの前のかれはそのとき本当に思っていることに言葉で迫ろうとする。ではカメラの外では？　それがわからないのが、ふつうの人間では逆のこと、カメラに映せば大根になり、カメラを止めれば人間に戻る。「親友」とかれは笹岡樹との関係を言いきった。美築はそれほどふだん会話を交わすわけではない義兄の、カメラの前でしたその発言を一発で信じてしまっていた。それは普段の義兄の発言をいちいち真に受けないからこそわかる、真実を言うときの稀有《けう》な身体にこもる迫力を感じてのことだった。そしてふつうの日常においてこの義兄は人間の大根みたいなものだとそう思った。

カメラに映る本当のかれを、それまでのTikTok撮影などでちゃんと見ていたから、美築はまだカメラと向き合えた。そうでなければ、人間の身体がたたえる世界の迫力に、ひとときに向かい合うのはとても無理で、こわかった。なににも似ることができない人間の、かなしさや迫力を目の当たりにして、ただ「生きる」ということそのものの凝縮された時を浴びている。ふたりの部屋の換気のために数ミリ開いている窓から、入ってくる風にふくまれる木々の匂いと雨の気配、四時間後にどしゃっと降る短期間豪雨の。そのあとに乾いた玄関先にほんのすこし覗く土の地面が水分を失ってひび割れる朝に、そのころにはなにもかも忘れてふつうに学校に行く。

「どういうお気持ちですか？」

美築はつづけた。もう芸能記者のペラいリアリティは脱いで、ただ聞きたいことを聞いているだけだから美築の身体は現実になり、迫力がいや増した。

「かなしい時期はもう越えたと思います。おれもあいつも。もう次の段階です。それがどういうものなのか、たぶんおれにもかれにもわかりません。そっとしておいてほしいです」

「そんなのが通用すると思いますか？　すごくたくさんのひとが動揺しています」

「なぜ？　ゴシップにテンションが上がっているだけでは？　だれかに迷惑をかけているとはおもいません」

「心配している人のことについては、どうおもいますか」

「カメラ止めてください」

ようやくそこで、かれは言った。

美築はなるほど、そこでは本当にはなれないんだな、と察した。嘘を言うにしても、演技のリアリティが一段落ちてしまうから、それは本当のことを言うことに限りなく似るから。先ほどまで言っていた本当に嘘が引っ張られてリアリティレベルが歪むのだろう。でもあなたたちはそれでいいかもしれない、しかし私たちはフィクションを生きているわけではない現実を生きているのに？　ただ毎日毎秒を同じ身体で生きているというだけで、時に嘘も本当も混ぜ込ぜに「私」を偽らねばならずただ必死に生きていかなきゃいけないというのに？　ふつうの人間のふつうの生活をとことん馬鹿にしている。「作品」をつくっているんだという業を盾にした自己愛によって。

ただ美築は「こいつは私たちをとことん馬鹿にしている」と悟っただけだった。カメラとタブレットを抱えたまま部屋に戻り、ドアを強く閉める。あとからかれの「おーい」という冗談めかした声が追いかけてくる。

この家は犯罪の家だった。かれの父親が当時取引先の社員として出会った沙耶と不倫し、かれの母親がピザのデリバリーバイトをしていたボクサー志望の男と不倫し、ボクサー志望にフラれた母親が自殺した、その家をリフォームした。美築にとっては義父にあたる生崎豊が土地から建てたこの家は、収入に見合わない広さと部屋数を抱えていて、かれの自殺した実母の父親が相当な額の頭金を払ってくれたらしいが、娘も不貞行為をしていたせいか家事事件としてもろくな議論はなされず、夫婦の共同名義だった家は生崎豊名義の家として残った。浴室に自殺者を出したいわくつきの物件としては売りに出すこともできずリフォームしてそのまま住んでいる。そのリフォームに沙耶が独身時代から貯めていた貯金のほとんどが消えたことを美築は知っている。しかしいわゆる事故物件であることまではまだ知らなかった。ただ単に前の配偶者の生活臭を消したくてリフォームしたのだと思っている。間もなく知る。生崎豊と沙耶は美築が無事高校生活に慣れてきた頃合いのいま、そろそろ話すべきかと時機を窺っている。

気持ち悪い。かれの焼いたハンバーグを食べながら、おもわず美築は声に出していた。

「だいじょうぶ？　なんか具合わるいの？」

ミルクを吐いてさんざん泣いて、ぐったりしている様子の一太をあやしながら沙耶が言った。自身も食卓についてはいるが、おなじものを食べる余裕はなく片手で食せる惣菜パンをつまんでいる。

「陽くんのハンバーグ、きれいな焼き面だね。うまいじゃん」

「まあね。もっと頼っていいよ」

かれが無表情で言った。美築がテレビを点けて、ふだんの夕食にそうした習慣がなかったので場の空気が戸惑った瞬間に、「ねえお母さん知ってる？　笹岡樹ってひと」と言った。

「知ってるよ。昼間のテレビでちょっと見た」

「その笹岡樹が、お兄《にい》の同級生なんだよ。おなじ高校の、おなじクラスなの」

「えっ！　そうなの？」

テレビでは歌番組が流れている。かれは絶句していた。

いまの沙耶の反応は、完全に知っている人間が惚《とぼ》けているときのそれだった。

驚いた人間は通常そんな反応にはならない、演じることが習慣だからこそ、演じていない人間だったらありえない反応、演じていないときにはありえない言葉だけわかった。準備されつくした、それゆえに固く身体の動きに落差が激しい。いつもよりも耳が速く、美築の言葉が言い終わられるかなり前に言われたわざとらしい「えっ！　そうなの？」に、黙しながらかれは、ショックを受けつづけている。

なにも言えなくなってしまったかれだったが、次に口を開くのはおそらくかれの番だった。しかし、どうしても動けない。食事も会話もできない、かれは木偶《でく》の坊でひたすら絶句している。

「父親か？」

かれはしばらくの沈黙のあと、そう言った。

「と、いうより、アイツは知ってんのか？」

テレビからポップミュージックが流れはじめた。よくTikTokのＢＧＭに採用されているそれ。

「それでお前らふたりで、おれからなにか聞き出そうとしてる？」

「違うよ陽くん、聞いて」

「あっそう、そりゃ、そうか。ハハ、知らないわけないよな。アイツはゴシップ野郎なんだから。不倫して、死なせた母親を」

美築は思った。この家は犯罪の家だ。義兄が感情に任せて、しかし冷静に言う酷《ひど》い台詞のいちいちに、フフフと笑う声が聞こえた。応援している、強くなにかに反発し、生きているものを憎めと誘う声。美築の身体がわれわれに呼応する。泣いているかつての感情が、恨みにも昇華されずくすぶっていて、ただ酷いことが起きてほしい。そのほうが「おもしろい」から。われわれはずっと子どもで、えんえんと成熟できずにいる、しかし、義兄も自分もその未熟さはそれぞれに違い、利用される。それぞれの身体と精神のあまりのような部分が、拾われて、いかされて、だれかが酷いことに利用しようとしている。ほんとうはこの家にきてからずっと、うっすら恥ずかしく、怖かった。だから私は義兄にカメラを向けつづけていたのだ、と美築はそう思った。

それは家族になろうとしたから？

普通がなにかもわからずに、普通になろうとしたから？　だけど、普通がなにかもわからないのは普通だ。われわれは知っている。普通じゃないから普通になろうとする、われわれの共感するその仮構を。

われわれが普通になろうとした戦争を、普通なんて最初はだれも望んでいなかったし、なにが普通かなんて考えたこともなかったが普通になろうとした、そのちからに巻き込まれた、その末にだれもが普通じゃないものを探し、向こう側へ当て嵌めた。その普通じゃないフィクションを敵側としてわれわれは正義を演じる。その過程にすぎなかった、仲間を徴兵し敵を殲滅《せんめつ》することなど。

われわれは普通になりたかった、なれなかった遂げられない思いの集合だ。人体を滲み出て場に宿る。とくに普遍的な集団や、歴史的連続、フィクションをつくりあげる総意によって生まれやすい。声が聞こえる。

笑い声が聞こえる。かつてこの場にいたものたち。吸い込まれる、暴力の臭いに。冷めていくハンバーグの肉汁に、風味にまぎれて、たからかに笑う。

他者が欲しい。美築は思う。なぜ男性性は集中にシングルタスクし、ありもしない敵を排除してひとつのことだけする選択肢を取りがちなのだろう。自分は集中したくない。ここにはいない、だけど強いリアリティを持ってそれぞれの生を生きる他者の声を聞きたい。そんなことは思わない。けれど、ここにいるわれわれの声を聞きたくないと思ったのだ。ちゃんと他者の言っていることに耳を傾けたい、自分の身体だけに集中して意地になりろくにここに生きていない義兄のような発達に抗いたい。

「父親がなんか言ったのか？　おれと笹岡のこと。なんで知った？　どんなふうに話す？　おれたちのこと。ずっとそうだ。いないところで勝手に決める。酷いことを。ぜんぶ聞こえてるから」

「なんで？　なにも知らないよ。教えてよ」

「もういいよ。演技しなくていい。ぜんぶ言って」

「演技、してないよ。どういうこと？」

「あっそう。じゃあいいよ。おれと笹岡は親友。前は仲良くなかったけど、それはおれがアイツを遠ざけてた。境遇が似ててウザかったから。でもいまでは同情してる」

「境遇ってなに？」

「言わせんなよ」

一太がかんぜんに寝た。赤ちゃんを起こさないように、しずかなトーンで、たんたんと沙耶とかれは喋る。美築はわれわれに聞かれているいまここで言うことはなにもなく、黙ってハンバーグを食べている。

「お父さんは陽くんや私が想像してる以上に、陽くんのことをよくわかってるよ。心配してるの。俳優の仕事止めちゃったこととか、お父さんを無視したりしてる、それはいいけどやっぱり陽くんって思ったことを私たちに言ってくれてない」

だめだーっ
声が聞こえる。われわれは耳をすませる、この家で自殺した母親の浴室を改造した物置で、帯びる歴史にフワフワと記憶が鳴っているようだった。暗闇のなかでもわからないほどにわずか発光する子ども用のグローブと野球ボールで、不要品を詰め込むだけの「穢《けが》れた」場だったからかれにとってもほんとうにいまもそこにあるのかわからないし、確かめられないままこの家とともに朽ちていくが、モノ自体を視覚せずとも声だけはやけに聞こえるのだった。

パパのいうことを、きいてはダメだよ！

いつかの母が言った。死んだほんとうのほうのかれの母親だった。夜道に手を繫いでいる、かれは九歳程度の姿でそこにいるが、そのシーンを回想することは夢を見る感覚にどちらかというと似ている。たしかな過去を思い出すときの集中や形式とはあきらかに違いあたらしい記憶を「生んでいる」ような実感そのものが身体とぶつかった。

「どこいく？　アイスかう？」

とかれは言ったのだったが、主語の補いがおぼつかずアイスを買う資本の元がだれのだれなのか言葉がわかっていない、しかしアイスは食べたいのだったから、かれはある夜の記憶をわれわれの助けをもとに思い出す。

「えー、アイス、おなか痛くなるよ？」

「ならないしー」

「じゃあ、あとで、うまくいったらね」

「なにが？」

「えーと、密会」

「みっか？　なに？」

「好きな人と、会うんだよ」

「好きな人？　パパ？」

「パパのいうことは、ぜったいにきいちゃだめ。そしたら、アイスかってあげる」

「やり！」

「だから、いまからのことは、だれにもいっちゃだめ。陽くん。あとでこのことはもう一回いいます」

「はい！」

おもえばこの夜、不倫をしていたのは母だけではなく父親もで沙耶がその相手だった。そしてかれは、この日母親が強い声でいった「パパのいうことは、ぜったいにきいちゃだめ」のことをアイスを食べてしまったあとでようやく思い出してこわく泣いてしまったから、母親が自殺したあとに父親になにかを言われたときにその言葉が、母親の声が自分の身体ぜんぶになってしまったみたいになって、黙り込んでしまったから医者には「場面緘黙症《かんもく》」だと言われていたがかれ自身はその診断名を知らない。母親の死からすこしたち、かれがあまりにも演技がしたくなったときに、生活をともにせざるをえない沙耶と美築とはすこしずつ話せるようになって、われわれと沙耶と美築に取り残された父親という場に対してだけ沈黙が残ってしまい、いまではかれはそれを１００％自分の意思と思い変えている。刻まれた「パパのいうことは、ぜったいにきいちゃだめ」の言葉が傷そのものになった、それはかれと母親の共有の傷だったからかれはその傷を大切に守ってしまうのだったけれどかれ自身にはそんな意識はない。ただ父親がいる場では半分意思、半分呪いのように「緘黙」しつづける。アイスであたまがいっぱいになったあとで、ほんとうの母親が会っていた相手はボクサー志望の若者で、キャッチボールをした。外灯に照らされた円錐からわずか外れた、ブランコを右手にすべり台の手前と奥を走り回って、子ども用グローブを「君にあげる」と言われて気が狂うようにうれしかった。ボールの投げあいをした、母親の不倫相手のボクサー志望とこのあとも何度か会った気がするのだが記憶がない。しかし、思い出してしまうのかもしれなかった。かれの記憶が先か、われわれの記憶が先かわからないのだが、思い出してしまったら生きている者にとってはそれはどちらでもよい。グローブとボールが収納されたかつての浴室からいま声は聞こえないけど記憶が聞こえる。あの夜だけのあの公園の記憶をこの瞬間に、急に思い出させる。いまはもう聞こえない父親の本当の声とともに。かぶさる現在の生活音と合流しゆらゆらとブれる水飲み場をかこうように、走り回ってボクサー志望の男と、草のうえで追いかけっこの未然のような運動でキャーキャー叫んでいた、大きいわけじゃないけど硬い肉体にあこがれて、どこかも覚えていないちいさな公園の、風のない気候に木がどっしり見下ろすふたりのようすを、すこし離れた位置でほんとうの母親が眺めている。母親はもう死んだけど、かれとボクサー志望はきっと生きていて、あの日おさない身体でボクサー志望の腹を殴った。ひとを殴ることはおもしろいな！ボクサー志望も殴られてうれしそう、おもしろそうだったから、母親もおもしろそうだったから、アイスと同じぐらいおもしろい時間だったなってわれわれはいつでも思い出せるよ。

母親が死んで、沙耶と美築がこの家に越してくるという、そのころにはまだすこしだけ父親と話せた。

ふたりで過ごす夜に、クリーニング業者がとっくに元どおりにしてくれていたというのに、つかえない風呂場だったから銭湯に行くのをめんどくさがって父子ですこし臭くなっていた週末に、深酒をした父親がかれを抱きしめ、はんぶん眠るような状態で譫言のように「申し訳ありません」と言った。その瞬間にカチリとスイッチが入ったかれは、それからひとことも喋らなくなる。

「パパのいうことは、ぜったいにきいちゃだめ」

生崎豊はこのときだれに謝っていたのだろう？　それがその後のかれの思考の大部分をハックした。もちろん息子であるかれに。おそらくそうなのだろう。だけど、かれじしんにはどうもそう思えないのだった。仕事だけは真面目にやっていた、営業の現場でするような謝罪を小学生のかれに対しあの日父親はした。しかし、われわれは折に触れて謝罪をして社会を延命させていくが、果たして謝罪をすることで言葉やおもいの対象をボヤかしているにすぎないのではないか？　それでも、まずはじめに謝ってほしいし謝るべきだと思うので、そうであるなら喋るたびの語尾や呼吸にかならず「申し訳ありません」とつけてくれてもよかった。

わかってほしいのだな、と初めて思った。話し合うことはできないのにわかってもらいたいから謝ってほしいのだ人間は。しかし、けして許さない。ぜったいに許さないわれわれだから、われわれはすべての父親をぜったいに理解しない。どのような人間性かということをもっとも無視する。それはここにいないわれわれの声を聞くためのゆいいつの方法で、かれはそうした。演じることと声を聞くことは同義だったが、それはある存在を徹底的に否定する、人間性を丸ごと無視するという意思と、深く根づいた自分でもこわすぎるわかってほしさなのだった。その日から父親の声がいっさい聞こえなくなった、かれは父親のことをなにもしらない。

「なるほどね、沙耶さんが父親の無意識を読んで、空気を読んで、おれのことを心配してくれてるんだね。わかりました」

「陽くん。ずいぶん陽くんは大人だけど、まだ世間的には子どもだから、大人であることで心配されちゃうのは、当たり前のことだよ。私たちには、思ってることを言ってくれるのは、まだ難しいかな」

「たしかに、いまおれは笹岡の事件ですごく気がたっていて、動揺している。いましかあなたたちに本音を言うチャンスはないかもしれないです」

沙耶がかれの手を握った。直前まで一太のあたまを支えていた右手はあたたかく柔らかい。風呂で死んだお母さんが、「がんばれ！」って応援してくれた。かれの左手にかさなる、あたらしいお母さん、古いお母さん、それぞれの想念。それは出会わなかったわれわれの可能性のすべて。

「すごくすごく感謝しています。現実問題おれは、沙耶さんにすごく支えられて、子役のときとかもすごく迷惑をかけながら、なんとか演じる仕事ができてしあわせだった。一太もすごくかわいい。美築も、なんだかんだいって和んでます。きょうだいって慣れてないけど、いいもんかもなって思ってる。TikTokとかときどきウザいけど」

息を飲んで聞いている沙耶と美築は、感動する準備すらできているのだったが、しかしかれの声音が、感謝をつたえる最初からそんなふうに落ち着いた結論に収まっていかないことを伝えていたから、きわめて緊張している。浴室のお母さんの気配が濃く温度をつたえてきて、「がんばれ！　きみならできるよ」って言ってくれる。目に見えるようにほんのりあたたかく、聞こえるみたいにうれしい重たさがわかるよ。

「だけど、どうしても許せない。父親も、死んだ母親も、あなたたちも。許せないです。一太も許せない。家族とか許せない。あなたたちというより、家族ってそのものが許せない。正直、父親に対してもつよい憎しみとか思い入れがあって無視してるわけじゃない。けど話すとおれは傷つくので。それだけ。おれの本音のぜんぶってそれだけです。感謝してても、うれしくても笑ってても、そのしたにあるのはいつも「許せない」だけ。こんな本音、聞きたかったですか？」

　美築がひとこと、「ガキが」と言った。それに応えずに沈黙していると、「聞きたいよ。言ってくれてありがとう」と沙耶は言った。浴室のお母さんが「よく言った！　がんばったね」と、かれの身体を抱きしめる。そしてかれは家を飛び出した。

　まるで盗むみたいに自分の自転車を引き摺り出して真夜中。ゆるやかな坂をシャーとくだっていき、上半身が発する息づかいだけがうるさい、右手に諏訪《すわ》神社の入り口をずいぶん遅れてみとめ、ふたたび中央線をのぞむ陸橋に戻ってきた。一本の各駅停車がかれの股下を裂いていくように左斜め前方に通りすぎ、車両の先端が空へ舞い上がってかれの頭頂部から地面を繋いだ。そのように立っている身体を包む、昼に見たのとおなじ景色が時と鳥瞰《ちょうかん》を混ぜて戻ってくる、知覚と知っている事実と丸ごと合わさった全部で遠くに見える光は日野の街の灯りとわかる。自転車を降りてゆっくり耳を澄ませた。ここにくるまで、夜は暗く人通りの少ない住宅街から響いてくる子どもらの声なんていくらでも聞こえたのに、急になにも聞こえない。なにも見えない。昼間にはあれほどうるさかった歴史を今はもうわからない、これこそがかれは紛れもなく「おれ」の感情「おれ」の声なのかもってかなしい、聞こえるのは自分の子どものころからの記憶ばかりだったから。うるさい自分の身体を振り払い進む石碑のまえで途方に暮れ、それこそ街のそこここに爆弾は落とされていたから今までも急に聞こえることはあったけどもうなにも聞こえない。耳を澄ませたら聞こえないってようやくわかった。自分は能動的にこういうものを聞くような、見るような人間じゃないんだ、と思い、あまりにもなにもない、汚い、暗い身体だと思った。光らない。だれの記憶を光らせることもできず、ただ闇雲に受動的に偽る。受け身で場を偽ることしかできない貧しい身体。昼はすごかった。笹岡はきっと光だ。おれは憎み、偽りつづけるだろう。だけど、偽ることにさえフィクションが要って、偽らないためのフィクションとそれは交換できるかもしれない？　たとえば数千年後に嘘とバレて、死ぬほど糾弾される。死刑かなってぐらい罵倒《ばとう》されて、けれど、だとしたらあっちは「ほんとう」のフィクションか？とわからせる。嘘を知ることでしかわからないような頼りない本当にいつしかなってしまう歴史がある。Panasonic の看板がくすむ木材工場を奥に見据え、スマホのライトをかざしてさえ読めない碑文に反射する虫の声に、昼間読んだ文字の記憶がまざまざと灯った。蚊に刺され痒い指先にそよぐ風が随分ぬるく、昼よりずっと涼しいのだと思う。木々が空より濃い黒さとしてところどころ街灯に揺れる、遠くでお年寄りが携帯電話で会話する声が聞こえる、え？　なんだって？　聞こえない。いいよ、いいって、かけ直す。かけ直すから。かけ直す、その電話で熱いよ、苦しいよ、助けてよ、痛いよ、痛いよ、痛いよ、助けてよって、聞こえてない？　嘘。そんなのぜんぶ嘘だ。ただしがみつく生しかここにはない。そんなふうにときどき祈り、ときどき呪い、昼間はただ「死にたい」という気持ちの真逆にここでなれた。それは「死にたくない」「生きたい」のどちらともぜんぜん違う気持ち、生きたい前向きな明るさというよりどこか後ろめたい怒りに似た。殺されるまえに殺す気持ちで生きる、生き延びる、それだけの能動で渇いた喉をうるおす水に砂糖でも混じってんのかってぐらい甘い。立ちすくむかれ生崎はそこに笹岡が居てくれたらきっとまた聞こえると信じた。おもえば笹岡も言ってくれた。常見監督が映画を撮ってくれた、あの庭でかれの演技を見てからきゅうに見えるようになった「風景が」って。怖くないよ、出ておいで、怖くないよと聞こえた。先ほど電話していた老婆が言っていた。ママですよ、怖くないよ、出ておいで、すると茂みから四匹のネコがあらわれて、怖くないよ、きーちゃんも、出ておいで、怖くないよ、と言った。

「おうち帰ろう」

老婆がたくさんのネコを引き連れて行くと、かれもさっきなにか聞こえた気がして「ヒロケン？」ヒロケーン、ヒロケーン、ケーンって呼んだ。風はないのに草が揺れた。

「なんだよ」

薄闇からヒロケンがあらわれて言った。

「LINEした？」

「したかも」

かれは笑った。

＊

テレビの仕事がなくなったあと入り浸っていたムエタイジムで、月謝を払えば時間内いっぱい利用できるサブスク方式であるにもかかわらず三時間を超えると声をかけられた。サンドバッグを蹴っていると「お腹すかないの？」「お母さん心配してるよ」。そうするともう九時を回っていて、ジムが閉まるまであと一時間なのだと気づき憂鬱になる。

放課後や土日のほとんどをバイトとジムで過ごしていたある日の夕方、会員がかれしか来ていないジムでミットを終えると「樹もいく」と疑問形でもないイントネーションで言われ、文脈がよくわからなかったので無視してサンドバッグを蹴っていたら、トレーナーと会長に肩を摑まれ促された。グローブをつけたまま外に出され、「外出中」の断りもなく軽自動車に乗せられて、汗だくのままグローブを外し、しばらく窓を眺めて着いた先はホームセンターだった。

そこでドアの滑りをよくするための業務用油と、網戸ネットを買った会長は、ジムへ戻るとかれにも手伝わせて開いた窓に直接ガムテープでネットを貼り付け、隙間だらけの網戸ということにしたらしかった。それで機嫌がよくなったのか「もう一回、ミットやるか？」と言ってこの日二回目のキックミットをやったあとで、会長は「樹も試合出るか？」と言った。

かれは年内でこのジムを止めようと思っていた。バイトを始めたとはいえ、高校卒業後も学費などを自分で払っていくのだったらできるだけ貯蓄に回したほうがよい。心身の健康のためであってさえ、運動など高価な嗜好品というわけだった。

「試合？　ちょっとこわい」

「大丈夫大丈夫。身長、体重、相手同じ。経験同じ。大丈夫だよ」

「ほんとうに？」

息がきれ、汗が全身を覆った。夏休みの期間に半ば強引に買わされたムエタイパンツでホームセンターの冷房を浴び、戻ってきていきなりミットをやってすぐ熱くなっている。体温が忙しいなと感じた。

「それ、いつ？」

「来月。エントリーしなよ。もううまいよ」

「もううまい」と言われ、初心者といえ試合ができるほど上達したのかとうぬぼれて気分がいい。丁度ジムにやってきた社会人会員である岸《きし》に、「樹と首相撲《くびずもう》とマスやってあげて」と言い、会長は奥へ引っ込んだ。

着替えてロープを飛び始めた岸に、「試合、出るんですか？」と聞かれ、「いやいや、自分なんか」とかれは言った。

「いや大丈夫すよ。８Ｒ後に２Ｒマスして、そのあと５Ｒ首相撲いいですか？」

「あ、はい。よろしくお願いします」

なるほど、試合に出れば、それだけいっぱい練習ができるのか、とかれは気づいた。そのように時間は熱意によって濃さが変わっていく。濃ければ濃いほどいい、人生や生活をやらずに済むと身体が先に思った。なにかに集中していれば、この社会に参加しなくてもいいのか。あるいは身体が疲れきっていれば。対人練習を終えたあとで息をととのえているともう夜だった。この時間には両親は寝ているし、自分も飯食って風呂に入ったらすぐ寝る。

濃い時間のあとは薄くてよい。身体がすうっと透明になっていくような疲れが気持ちよかったかれは、ひさびさに死にたくもならずまっすぐ寝つけた。

また別の日曜日に、バイトを終えたあとの夕方にジムに行くと、久しぶりに葉賀三姫がいた。

「あっ、お久しぶり」

かれが声をかけると、柔軟していた葉賀が「久しぶりー。元気そうだね」と言った。その感じで、かれが芸能界の仕事を止めたことは了解されているとわかり、まだ炎上中であるのにもかかわらず普通に接してくれていることに、ものすごくホッとしてかれは着替えに行った。

「こないだの、葉賀さん深夜出てたテレビ見たよ」

「えーうそ。バラエティのやつ？」

「そう。芸人さんのドッキリの仕掛人みたいなの。すごいハイキックかっこよかった」

「私がドッキリ仕掛けられた側なのよ。芸人さんが罰ゲームで、私がドッキリみたいな企画で、意味不明な流れでツッコミのほうのひと蹴ってたでしょ」

「あ、そっか。でも、なんかすごい印象よかったよ」

「ありがとー。うれしぃ」

そこへトレーナーがやってき、「樹と三姫、スパーしたら？」と言った。

「え、樹くん試合出るの？」

「出るのかもしれない。なにも返事してないけど」

「いいじゃんいいじゃん。スパーしよっか」

「三姫は、蹴りだけね。パンチは優しく」

「オーケーオーケー」

「樹は、全部。パンチもキックも全部ね」

トレーナーの言葉に、「え、いいの？」とかれはトレーナーではなく葉賀に聞いた。

「いいよ。本気で当てにきて」

そこから、なにかしらスイッチが入った。実力差が前提とされている、おそらく本当に攻撃を当てるのは難しいのだろう。だが、「当てられる」という可能性に初めて経験する身体感覚が兆すのを感じた。葉賀といったん距離をおき、シャドーにいつもにはありえない集中がやどる。自分の身体にかかわる環境によって集中が変わる。それは意思を超えた人間の自由さだと感じた。自分ひとりではできない集中がある。たとえばマススパーや首相撲では、真剣に取り組むのだがどこか演技をしているような自意識の膜があった。だけど、攻撃を当てたいという相手ありきの意思によって本気が深まる。昨日までの本気を足がかりにして、さらに奥にある本気へ。そのように、他者によって知る自らの集中や本気に段階があり、もっと奥のそれを経験しなければ見えない世界があるということ。演技の現場でもそれを感じることがあった。たとえば息の合う共演者や制作陣と時間をともにすることで。

止めたくないな、とかれは思った。だが止める。かれにとって生きるということはそうした集中をことごとく手放すことだった。かれのリアリティはこちら側にある。止めたくないことから止めるのだ。そのように生まれてき、そのように生きていく。

ともにウォーミングアップを終えてグローブとヘッドギア、レッグガードをつけ、リングに上がりスパーを始めた。2R、一度でも狙ったコンビネーションを当てることを目標に集中した。葉賀の前蹴りやミドルの重さに阻まれ、距離を詰めることは難しかった。

「蹴り足にロー蹴って」

「パンチで終わっちゃだめ」

聞こえてくるアドバイスに沿って動くも、ローはガードされたこちらの足のほうがダメージを受け、立って構えているだけの葉賀のプレッシャーで、一歩近づくのも怖い。

しかし相手の攻撃に返すことはなんとかできてい、葉賀のミドルやハイもギリギリのところで受け切れていた。2Rに入り、とにかくローを蹴られた腿が痛くて蹴りが出なくなってしまったが、それでもパンチを打ち込んだ。ある程度、葉賀がパンチを受けてくれているのがわかる。ガードの上からでも、しっかりコンビネーションを打ち込むことができ、この数ヶ月がんばって練習してきたように動けるんだと感動した、その瞬間足が痺れ、踏ん張りがきかなくなり、四股《しこ》を踏むように足を揃えてしまったあと、時間差で蹲った。

「樹〜、耐えろ〜」

無理だった。呼吸に喘《あえ》ぎ、胴を伸ばすことに苦しみ、リングに頭頂部をつけて這いつくばる。

たぶん、腹を蹴られた。左ミドルか？とあたりをつける。

「三日月蹴り。左の爪先立てて肝臓を蹴るの。大丈夫？」

葉賀が言った。これでも加減されているらしかった。

いつか、B組の向に腹を殴られた日のことを思い出していた。人体。二十秒ほどかけてゆっくり立ちあがり、水道でマウスピースを洗う。苦しみと痛みの波が引くとなんとなくの重怠《おもだる》さ、痺れが残った。ダメージを受けている。それで葉賀に三日月を教わり、すこしサンドバッグを蹴ったあとでリングでシャドーをし日が暮れかけたころに生崎が来た。笹岡が窓に近づいたタイミングで「お疲れ」と言う。人影に気づいていなかった笹岡はぎょっとした。

「ビビった」

「てかすげえビショビショだな。ぜんぶ汗？」

「汗。ちょっと待って。柔軟してシャワー浴びるから」

「おけ。じゃあ、何分後にまた来ればいい？」

「スピードで二十分で」

「うい。ちょうどヒロケンも三十分後に来られるっていうから」

「児玉は？」

「まだ既読ないから、おまえと児玉。気づいたら来るかもな」

児玉と笹岡と生崎と広井。それぞれ事情はことなり、またくわしく話したいわけでもなく家にいたくない、時間を持て余すグループLINEをつくった四人は、こうして急に集まってはどこか広い場所を探して歩きまわる。既読にならない笹岡がジムで練習している予想を立てた生崎は直接ここへ来た。

もう昭和記念公園は閉まっている時間だから、おおかた多摩川を目指してダラダラ歩くのだろうと笹岡はシャワーを浴びながら考える。入会当初には夥《おびただ》しいカビに尻込んで、絶対に使うことはないと思っていたシャワーを平気で浴びていた。まだ練習している葉賀が、着替えた笹岡に「今日はごめんね。大丈夫？」と聞いた。

「大丈夫じゃねえよ〜。飯食えないかも」

「あは。私ももっとこっちのジムこようかな」

「あれ、最寄りどこっすか？」

「吉祥寺だよ」

そちらにある姉妹ジムでおおかた練習しているという葉賀は、「じゃ、試合がんばって」と言い、引きつづきサンドバッグを蹴る。同じ時間を練習していても優に笹岡の三倍の運動量はこなしていた。

「プロになるの？　キックボクシング」

野球部よりも汗だくになっていた笹岡の顔にやどる本気を回想し、合流した一番に生崎は聞いた。

「ならない。試合に出るか？って誘われてるけど、出ない。試合の直前でやめる。申し訳ないけど」

「そうなの？」

「うん。だって、金ないし」

「ふーん」

「引き落とせないように口座から金ぜんぶおろしてバックレる。さっき決めた。やめる理由とか聞かれたくないし、金ないとかいうの恥ずいし嘘つくのもめんどい」

「わかる。いちいち嘘つくのめんどいよな」

タオルドライがあまく、髪の毛からポタポタ滴が垂れた。日が暮れてすずしい。運動に熱くしめった身体が乾いていくのが気持ちよかった。妙にすがすがしく、未練がない。未練があるからさっきまでは試合に出ないことを決断しなかった。いまこのタイミングで生崎に聞いてもらえてよかったと笹岡は思う。モノレールを挟む四車線の片側で、南にある川からのぼってくる気配がある。植えられた街路樹の根が土のしたと地上を往復し、かれらの爪先の重みをうけた。

「でも、キックの練習は自己流でつづけようかな。したらいつかプロになれるのかも」

自転車を押しながら笹岡は言った。生崎はこの近所に住んでいるから、サンダルと短パンで歩いていた。

「おー。いいじゃん。おれら暇だしな。ミットっていうの？　あれ持ってやろうか」

「マジで？　いいね。したらやめる日にミットワンセット、パクってこようかな」

「そうしろそうしろ」

どこかしら、モラルのない自分たちでいることが最近のかれらには心地いい。かれらは気づいていないが、これは広井の影響でもあった。モノレール柴崎《しばさき》体育館駅の交差点で合流した三人は、とくに合意を経ることもなく多摩川方向へ歩き出したのだが、「めっちゃ喉渇いた」と言った笹岡に、「なんか飲みもんないの？」「あったけど飲んでも飲んでも足りない。練習で水出しすぎた」「そっか。ちょっとここで待っとれ」と言った広井がどこかへ消え、煙《けむ》に巻かれたように生崎と笹岡はなんでもないただの道の端っこに立ちすくんだ。それでも、「家族のだれとも口利けなくなった」「おれは父親がめっちゃ話しかけてくるからたまに応えてるよ、キレるけど」「えら。おれも義理の妹と義理母を無視して、父親とだけ話そうかな。数年ぶりに」「父親めっちゃビックリしそう」普段通りのような会話でただ待っていると、広井は二リットルの麦茶を抱えていて「飲め」と言う。

「え、ありがと。金いくら？」

冷えかたからして、どこかのコンビニで調達したものだとわかった。

「いや、金はいい」

「なんで？　わるいよ」

「だって金じゃないもん」

生崎はピンときた。こいつ万引きしてきたな。半ば呆《あき》れるような気持ちがあったが、どこかすがすがしいとも思う。

「百五十円ぐらい？」

「いいって」

「ヒロケンがいいっていうならいいんじゃね？」

生崎のその台詞で笹岡も気づいた。こいつ万引きしてきたな。

どうやって？　そうは聞かなかったが、生崎と笹岡は協同してその内実を聞き出すように話しつづける。

「え、バレないの」

「あー。バレないバレない。おれそういうのバレないから」

「なんでだよ。なんか、鳴るだろ。警報とか」

「それが、鳴らないんだなあ」

広井はわらっている。

「いなくなればいいんだから。心底から楽しいことをしているような顔だった。簡単よ。資本主義も民主主義もファシズムもどんとこいよ。身体がそこにいなくなればいいんだから」

「へえー。なんかよく分からんけどテクいな」

「うんテクい。あんがと」

それで麦茶を飲むと、それは一挙半分程度笹岡の胃のなかに移った。するときゅうに吐き気が込み上げ、笹岡は路肩にすこし吐いた。胃の内容物というより、唾液と胃液の混ざったようなものを唾よりすこし多い程度に。

「今日、腹蹴られたからキツい」

笹岡は言い、ふたりは乾いた笑いをもらした。

多摩川に着き、水域からは遥か遠いが音は聞こえる、そのあたりにある鉄塔の正方形の底に座った笹岡はスマホを確認し、児玉からの着信に気づいた。

「やべ」

それで電話をかけ、ＬＩＮＥを見てチャリで近くまで来たという児玉を迎えに行った。

ふたりになった生崎は広井に、「おまえ、あんま目立つなよ」と言った。

川から吹いてくる風の匂いがする。虫のこえに促されてあたりを見ると、月がない夜だった。

「なんで？　おれだって思い出ほしいよ」

「思い出はべつにいいけど。ひとの記憶に残りすぎんなよ」

「わかったわかった」

そこで笹岡が児玉を連れてふたりチャリで戻ってき、広井はスカートの児玉に向かって「めっちゃかわいいね」と言った。あたりは薄暗く、広井がスカートだけに反応したのは明らかだったが、児玉はむしろうれしそうに「ありがとう！　うれしー」と言った。

「集合していきなりごめんなんだけど、おれ寝ていい？　めっちゃねむい」

「きょうバイトとジムでずっとだったもんね」

児玉が言い、リュックから取り出したタオルを笹岡が横になる頭の位置に敷いた。

「あんがと。おやすみ。てか外で横になると、子どものころよくこうしてたなっておもいだすわー……」

「ふうん」

それでしばらく沈黙したあとで、「おれら、子どものころすごくしんどかったけど、どこか、これってなんかお話のなかのことっていうか、ただの作り話なんじゃないかって、そういう気がどうしてもしてて、そのしんどさに集中できなかったな。なんなんだよ。演技の仕事をするようになって、むしろやっぱこれは現実なんだなって、ちゃんとしんどくなってよかったよ」と言い終わるまえにはすでに笹岡は寝息をたてていた。

次に目を醒ますと真っ暗で、隣にいた児玉に「何時？」と聞くと「うーん。一時」と応えた。

「うそ。ごめん」

「いいけど。べつになんもないし」

児玉はどうやらTikTokを見ていて、かれが起きても見るのを止めなかった。自分の身体を抱くようにさわると肩から二の腕のあたりがきいんと冷えていた。起き上がるその勢いで揺れる空気に草と川の匂いして、そういえば多摩川だったと思い出す。へんな時間の送り方をしていて、結局みんながどんな夜をすごしたかわからない。だけど、時間が経っただけでも得をした気分になる。ひとりでは死にたくなるかもしれないのだったから。それはどうやら四人に大差ない条件で、砂利《じやり》ついた頬をゴシゴシ擦ると、落ちる小石がめりこんだ皮膚がなかなか元に戻らない。

「生崎とヒロケンは？」

「帰ったよ。生崎くんはたまに動画で見たよ」

そうして児玉がスマホの画面をかれに見せた。かれの顔の顎と唇の上あたりが円形にあかくなり、画面では生崎が義理の妹に直撃されてダンス動画を撮られている。

「でも、さいきんは投稿ないっぽい。これも一ヶ月前のとかじゃない？」

「ほんとだ。てか、めっちゃ腹減った」

「コンビニでなんか買う？」

しかし、家に帰ろうとは提案しない児玉に、かれは「おまえ、大丈夫なの？」と質問した。かれ自身、児玉の「大丈夫」の中身をくわしく聞くことはできないし、同じように児玉もときに質問しかれに言わせる「大丈夫」の中身は聞けなかった。

「うーん……。生長が生長だし……あんまそういう部分では大丈夫」

「そう」

どうやら、だんだん体格やホルモンの影響からして男性っぽくなっている状況で、父親から性的な眼差《まなざ》しを向けられる機会は減ってきているということらしかった。かれは児玉とともに河原を歩きながらそのように理解した。

「ヒロケン、おもろいよな」

それで話を逸らすと、「なんかおかしなこととして炎上とかしないか心配」としかし、どこか楽しそうに児玉は言った。

「なんでおれらと一緒にいるのかな？」

「なんとなくじゃない？　でもなんとなくでも、こっち側にいる人なんだなってのはわかるね」

「変わってるよなー」

コンビニに着き、アメリカンドッグを買って出てきたところで警察官と出会い、「君たち、高校生？」と言う。

「はい。すんません。コンビニ来たくて。すぐ帰ります」

笹岡はそう言い、「な」と言った。

「はい」

児玉が応えると、「君は……」と言ってから沈黙した警官は、しばらくジロジロと児玉を眺めたあとで、「だめだよ、こんな時間に。気をつけて帰ってね」と言い、自転車を漕ぎだした。

「はい。すませーん。すませーーーん。はい、はい」

充分に距離が開いてから、笹岡は言った。

「しね」

昔から警官を見ると腹の底から怒りが込み上げてき、毎回そう言ってしまうのだった。

鉄塔の同じポイントに戻って座り、「もう眠くなった」と言うかれと児玉はTikTokをじっと見た。児玉のスマホをモバイルバッテリーで充電していたので、かれのスマホで見た。画面のなかで楽しそうな人を見ると楽しい。だれしもべつに自分が楽しくなくてもいいのだった。空が白み始めたころに児玉がかれの右腕のあたりに凭《もた》れて眠ると、筋肉痛がひどくつらかったが、なるべく動かさないようにしたから痺れた。感覚がなくなっていく腕に重さだけがつもっていき、肌寒い皮膚が川面から集まってくる臭いを嗅いでいた。草の擦れる音が朝を教えてくる。しかしかれは朝なんてべつに知りたくないのだった。

LINEで
……もしかしてまだいる？

とヒロケンか生崎に聞かれ、

……いる
と応えた一時間後に生崎が来た。

「なにしてんのよ」

「TikTok見てた。兄死ぬコンプリートしちゃったわ」

「あっそ。学校サボり？」

きょうは月曜日だ。朝の七時。昨夜の日が変わるあたりまで三人で駄弁り、起きない笹岡に半ば呆れて「おれ帰って家で寝るわ」と帰宅した。とりあえず門限を破る、毎日そのことに集中していた。生崎が家の鍵を回す、その音を沙耶や父親が聞いていることを意識する。風呂に入り、用意された飯を温めて食い、すぐに眠る。朝はギリギリまで寝て、用意された飯を食い、だれとも会話せず家を出た。秋をむかえる空気がじょじょに乾いて、陽射しがくっきり見えるようになっていた。アスファルトに靴底と陽光がジャラジャラと鳴るようで、すこし早めに家をでて河原に寄ると、ゆうべとぜんぜん違うにおいするなーと思ってしあわせだった。

「おれはサボる。さすがに眠くなってきた」

「私は行く。生崎くんいっしょに行こか」

「えら。さすがに夜じゅう河原とか。君ら不良っすなー」

生崎が言い終わるまえに児玉がひとつ、欠伸《あくび》をした。

「あーなんか懐かしかった。朝まで河原とか」

それはおれの台詞では、と思った笹岡は、しかし子どものころ別の川でこうしていた記憶があまりなく、「懐かしい」と口で言うことはむずかしいのだった。そのころに会った誰かのことも忘れている？　薬物パーティーにいそしむ両親に夜は家を空けてくれと言われ、まだ十一歳の身体さえなかったらこんな思いをせずに済んだのにと呪うことで何度も朝をむかえた。同時に、今夜だけは家にいさせてくれと毎晩祈った。そのころ川という景色に保存された祈りと呪いの境界を、われわれだけが記憶している。つまり児玉はいま笹岡の代わりにそう言った。

「児玉、よくみたら下だけ制服じゃん」

「あれ、気づいてなかった？　教室にジャージあるから、それで一日過ごすわ。樹の置き勉借りていい？」

「どうぞ」

笹岡は明るくなってようやく、家に帰れる気分になった。児玉はこの世界のどこにも身の置き場はないと思っている。

2

三鷹《みたか》駅に程近い富士見歩道橋にわれわれは集まった。早朝の四時。こうした撮影は懐かしかった。ふしぎと、夕方みたいな暗さだとだれかが思う。たとえば数百年前の夕方に似た朝焼け、そんなふうだった。ビルの隙間にこもる風がひらけた場に出て気持ちいい、とおくの低い位置に月が残ってい、しかし白くなっていく空に透けて、ほんとうにはあるともないともいえない、自己同一性の信じきれないような視覚でたぶんそこにある。月があるとみると紫っぽく見え、やっぱなかったとみると赤っぽく見える空が、いくつもの朝に起きる意識のボヤボヤする夢の名残を連れてくるようだった。すこしだけ自己紹介を兼ねたリハをして、先に幽霊のシーンを撮る。

青みがかったクリーム色のタイル柄がひび割れるような地面に、大勢に踏みしめられたシミが広がってい、黒ずみとタイル柄の境が曖昧《あいまい》になっている。猛スピードで高架を通り抜けるトラックは、そのまま中央線の線路下へ進み北口へ抜ける。かすかな光をたよりにメイクをしていた。カメラの高木がライトを当ててくれているがよく自分の顔色が見えない。皮膚をこのあたりの風景の一部として塗った。アイラインが駅南口のロータリーにふくらむ人の動線になって、暗くする唇は街に暮れていく影になる。もう生きていないものも通る足跡を塗る。そのように集中していると、とくに塗っていない顔色がだんだんあおくなってき、「どすか?」と聞く。

「渋谷ー」

俳優の田神絢子《たがみじゅんこ》についていたライターの渋谷を呼び、「どう？　霊になってる？」とカメラの高木が聞いた。

「うーん、うん、なってるなってる。生崎くんうまいねえ」

「あざす」

「一回素の幽霊シーン、その次血糊《ちのり》アリね、さいごが告白シーン。じゃあ、はじめよっか」

笹岡の週刊誌報道が出て、「渋谷と中台の幽ちゃんねる」は炎上した。笹岡が出ていた作品や動画はことごとく特定され、膨大ではないが増え続けるアンチコメントに、しょせん親のスキャンダルなのだからと高を括《くく》って無視していたらあらゆるSNSで粘着された。それで渋谷と中台のふたりがスーツ姿で撮った「ご報告と謝罪」動画を流すと本格的に炎上した。チャンネル登録者数は伸びたものの、怪談ライターである中台にパニック症状があらわれ人前に出ることができなくなり、撮影ストックを使い果たしたあたりで今度は渋谷ひとりで「ご報告」動画を出ししばらく動画投稿を休む旨報告した。チャンネル運営としてまずい対応はなかったはずだが謝罪してからも状況はなにひとつ好転しなかった。

本格的な炎上開始から幽ちゃんねるは丸一ヶ月動画を休んでいた、そのあいだにかれはチャンネルに参加させてほしい旨、以前常見監督との現場で会った高木の名刺に書いてあったアドレスに連絡した。笹岡の代役があるならぜひ自分がと申し出ると、代役というか映像にしたい話のストックはいくつかあるからと、連絡を取りつがれた渋谷からメールがき、「だけどこのチャンネルはいつまで続くかわからないので、ギャラは期待しないでほしいです。だから無理なくというか、返信もお気になさらず」。

しかし「ぜひ」とかれは返した。そしてその一週間後にチャンネルを再開したいので雨じゃなかったらこの日に、と指定された撮影日はよく晴れた。

「ねえ、おれ、ルイちゃんのこと、ほんとにぜんぶ知ってるから聞いて！　高校生になったときは、部活でさんざん迷ったよね。中学でやっていたチアをつづけるか、それともあたらしく緩そうな運動部に入ってダイエットするか、それとも文化部に入って受験に専念するかって」

「え、よくしってんね」

「中学では修学旅行のときに木梨君に告白しようか迷ったけど、ほんとは告白するつもりなんてなくて、ただ友達にそう言いたかっただけだったよね？　親友の由美ちゃんが大阪君に告白したいって本気で悩んでたから、自分もその気になって由美ちゃんの身になって悩みを聞いてあげたかったんだよね。ルイちゃんはそういうとこあるから。おかあさんに反抗してた時期も、ちゃんと朝おかあさんが仕事から帰ってくる時間には起きちゃうもんね。寝たふりをしてる。そういうとこ、すれ違いの生活のなかでも、おかあさんにも、ちゃんとつたわってるよ」

ルイ役の田神はかれの饒舌に圧倒され、だんだん無口になっていく。

「小学生のときにはスカートめくりをしてる男子を苛めて、そのせいでその男子を好きな女子に苛められて、無視されてる時期があったよね。でもルイちゃんはだれにも苛めをなすりつけなかったし、三日学校を休んで、意を決したんだよね。一生友達に無視されてもがんばろうって。飼っているネコのタクシとは一生しゃべれないけど、平気なんだから人間だって平気だってある朝起きて決意したじゃん。えらいよ。オレ、ルイちゃんのそういうとこが好きだよ」

「だって、あんた、いっしょになったの中学からじゃん」

「四歳のころ、おかあさんが新しいお父さんをみつけて、ルイちゃんに嫌なことしたよ。あれすごいきもちわるかった。親ってほんとキモイよね。だから殺してあげたよ。未熟児として生まれてきて、人工呼吸器に繋がれてたときおかあさんは祈ったよ。ルイちゃんさえ生きていればいいって。他にはなんにも要らないって。それなのにひどいよ。あんな男をルイちゃんのそばにおくなんて。ほんとに最悪。だからルイちゃんが怖いことはないよ。オレがぜんぶ殺しちゃったからね」

「なんなの？　だってアイツは交通事故で」

「はい、オッケー」

で、血糊ね。渋谷にそう言われ、かれは髪の毛の生え際に糊を塗っていく。ここまでが三シーンで構成されるショートドラマの１／３、三カットのうちの二シーン目。生崎のメイクが要るシーン２と３が肝腎なので、人通りのない早朝の、夜明けのうちに先に撮ってしまうとあらかじめ言われていた。

「田神さん、すごくいいよ。どう？　だいじょうぶそう？」

「ぜんぜん。私は。ほぼ素で出てるだけだから。生崎さんのほうがメイクで忙しそうっす」

田神はふだん演劇中心に出ている俳優で、舞台を観た渋谷がＳＮＳで声をかけた。かれはYouTubeにあった田神の稽古中とおぼしき殺陣《たて》をしている動画だけ見てここへきた。

「や、楽しいですよ。幽霊になるの。田神さんも今度どうっすか？」

「えー。やってみようかなあ」

と言いつつまったくその気はなさそうな田神にカメラマンの高木がペットボトルのお茶を渡

し、渋谷がかれの後頭部にひたすらアラビックヤマトに食紅を混ぜた血糊を塗っていく。

「いそげいそげ」

「これ、どういういきさつなんですか？　おれのやってる佐々木が幽霊だったのは」

「あー、小学生ぐらいのルイちゃんが、ひとりで歩道橋を渡っているときに、カラスを怖がって、落ちてトラックに轢《ひ》かれる運命があったという。佐々木というかきみはルイちゃんを狙ってた小児性愛者の中年で、ルイちゃんを庇って転落死した。ルイちゃんはその記憶を封印したの。思い出されないことがつらくて、きみは高校生の姿になって佐々木としてルイちゃんに告白して思いを遂げようとする、それで殺して道連れにする。成仏。完」

「え、そもそも同級生ではない？」

「同級生ではない。ルイちゃんは偽の記憶で佐々木と中学からの同級生だと思い込んでいるだけ」

「だいぶアクロバティックすね」

「いってもこれは裏ストーリーだから」

「てか、渋谷さんの集める怪談って、ぜんぶ男が幽霊なんすね」

耳たぶのしたあたりに塗ったところで血糊が完成し、「よし、もう明るくなってきちゃったから撮る。いきまーす。よきタイミングで」と、ふわっとしたスタートが切られる。

「はーい」

返事をする自分の声の残響に切りかわる、かれはぬるい液体糊の塗られる肌の違和よりつよく、ほんとうにはこの世にいない佐々木がここにいる場に没入していき、自分の頭から出たものとして血を、なつかしい親しいもののように馴染んだ。高木がカメラを構え、スマホに設定したモニターで渋谷がチェックしつつ人払いを兼ねた。

「だから、いっしょに行こうね」

「え、やめてよ、うそ」

かれが田神ににじりより、しゃがみこむ、カットから消える、田神の身体浮いていく、歩道橋の手摺に乗りだし、半身が道路側に傾く。

「やめてよ、やめて、やめてやめてやめてやめてやめてやめてやめて」

悲鳴。カット。あとで落下音、人体の破裂する音。終幕。


「だいぶ物理で殺しますね」

田神の股下から支えたかれがその体重をぐっと持ち上げ、道路側に押し出す、これは何度かリハーサルしていたが、そのたびちゃんと怖いのでしぜん田神の身にリアリティが表れた。死にかねない高さから見る景色と男に身体を持ち上げられる気持ち悪さの双方からくる二重の怖さが演じることの代償みたいに押しつけられている。街に悲鳴の響きわたるこのシーンのために周囲に人がいないうちに撮ってしまいたかった。

「毎回ちゃんと生崎さんが本気で殺そうとしたら私死んじゃうなっておもうからこわいよ」

田神は乱れた髪の毛をととのえながら言った。

「だよね。おれも気をつけないとほんとに殺しちゃうとおもうからこわい」

かれはクレンジングシートでゴシゴシ擦り、幽霊メイクを一気に落とす。固まった糊をペリペリ剝がす。つぎは生きているシーン。ちょうど朝になっていく光を夕方にみたてて加工し、ふつうの告白シーンを撮る。逆の時間で。朝焼けを夕焼けとして、明けがたを暮れかたとして、メイクを塗り、落としするかれの肌の負担を犠牲にして、時の不可逆を無視するフィクションを撮る。

「適当でいいよ。そんな、厳密じゃなくて」

いっしょにかれの後頭部や揉み上げあたりの血糊を落としながら渋谷が言う。じっさい長くても五分程度のドラマなのだから、そこまで工数は割かれない。赤い糊を剝がしたあとでも、最初のかれの青白さから比べるとだいぶあかるい、肌色がどれだけ普段と違うものかわれわれのだれもよくわからないのだった。

「幽霊、男なのよ」

渋谷が言った。

「え？　あー、ああ。そうですよね。笹岡も幽霊やってたし」

「うん。なんでか知りたい？　人間は暴力大好きでしょ。でも、暴力できません。とくに現代では暴力大好きトークもだめです。暴力の言語化ダメです。でもほんとは俺たち、暴力の言語化が好きなだけなんです。暴力そのものというより、暴力っぽいことが好きなんです！　格闘技や喧嘩より、プロレスとかヤンキーのほうが全然好きなの。暴力の演出が好き。演技が好き。フィクションが好き。現実に耐えらんないのよ。だから格闘技って国技にするかプロレス文化ヤンキー文化に寄せないとショーにならないのね。そうしないとなんだかよくわからなくて見方がわかんないのよ。それなのに暴力っぽいものはもうとにかく好き。好きすぎる！　そうした叫びがあるから。戦争がしたいわけじゃない、戦争っぽいことで雰囲気アゲてて、ホモソでワーッてたのしくやってたら、戦争はじまって、え？　俺らそんなつもりなかったっす。だって、ほんとの暴力目の当たりにしたら引いちゃって、ほんとうのリアリティなんてひとつも欲しくなかったからね。暴力風のフィクションだけでよかったんです。でもそれで死んでいくひとたち。でもここまできたら、最後までやらなきゃ美しくないっしょ。俺ら以外殺します。カワイイものだけは生きてていいです。あくまでも暴力風でよかったのに、お前らが悪いんだからな。そう、俺らにあるのは暴力ですらない暴力風である、それを支えるのはすさまじい嫉妬、だれかをずるいと憎むきもち、底のないコンプレックス、妬《ねた》みだけが超一流の俺たちのプライド。われわれの絆《きずな》だよね。だから俺らがほんとにしたいことって、俺らがずるいって思う人間の、邪魔をするってことだけなんだ。監視したい、誰一人得をしない世の中が理想だから、そのために自分がたとえ損をしつくして沼に沈んでいっても構わないの。自分が楽するより、他人が得しないことのほうがよっぽど大事なんです。あーあ、現代の俺ら苦しい〜、息苦しい〜。は？　そういう幽霊なの」

「へー？　よくわかんないけど、そういう感覚あんまないなあ」

「君たち世代にはないかも。俺らの世代はすごい、そういうのあるから。マジ気をつけてね。きみらも年取ったらこうなるか、それとも時代がほんとに変われるのか、俺にはもうわからないから」

「わかりました。幽霊おちましたか？」

「おちた。やろう」

それで歩道橋のしたで田神とふたりスタンバっていると、ひとり通行人がやってきて通す。歩道橋の上の高木と渋谷が人間カチンコになって合図をだし、先に田神が歩道橋を登りはじめた。

「ルイちゃん!」

「え? あ、えと、佐々木くん?」

「あ、えっと。ごめん急に。ちょっといいかな? おれ……。あ、いいや、やっぱやめる」

「なんなの? 行くよ」

「あ、行かないで! おれ、あの……」

「はい」

「そのー、ルイちゃんのこと好き! おれ、好きなんだ……。それで……」


そこでふたたび通行人。一回なしくずしに止まり、通したあとでいそぎ再開する。かれは田神のことを好きで感情が火照ったまんまで、五時を回りかけた時間にさしかかり、すぐに通学通勤の通行人が途切れなくなる。カットをもう一度挟むことにする。歩道橋の上から再開する。


「え、いきなり……うそ。ぜんぜん」

「うそじゃない。ずっとルイちゃんのことおれみてた。ルイちゃんのことなら、なんでも知ってるよ?」


そのあとでとうとつに駅付近の雑踏や、車が行き交う高架下のカットを数秒ほど挟んで、冒頭に撮ったシーン2に繋がっていく。それは渋谷が朝のマクドナルドでふたりに珈琲《コーヒー》を奢《おご》っている最中に、高木がひとりで撮った一人称の風景であり、その視覚の主体がだれなのかはわからない。

*

目ざめたかれは、三時五十五分に届いた、

……おはー。いまから幽霊やってくる!

というLINEを一度目が醒めた朝方にろくに読まず既読にした。それで二度寝し、もう一度起きた八時十分にヤバ、遅刻かもとつぶやきながら読んだ。幽霊? まだ醒めていない意識と身体から、抜けていくように言葉が巡り、ああ、YouTubeのあれか、と理解した。炎上したからもうないと思っていた、あのチャンネルはまだ生きていて、生崎にオファーがいったんだなと把握する。

いつもは時間をかけて洗顔し保湿してヘアセットをするが、時間がない朝はむしろシャワーをガッと浴びて、ビシャビシャにして保湿だけし髪も乾かさず家を出る。玄関前のトイレにいるらしい父親の姿が目のはしに映るが、幽霊よりも見えない、かれの視覚が捉えても知覚しない薄さで消え去る。人を無視する五感に忍び込むようにキンモクセイの臭い。

そこでかれは、自分がうっすら傷ついているのを認めた。自分がやりたかった幽霊を生崎がやっている、もう演じることのない身体がさみしい、だけど知らないだれかがやる幽霊より、友達がやっている幽霊のほうがいいかもしれない。そう思った。遅れてくる感情に、身体がジンワリ灯って発想する。遅刻まであと十三分。

走ったほうがいい?

走ったほうがよかった。
傷ついた情緒をつくろうように走ると、汗をかく直前にスッときもちよくなり。
間にあう？
間にあう。
自問してそう判断した視界で、おなじく登校している高校生がたくさんいることをわかった。だれも急いでいない。比較的のどかに歩いている、緩まる速度とともに落ち着いていく思考でかれは間にあう、ともう一度自分の身体に言い聞かせて走り止め、
……幽霊おつ。学校遅刻？
と生崎にメッセージを返すと、
……てか、もう教室いるし
と返ってきた。

3

「俺はね、笹ちゃんもだけど中台のことも、ふかく傷つけてしまったとおもう。だけどね、それをいたわることも、慰めることも、できなかったね。炎上ってそういうもんなの。SNSで批判されたひとを、SNSで慰めるってことは、さらに傷つけることになるよ。擁護したりするのは、傷つけるひとにとっても、傷つくひとにとっても、邪魔なのね。じゃあ俺のこの心はなんなの？って行き先のない思いが、どこかへいっちゃうね。そういう気持ちが、落ち着く先をしつこく求めるとヤバイなっておもったよ。どこかに合流したいおもいがあった。それこそ

が俺の自己顕示欲なんだよね。優しさかもしれないけど、自己顕示欲でもあるもの。そこ切り離せない。偽善とか偽悪とか、そういう区別ってもう機能しないんだよね。生崎くんSNSはやる？」

四人だけの撮影隊はバラけ、高木と田神は東京方面の電車に乗った。渋谷とかれは早朝の中央線に揺られている。メイク道具や折り畳みの台座などかさばる撮影用具の詰めこまれた鞄《かばん》を腹側に抱えて座る、渋谷はなんらか「かかって」いるみたいにずっとかれに喋りつづけていた。各駅に止まるプラットホームの反対側では、通勤する社会人が行列をなしている、それらを窓越しにぼうと眺めやる。

「おれは、やってないです」

やっていないが知っている。われわれのこと。傷ついたおもいが復讐《ふくしゅう》みたいにさまよう行きつく先の集合について。SNSに限らず、そうした時空を越えて積もるおもいの怖さをなんとなく知っている。さっき幽霊をやったから、笹岡の気分、笹岡の身体になっているような一部もあって、かれはうっすら傷ついている。演じるあいだも何度か既読のついたままの笹岡とのLINE画面を眺めた。チャンネルで見ていた中台の姿を思い出してもいた。楽しそうに実話怪談を披露していた、怖さを宿すことでいきいきしていた二度と見ることはないかもしれないあの身体。

「中台さんは、元気ですか？」

その会ったことのない大人が、笹ちゃんはまだ高校生なんだから、とSNSでつぶやいて、すぐ消してしまったことをかれは知っている。

……　ある部分ではまだ子どもなんだ。攻撃してなにが楽しい？　大人って年をとったなりの役割ってあるんじゃないの？　おれが相手にしてるのは罵詈雑言《ばりぞうごん》を投げてくるような論外のやつじゃない、まだしも言葉が、議論が通じそうな人間の投げてくるちょっとした呟きの方……トランプが大統領選で初めて勝った日のことを思い出す。おれたちは、心のどこかで「トランプが勝ったらちょっと面白い」と思わなかったか？　遥か日本で投票権はなかったから余計に、そういう意識ってきっと伝播するものだよ、おれたちが考えている以上に……いくつも歴史の岐路において、ある種の切実さじゃない、ただそっちのほうが面白いからといって、当事者の苦しみとはまた別の方向から、自分たちのコンプレックスとルサンチマンで現実を弄《もてあそ》んできただろうわれわれは

それらの呟きも独り善《よ》がりでナルシシズムに満ちた文章だったから猛批判を浴びてすぐに消え、

……申し訳ありません。一旦休みます。頭を冷やします。

……あー　死にてえ

そして

……消えたい

それらの言葉もすぐ消えた。

消された真心にわれわれは憩う。待ってましたとばかりの栄養に、いきいきと輝き。戦地からおくる手紙で息災を告げるも、家族に届いたときにはすでに殺されたいつかの戦争中の、そういう遅れをふくんだデカイ感情の集合に好んで居る。批判を浴びた中台はパニック発作の渦中にどこか安心して不調を乞う自我に気づいた。週三回のYouTube投稿、月一で収録に行く名古屋ローカルの深夜番組、それに作家業を加えてもまったく食えない生活、減りも増えもしな

い消費者金融の通知に追われる身が、きわめて焦っているからこそ安らぐ。発作がおさまると母親に電話した。おかあさん。すこし話した後すぐに「どうしたん？」という。

「なにがよ。そっちは変わりない？」

「こっちんこたどうでもよかばってあんたなんかへんやん」

「なにがね」

「息がよ」

中台は翌日、心療内科へ行った。

「それでね、なんどもDMでは励ましてたの」

「DM」

「うん、ダイレクトメッセージ。でもさ、DMもぜんぜん、ダメ。なんか、カンフル剤みたいなもんで、一瞬は励まされるけど、けっきょく。なんというか、やっぱり会わないとダメよ。会って、喋ってて、言葉が言葉を引き連れるような感覚でふだんなら言えないことも、ハッキリ言うというより、なんか伝わってるなみたいな感じになる。安心するんだよね。そういう意味では家庭って最初はいいけど、言葉を閉じ込めちゃうと思う。友達とかと会いづらくなって、言葉が伝わってるっていう実感に乏しくなって、自信がない。忙しい。でも子どもはかわいいんだよな。子どものことしか考えられない。どこにいても、会っていないときのほうが子どものことばっかりの思考で、つい疲れて酔ってたりすると誰彼かまわず子どもの話しちゃう。子どもが自分になっちゃうんだよね。自分のものみたいに。すごく気をつけていても」

「はあ。そういうもんすか」

「そう。あ、もう武蔵小金井《むさしこがねい》？　生崎くん家《ち》どこだっけ？」

「立川す」

「そうだったそうだった」

「幽ちゃんねるは、今後はどうですか？」

「そうねー……更新も週一もできてないし、ドラマも久しぶりに撮った。けど、今日おもったけど、やっぱ撮影はたのしいな」

それでかれは思った。たぶん、もう撮影はない。なぜかはわからないが、これがさいごの幽霊役だと確信した。けっきょく笹岡は二回、かれは一回しか演じなかった、しかし笹岡がするはずの三回目の幽霊を損なわれた笹岡の代わりに演じた。その事実のほうがなぜかしら重いと、かれは思った。それきり渋谷は黙り、しかし眠っているようではない。かれは車窓をながめた。六時半の風景が速度とともに過ぎ去り、建物の屋根や看板や緑が遅れて混ざる視覚。まだ笹岡は起きていないのだろうなとかれは思う。

「あ、西国《にしこく》だ！　じゃね、生崎くん、今日のすごいよかったよ。また連絡する」

「はい、あざす、ざす」

一回家にもどり、着替えたあとで朝食の席についた。自分でパンを焼き、マーガリンを塗っているところに美築が起きてくる。

「おはよう」

挨拶以外の会話は交わさないが、しかし険悪というほどではない。一緒に生活するものが険悪だとめんどくさいから。一太の離乳食を解凍する沙耶が、「陽くんきょう撮影だったの？」と言う。沙耶だけは依然、かれが言った「あなたたちが許せない」発言などなかったかのように話しかけてくる。

「そう」

「YouTube？　たのしみ。顔がちょっと赤いな。メイクした？」

「うん」

いまはインターネットでなんでも調べられるのだったから、家族であってさえ会話する必要なんてほんとうはないのかもしれなかった。

すこし早めに教室に着き、やがて登校してきた笹岡の席に寄って「幽霊たのしいわ」と言った。笹岡が遅刻しそうになっていたことは知らない。ふつうに間に合った。髪はまだ完全には乾いておらず、あたたまった肌がいまは冷え、朝食をとれなかった飢餓感がひどい。

「お」

「もっとやりたいなー、幽霊」

「いいね」

そこに児玉もいて、「動画？　いつ公開？」と言う。

「十月二日だって」

半分ていど生徒のいる朝の教室。そろそろ朝練組も部活を終えて着替え、ぞくぞく集う。朝から元気なやつというのが毎日二、三人はいて、いっしょに元気になれなくてさみしそう。気温が昨日から比較するとマイナス六度で冬服になった甲斐があった。運動で火照った部活勢が教室に揃うころに、楽井と都築が投稿かストーリーかわからない動画を撮っている。その背景に映っている生崎が「もっと呪いたい」と言っているその声は動画にはのらない。

「呪ってけ〜」

と言う笹岡が、「あと、だれか食べ物もってない？」とたずねると、広井が「ほれ」と袋詰めのアルファベットチョコを五つ、机に放った。

「マジ神！　糖分～」

「糖分は貴重なんだぞ」

「てか、A組文化祭決まった？」

児玉が言った。今日の放課後に文化祭の出し物に関する最終投票があるのだが、かれらはしらなかった。

「しらん。文化祭っていつ？」

「十一月四日」

「ぜんぜん先じゃん」

「そう？　B組はなにを？」

「お化け喫茶」

「なにそれ。どっちかにせいよ」

「お化け屋敷と喫茶が競ったから、なんか折衷された」

「なんでもいい。ヒロケンは知ってた？」

「文化祭ね。演劇にきまってるだろ。笹岡と生崎のいるこのクラスで」

「は？」

「こないだ言ったろ。市井の内申狙いの読書感想文が多摩地区主催のコンクールに入選したって。それをシナリオにして演劇するんだって、もうじつは決まってんのよ」

「投票前なのに？」

「わかってないなあ」

広井は得意そうに笑い、周囲をしげしげ見渡した。都築と楽井の撮る動画に何人か交ざり、イケ組に返り討ちにされたはずの武居もそこにいた。浜山はそれを遠巻きから眺めて、「邪魔すぎ」と言った。いつからか武居と浜山は仲がわるくなっていて、いつの間にか甲本と及川は付き合っていて、登校途中に手を繋いでいる。不登校の花倉は二学期になって一度教室へ来たが、それはクラスが芸術鑑賞で吉祥寺シアターに移動していた日だったからだれも知らない。いまは保健室にいる。

「わかってないってなによ」

「投票があるってことは、すでに決まってんのよ。そういうもんなの」

広井はうれしそう。自分だけ動画に映らないポジションで、元気にダブルピースしている。

＊

畳の床になにか重いものがぶつかる音がした。教科書に落としていた視線をはっと上げ、生崎から送られてきた動画を確認する。ルイ役の女優が歩道橋から落下し、トラックに轢かれ破裂する場面はまだ遠かった。とすると先ほど聞いた音は現実のかれのちかくで鳴ったことになり、しぜん、寝たきりの母親の拘束具が外れ、床に落下したのだろうと推測された。

父親は風呂にいるようだった。入浴が唯一の趣味である父親は長湯で、あと一時間は出てこないかもしれなかった。かれが母親を助け起こしにいかねばならないだろう。だが、すぐには行かない。かれは母親を助けざるを得ないときもすぐにはしないと決めている。暗い地面で動かない身体、母親にはそのままでしばらく耐えてもらう。しかし勉強に戻るでもなく、動画をボンヤリと眺めた。

相変わらず台詞が棒だな、と思った。一本のYouTube動画としてアップされる前に、ドラマ部分だけのリンクが共有ＬＩＮＥにて送られてきた。広井児玉生崎笹岡のいるグループに添付されたその動画をリピしている。まだ5再生しかついていない、そのうちの1がいまかれのパソコンから流れている。生崎の身体はこうしたドラマにあってもドラマティックにならない。なんの情感も宿らないように喋る、それでいて、こういう人いるよなと思う。強い感動をうけるわけでもなく、しかしずっと見つづけている、その動画にうつる生崎というか生崎の演じる佐々木という役を「こういうひといるよな」と思いつづけ、鉛筆で一本ずつ線をかさねるみたいにだんだん濃く「いる」が強まっている。そこにいるのはかれが会ったことはないもの、生崎陽の社会的身体とはちがうものだ。喋りかたや、所作《しょさ》はほとんど同じでべつに役を入れているというわけでもないのにちがう。まるで、過去のだれか会わなかったけどそこにいた、無数の生のすれちがいに紛れた運命の人、といえるほどに奇妙なつよい存在感がある。

「下手だなあ」

と思う。しかし、生崎の演技が下手なのか、それを見る自分の生が下手なのか、かれには区別がつかないのだった。だれかのドラマティックな演技をうまいとか下手だとか、自信をもって判断できるほど標準的な、普遍的な生などあるだろうか。もっと楽しく生きていれば、だれかの演技をうまい！と断言できるのかもしれないと憧れる。だれかの演技がうまいと無邪気に信じられるものはどこか、生を肯定しすぎる。

ただ生崎はそこにいただけなのだと思う。生崎はそこにいるのがうまい。

無言で立ち上がり、かれは自室を出た。寝室の引戸をひらきあたらしい視界になると案の定母親は畳に横たわっていて、とくに脈絡なく振り絞られている声帯から出る叫びは、先ほどからずっと聞こえていた。まず立ちすくんで二秒ほど見下ろし、ポータブルトイレに溜まっている糞便の存在を臭いでわかったあと、かけ声のように「しねよ」と言って母親の身体をまず仰向けになるように押さえつけ、力一杯足の裏を押して膝を曲げさせ、できた隙間に左手を通し、右腕を首の下に回そうとした。しかし叫びと抵抗が強くなかなか集中できないかれは一度自室に戻り、ヘッドフォンとスマホをBluetoothで繋げ動画が流れている状態で装着し、再度寝室へ向かった。生崎と田神の台詞が聞こえているなか、もう一度さいしょから、仰向けにし、膝を立て、左腕を突っ込み、右腕を突っ込む、その人体の隙間をつくるために随分乱暴なこともした。自分だったら痛い触れ合いを強要して、終始無言で全身の筋力を酷使し、母親を持ち上げる。そうしてベッドに叩きつけるように復帰させたあとで、両腕を拘束した。

いつもは父親がしている拘束をかれは数年ぶりにした。おそらく付き添っていた父親がなにかの作業に紛れて拘束を忘れてしまったのだろう。自分だったらぜったいに忘れないだろうと思うが、それは数年ぶりだからで、毎日していることだと拘束でさえ人は忘れる。作業を終えると、母親の身体のそこここに痣や擦傷が認められたが、どれが自分のつけた傷で、どれが母親の自傷なのかわからなかった。静かに見下ろし、まだなにか叫んでいる母親にかれはヘッドフォンをしたままで「おまえのせいだ、おまえがわるいんだからな」と言った。ふだんの自分では言えない、なにかしらの役が入ってしまっていた。

部屋に戻り、流しっぱなしだった動画を見やる。安っぽい血糊で幽霊になった生崎が、このスマホのなかでもう二十九回目に田神を殺していた。

かれはしずかに泣いた。だれの感情で泣いているのか。演技の仕事はもうできない。それ以前に、そもそも生きていることそのものに違和感がある。ちゃんと大人になれるのか。長すぎるこの生をどうやってやり過ごすのか。しかしそういった絶望で泣いているとは自分でも思えなかった。ただ、たくさんの人間の感情が集まった身体で泣いている。「渋谷と中台の幽ちゃんねる」の主宰である中台が自殺を図ったことをかれは先日知った。それが未遂に終わったこともまた別の筋から知った。炎上の渦中にあるとあらゆる情報が思いも寄らない方向から舞い込んでくる。かれのかつて所属していた事務所の俳優である田並《たなみ》が、なぜかとつぜん「中台さんて人が自殺したらしいじゃん」とＬＩＮＥしてきた。田並と中台に面識があるのかどうかも知らないかれが、震える指で渋谷に真偽を確かめると、どうやら自殺企図は真実だが助かった、いまは退院もして実家で静養していると聞いた。

ホッとすると同時に、かれもパニックになり蹲って呼吸だけ必死にする時間を送ると、不思議とそれまでそこはかとなくあったかれ自身の「死にたい」という感情はなくなっていた。鼓動を強く打つ心臓の音がその瞬間の情緒をかれに思い出させると、目を擦った腕に涙と汗が混ざりしめっていた。その水分が窓外から吹き込む風に冷えて皮膚に吸い込まれ乾燥した。頬がカピカピになっているから、きっとたくさん涙を流しているのだろう。ベッドに横たわり、手の甲で目を覆った。見えない視界に母親の肉感と秋の季節がつらなって、なぜかおもいだす記憶がある。まだ両親がおそらく薬物依存に陥る前、小学校の夏休みで暇を持て余していたかれに母親が自転車の二人乗りでプールへ連れてってくれる、その水上公園へむかう道中に傾斜三十度はあろうかという急勾配《きゅうこうばい》の陸橋があり、「いっくん、掴まっててね」とペダルに立ち上がった、母親の背中に額をつけて、かれは「がんばれー、がんばれー」と言った。

「がんばれー、がんばれー、がんばれー」

すごく笑いながら。汗に湿った母親のポロシャツを吸い込んで、噎《む》せながら「がんばれー、がんばれー、がんばれー」。

「がんばれー、がんばれー、がんばれー」

声にならない声で言う、いつしかかれは十六歳になっている。ヘッドフォンから「四歳のころ、おかあさんが新しいお父さんをみつけて、ルイちゃんに嫌なことしたよ。あれすごいきもちわるかった。親ってほんとキモイよね。だから殺してあげたよ。未熟児として生まれてきて、人工呼吸器に繋がれてたときおかあさんは祈ったよ。ルイちゃんさえ生きていればいいって。他にはなんにも要らないって。それなのにひどいよ。あんな男をルイちゃんのそばにおくなんて。ほんとに最悪。だからルイちゃんが怖いことはないよ。オレがぜんぶ殺しちゃったからね」という生崎の台詞が流れてい、かれはがばっと自らの腕を振りほどくように起き上がった。

文化祭の出し物は演劇に決まった。その原作となる『石の証言』という本を放課後に中央図書館で借り、しかしこまかい字のぶ厚い小説で、読まないだろうと放っておいていた、その書き出しを読んだ。けっきょく朝方四時までかかって、半分を読んだ。

「『石の証言』半分読んだよ」

翌朝の教室、トイレに行く市井を追いかけ教室のドア前で話しかけた。市井は、「そうなんだ」と言い、そのときは関心がなさそうだったのだが、一時間目が終わったあとで、「笹岡、まじで読んだの？　あの本」と向こうから話しかけてきた。

市井とかれはちゃんと話すのは初めてだった。

クラスにはもう半年いっしょにいるけれど話したことのない人間がいっぱいいる。どうやって仲良くなる？　気や趣味があう身体でも、話すきっかけがないとわからない。その実仲良くなる身体どうしはただ「あつー」「ダル」「きちー」「すずしー」というその言い方だけで仲良くなる。窓を開けたいものと閉めたいものが混ざり、どちらもそれほどその意思にこだわらない。数分ごとに開いたり閉まったりしている窓外から出入りする空気が上空で混ざって戻ってき、かれはけっこう集中してこの日身体に隙をつくった。きわめてボンヤリして、それは演じたボンヤリなのだけど、市井に再度話しかけられ、「え？」と一度トぼける。そのあとで、「あー」と言って。

「うん！　うんうん、はんぶんね」

「どうだった？」

「ぜんぜんわかんない。けどちょっとはおもしろいよ」

「へー」

市井はジャージの裾をコネコネさわっていた。そして「あ、つぎ音楽室移動する？」と言ってかれを誘い、リコーダーと筆箱と教科書を抱えて新校舎へと移動する、その動きに紛れて、「じつはさ、おれあの本、読んでないんだよね。読書感想文、ネットとか参考にしてめっちゃてきとうに書いた」と告白した。

「へー。すげえじゃん！」

「なにが？」

「読んでないのに感想が出せるなんて、マジですげえじゃん？」

市井はかれのことをすごくアホだと馬鹿にしている。だからこそ市井はかれにその事実を言った。見え透いた煽《おだ》てに対しても、かれを見下しているからこそ絆された。すこしニヤニヤしている。

「な。一瞬やべーかなって思ったんだ。新学期のとき、朝見センに呼び止められて、「これほんとにコンクールに出品していいんだよね」って聞かれた。あんときはバレたかなって一瞬ヒヤヒヤだったけど、結局一位とれたし」

「朝見セン？」

かれは知らない名前だった。のちに生崎と児玉に聞いても「知らん」と言っていた。広井だけが、「あー、AからD組までの副担任の教師でしょ。就任早々、メンタルの問題かなんかで、ずっと休んでて、九月にいっしゅん復帰したけどまた休んで、ちかぢかまた復職するって」と詳しかった。

「そだ、笹岡さ、シナリオ、いっしょに書かねえ？」

まるで魅力的な提案のように市井は言った。

「え、シナリオ？」

「文化祭の演劇。おれがシナリオ書くことになってる。もちろん先生にはチェックしてもらうんだけど、読んでないのバレたくない」

そうまでしても、市井は『石の証言』を読みたくないようだった。

「マジで？　うれしい。おれめっちゃ暇だから、やりたいな」

「だしょだしょ。じゃあLINE聞いていい？　内緒な」

「おけおけ。一応おれドラマの脚本って見たことあるから。ってみんな知ってるか！　あは。じゃあおれが雑に書くから、市井くんがリライトして、完成させてくれる？」

「えー。笹岡めっちゃ優しい。ありがとな」

そのあたりで音楽室に着き、市井は「じゃ、あとでな」と言った。明らかに会話を切り上げるために言われたそれを聞こえなかったかのようにかれは、それまでと違うハッキリした、まるで舞台の上にいるかのように小声でも通る本番の発声で「おれと生崎、演じるから。なんとなくそういう方向で考えといて」と言った。これは他の生徒にもバッチリ聞こえた。騒いでいたわれわれも、完全にしずかにはならないまでもワントーン落ちたざわめきのなかでそれを耳にする。生崎がこっちを見た。われわれの目の半分程度もかれと市井に集まった。思いがけず耳目《じもく》を集めた市井はにわかに焦り、「おー、おう」と言ってあいまいに笑い席についた。二日前に決定した文化祭の演劇は、市井を中心に実行委員をつくり、配役や演出をできるだけ部活や塾のない生徒に割り振り、クラス全体にあまり無理強いしないようにという空気感があった。だから市井がかれに協力を求めたのはある意味当然ともいえる。演技の経験があり、かつ部活をやっていないかれと生崎が協力すべきなのは話し合うまでもないわれわれの総意だったが、かつてがっつり商業エンターテインメントをやっていたふたりに遠慮をし、市井をはじめとするわれわれはどう声をかけるべきか迷っていた。

「つまり渡りに船ってこった」

昼に学食で笹岡が言うと、「それ、どういうこと？」と背を丸めて味噌ラーメンを啜《すす》る生崎が聞いた。

「だから、おれと生崎にみんな演劇の協力してほしかったけど、言いだせなかった。そんな中おれのほうから市井に提案したんだからラッキーみたいなことだよ」

「ああ、ラッキーみたいなことか」

どうやら生崎は先ほど笹岡が言った「渡りに船」の諺《ことわざ》的意味がわからずに聞いていたらし

いのだが、笹岡は上機嫌でそれに気づかなかった。

児玉は「樹にそんな社交ができるなんて」と驚いて見せた。甘酒を備えつけのレンジで温めて飲む、それだけで昼食を済ませるらしかった。

「はじめからそうしてろよ」

生崎は苦々しい。

「え、演劇のこと？」

「じゃなくて。はじめから接しやすくしろよ。無駄に絡みづらいんだよお前は」

「いや、それは逆に生崎じゃね？　最近思うけど案外みんなに警戒されてるぞ。本音ぜんぜん言わねえから」

「は？　そんなの普通だしみんなそうしてます。そういうのを絡みづらいと言いますか？　おみそれしましたぐらい言ってほしいね」

「言うわけないだろアホ。国語の授業をもっと大事にせえよ。現代文赤点だったの知ってっから」

「うっせ」

噛み合わないがすこし揉め始めたふたりに、広井がカツ丼を食べながら、「えー笹岡喋りやすいじゃん」と言った。

「そうおもってるのはヒロケンだけ」

「てかおれはだれでも喋りやすいよ。現代の人は喋りやすい」

「なんだよそれ。でも、まあたしかに、本気じゃなかったんだって思うよ。おれは、ちゃんとひとに対して本気じゃなかったんだ。だから浮いてた。すごい、子どもってこと」

「そうだぞ」

「お前が言うなって。なんか腹たつな」

「はー。樹が大人に。感慨ぶけえ」

「いや、目的があるから大人ぶった。ならないよ、たんに生きることで大人になんか。バカバカしいよ」

「それはマジでそう。大人になれとかいって、大したことしないじゃんな。殺しあうとか、他人にふつうを強要するだけ」

「な。せいぜい結婚して、子ども生んで、子どものことペラペラよそで喋るだけだよな」

「そこで意気投合すんのね。なんだ、樹が社会とうまくやっていこうと頑張りだしたのかと思っちゃったよ。ちがうのか」

「ちがうよ。なあ生崎、こんどの演劇きっとおもしろいぞ。おれが戯曲やるから、おまえ役やれよ」

「やっぱその話か。演劇はいやだ。みんなを、がっかりさせたくはないなあ」

「できるようにするから。おれが、ちゃんと。というか、おれも演じるから、おれを人間だと思わずカメラだと思いなさい」

「そんなのできるかねえ」

「おれもおれもおれも！　おれもシナリオ書く」

広井がカツ丼を完食した勢いで手を上げる。そうとうな声量だったが、その言葉は学食の喧騒に紛れた。広井の声はうるささに紛れやすい声だ。舞台では映えない。

われわれはそれほどうるさい。校舎や体育館から響く声が参加する。築百十年の校舎、学食は七年前に改築された、混在する時間がこすれあい、歴史をさわぐ。空襲で一部破損したが、大きな被害には遭わなかった、いまは名前を変え小学校として近隣に現存する学校の校庭に八百人もの人があつまり、B29の空襲で撃墜され降りてきた米軍兵士を俘虜《ふりょ》として捕まえ、リンチし、斬首した上で勝手に埋め、戦争裁判に怯《おび》えて掘り返して火葬し、埋め直した。覚えてる？　じつを言うとみんな覚えてることだけど、それぞれ自主的に口を噤《つぐ》んでいたから、そのせいでもっと覚えているることだった。覚えていることを覚えていると思い出すことができて、うれしいんだ、われわれは。

「おぼえてるから！　おれも。あの本に書かれてることぜんぶ。おれも戯曲書きたい！」

「ヒロケン〜〜〜！　マジでおれらズッ友、一期一会な」

笹岡と広井がかたく抱きあい、児玉と生崎は呆れた。

「演劇か。気が重いな」

実行委員はいまのところ市井と、市井の友達の富士見《ふじみ》、それだけだった。だからわれわれはなんとなく、炎上以降学校では暇そうにしている笹岡が手伝うんだろうなと思っていたから、市井を含めてだれひとりなにも真剣に考えていなかったのに、いざ出し物をきめる放課後、演劇には十九票も入った。

IV

1

なにもない一日。これといった事件もイベントもなく、一度だけ家庭科の教室移動があったが概《おおむ》ね教室ですごしたわれわれの一日。すっかり夏の気配はなく、冬服が馴染んだ手首のあたりから冷気が入り込む。

「きょうさむくない?」

とだれかが言う。実際に夕方になりかけるこの時間に午後一時の気温から七度も下がっていた。たしかに、なんとなく、皮膚にさわる空気の感じが冬にちかいなとわれわれは思う。

「ようちゃーん」

遠くから聞こえ、生崎はそちらのほうを向いた。

「もった」

甲本だった。いつからか一部のクラスメイトは甲本のことをもったと呼んでいる。こうもとたける、もとたけ、もった、という順番でそうなった。しかし二回の席替えを経て、生崎と甲本はもうちかくない。それは席の位置としてだけではなく、日常の距離感としてもそうだったから、甲本と話すのは久々のことだった。

「チャキ、や及川から聞いたんだけど、おれの誕プレのこといっしょに考えてくれたって?」

甲本が言う。そんなこともあったな、と生崎は思い出す。そして甲本が及川のことを「チャキ」と呼んでいる、たしか及川の名前が千秋《ちあき》だったかな、といろいろ思い出す。

「あー、うん。おめ。誕生日」

「ありがとなー」

誕プレ。二週間ほど前に、及川にとつぜん話しかけられ、こんど甲本の誕生日なんだけど、なんか甲本の好きそうなものってある？といった感じのことを聞かれた。

「えー。ごめん、あんまわかんないなあ。最近話してないから」

その日の朝は正直にそう話した。

「そっか。ありがとう。ごめん、なんか生崎くんたけるのことよくわかってそうだなって、ダメ元で聞いてみた」

「こちらこそごめんだよー」

しかしそのあとで過ごす普通の授業時間のあいまあいまに思い出したことがあり、五時間目の体育の時間、甲本がもう体育館へ向かったのを確認して、「あいつ、肌きれーになりたいけど、めんどいのはいやだからオールインワンのＢＢクリーム気になるって、まえ言ってたぞ」と教えた。口に出したことはないが、おそらく中学時代にできたニキビ跡を甲本がかなり気にしているのをわれわれは知っている。

「ＢＢクリーム？　メンズの？」

「うん。その後、あいつ買ってない？　まだ持ってないなら」

「持ってないと思う。ファンデ塗ってるの見たことないし」

「あそう。で、メンズのおすすめはこれらしい」

と、生崎は児玉に以前教わっていた、日焼け止めとカバー力を兼ね備えるというＢＢクリームの紹介動画を及川に見せた。

「おれが使ってるわけじゃないけど、いちおう後で見るリストに入れてたから」

「ありがとう。ＢＢクリームかあ。どうなのかなあ女子からのプレゼントとして。なんかおめえの肌汚ねえからこれでも塗っとけみたいに思われないかなあ」

「あーたしかにね。ちょっとメッセージ性強めかも」

「でもありがとう。すごい候補、つよい候補あらわるって感じかも。助かった」

それでけっきょく及川は生崎のすすめた、厳密には児玉にすすめられていたＢＢクリームをプレゼントとして甲本にあげていた。

「さっそく塗ってる」

甲本は口回りをアピールした。たしかに、ふだんよりニキビ跡の赤みと髭《ひげ》が隠れてい、なめらかにその成分が毛穴を均《なら》している。

「たしかに、きれーじゃん」

「ほんと？　陽ちゃんもふだんメイクしてる？」

「おれもたまにするよ。ニキビできたときとか」

それはほとんど嘘だったが、甲本の顔は輝き、「だよなー」と言った。

「めっちゃうれしかった。チャキから陽ちゃんに相談のってもらったって聞いたとき。さいきん陽ちゃん、よく笹岡とつるんでて、いやおれも彼女できちゃったし、なんか話してなかったじゃん？　それなのにさ。おれの誕生日の翌日が土曜日だったからその日会って、親が昼間二時間だけいなくてさ、それでおれら、あの、キスしてさ、そんで……」

生崎はニコニコした。聞きたくない話はニコニコして相槌を止めるに限る。しかし甲本は平気で自分の「初体験」のことを語りたがり、生崎はひたすらニコニコし、「めっちゃしあわせ」と甲本が言ったところで、被せるように「よかったな。もったがしあわせなのが、いちばんだわ」と言って、話を切る雰囲気を強く出した。

「ようちゃーん」

甲本は感激して生崎に抱きつき、生崎は「へーへー」というような声を出しながら、甲本の背中を叩いていた。ワイシャツの襟に、甲本のつけている肌色がうつって、帰宅したとたん生崎はそれを脱ぎ、洗濯籠に入れた。翌日の午後に沙耶が洗う。

……んで、めっちゃくちゃキモいとおもってしまった

と生崎はチャットに書き込んだ。夜の十一時。

……なんでだよ。男と女がむつみあい子孫を残す。それが人生だろ？

広井の書き込みをみて、ログインしていた生崎と児玉はこいつはこういうやつだよな、とどこか納得した。

『石の証言』を舞台化する戯曲を広井と笹岡は夜毎書いている、そのテキストを共有するクラウドページになんとなく集って、チャットするのがここのところの習慣になっていた。広井と笹岡が戯曲のことを共有しつつ、同時に雑多なトピックを四人のうちのそこにいるもので話しあう。すこし寒くなりなんとなく外で会いづらくなってきたから、川や公園の代わりのような場になった。

地の文をナレーションとト書きに分けて起こすのを広井、登場人物の会話を台詞に起こすのを笹岡と分担して進めている、いまも広井が語りを打ち込んでいる。その速度はすさまじく、

地の文を終えたら笹岡の台詞パートも手伝う流れになっていた。戯曲の責任者である市井とその友達でともに演劇実行委員である富士見にも一応この場のURLを送っているが、まだ一度もログインしていない。

……それがキモいんだろ。甲本のセックスの先に、束縛とか愛とか家族とかを連想しちゃってキモかった

……私にはわかるキモさだね。にしても甲本くんあのクリーム使ってんだ。こんどしげしげ見にいこう

……あー。その節はありがとう。児玉ちゃんに聞いた情報が役に立ちました

……いえいえ、本望です。あのクリーム実際めっちゃいいから。洗顔だけで落ちるし。布教したい

笹岡はバイトのあとジムに行っており、そろそろここに来るはずだった。広井が戯曲を打ち込んでいる、そのあいまで雑談している、児玉が、

……恋愛、すごいよね。とても無理だな

と書き込んだ。

……ムリムリ。いま考えたら、入学したころの甲本は可愛かったよ。いまはもうキモ怖

……あはは、生崎くんの素がでちゃってんのよ。生崎の素が

……でちゃいますよ。生崎の素が

そこで、笹岡のログインを告げる通知が表れた。他の者がすこし笹岡の言葉を待ち、沈黙していると、

……生崎の素はヤバいだろ。んでなんの話?

という書き込みが読めた。
……いやー、人の生々しい恋愛の話、聞きたくないのに聞いちゃって、キモかったって話んあ。あー、もったのことなのね。また生崎の素で怖がらせちゃった？
……怖がらせてない。ちゃんと聞いてあげた
……えらいじゃん。呪わずにすみましたか
……すくなくとも、甲本の前では呪ってないから、セーフだろ
……あ、及川さんとのことか
……そう
……まじちょっと仲良くなるとすぐ性の話してくるよね、テレビの人とかもえぐかったわ。季語として永遠に禁じたい
……どゆこと？
……甲本くん、まえに私がおすすめしてたBBクリームをプレゼントされて、塗ってるんだって。やっぱあれめちゃ神アイテムだから
……そうなんだ！　今度もったの肌ガン見したろ
……笹岡、もったとふつうに話す？
……うん、さいきん生崎と仲良くしてるから、おそるおそる話してくれるようになった勢のひとりだよ。マジありがてえっす
……そうなんだ。まあアイツいいやつではあるからな
……そうだよね。ごめん、配役について相談していい？
児玉と生崎と笹岡でチャットしている合間にも、広井によるト書き部分はずんずん書き進め

られていき、笹岡がそこに台詞を加える。米軍俘虜を殴打《おうだ》する一人目の老婆と、二人目の少年のパート、そのあたりまで進んでいるつづきが少しずつ語りに加わっていった。

……ええよ。児玉ちゃんA組の話になっちゃってごめんね

……マジごめん。ふつうに居てくれるとうれしい

……ううん。大丈夫大丈夫。私そろそろお風呂いくとこだから

……無理なくね～。基本的に原作から登場人物ピックアップして、老婆、少年、町会長、憲兵、警防団員、墓地への案内人、あと固定役のない台詞をあと四人か五人くらいの演者で構成しようとおもってて、おれは少年の役やろうと思ってるんだけど、どうかな？

……いいんじゃない？　しらんけど

……あと、殺害される軍曹をちょっと工夫したかたちでおれが演じる、というかたぶんなんかいい感じで演出するとして、ナレーションはヒロケンが録音で読み上げてくれるから、全部でそんぐらい

……ヒロケンは録音なの？

……うん。ここは演出上なまじゃないほうがいい

……なるほど。おれはなにやればいい？

……シナリオできてから検討してほしいんだけど、基本的に憲兵役をお願いしたくおもってます

……わからんけど、なんでもいいよ

……あざます……！　あと、だれを配役しようか考えてるんだけど、クラスメイトのことは生崎のほうがわかってるかなと思って、聞きたいんだけど

……しらんけど、このクラスで演技ができそう、というかちゃんと真剣にしそうなのは、及川、都築、楽井、高岸《たかぎし》、有木《ありき》、脇田《わきた》、文山《ふみやま》、林《はやし》、ティモシーってとこじゃないかな

……わかる。恩《おん》さんとりゅきは？

……あーそうだね。やってくれるかも

……有木と高岸はどうかなあ。なんかちゃんとしようとしすぎて、ありがたいけど変なエンジンかかったりしないかな

……それはある。高岸はよく話せばだいじょうぶかな

……わかった。ありがとう。そのあたりで役を考えておくから、いっしょに頼むのお願いしていい？

……おけー

もはや、市井と富士見の権限を乗っ取ってしまっている。配役を決め、それとなくクラスメイトにオファーする、その役割は穏当にクラスをノリこなしてきた生崎が適任というわけだった。

笹岡はバイトとジム終わりにシャワーも浴びずこのドキュメントに来たから、身体がベタベタしていてきもちわるい。どんどん痩せていくな、と思う。あまり飯も食わず労働に運動に創作にと忙しい。しかしエネルギーは噴き出るようにある。気がついたら半袖短パンで作業している身体が冷えて頭が回りづらくなっている、だいぶ室温が下がってから窓をしめた。生崎が、

……そろそろねるわー。シナリオがんばってね

と言い退出した。

……おやすー

いつの間にかログアウトしていた児玉につづき生崎もいなくなると、広井とふたりきりになる。しかし広井はあまりチャットに顔を出さず、ひたすらシナリオを打ち込んでいる。夜中にふたりになると、妙に没入し、集中できる意識があった。ふかく入り込んでいく。物語に？

米軍俘虜に行列をなしてリンチする、素朴な一般市民たちの情動に乗り込んでいく。シナリオを起こすのは初めてで、実際に演じてみないことにはわからない部分が多いから、いまはほとんど本の中の台詞を書き写すにとどまる。それで浮いてしまう状況を、広井のト書きが的確に補ってくれた。すると笹岡の頭に実際に演じる場のイメージが少しずつ湧いてき、戯曲の実演可能性を調整する余裕が生まれ、台詞をすこしアレンジする創意が生まれた。特異な集中状態に入ると、原作を尊重した上で高校生が演じるために必要な配慮とともに書かれる筋がなんだかどんどん「おもしろ」くなっていき、身体がピリピリ電気を帯びるみたいに没入して書かれる文章によってまたべつの「おもしろい」が呼び寄せられる。戯曲をともに作業していて、広井とはすごく気が合うのかもしれない、と笹岡は思っていた。夏休みに自身が演じた怪談の、幽霊を広井が「めっちゃこわい」と言っていたのは生崎からだいぶ遅れて聞いた。

不気味だなとは思う。ログを見ると、広井はいないのにあきらかに朝まで作業していたような戯曲が進んでいることがあり、いつからか笹岡は広井に手伝ってもらっているという意識を手放していて、むしろ主導権を握られてい、それが当然のような気持ちになっていた。いまでは広井に日々の感想というか、戯曲創作に対する素朴な雑談、たとえば「文字起こしってめっちゃ時間かかるよな。想像の十五倍かかる」とか「文字読みながらなんか書くのってくそ疲れない？」とか、そういう会話すらするのが憚《はばか》られた。ただただ、完成にむけた一方向へ、シナリオを進める、それだけがふたりの対話になってい、それでもすごく「文体」の相性がいいからなんとかここまで進めてこられているということだけがわかった。

＊

　木々の周りをさわぐ土が黒く乾いていき、葉が色と水分を失ってハラリと落ちる、落ちた葉を踏む犬が朝夜の寒暖差にこごえると、空はたかく雲はあつく頭上に広がる角度が増していき、足元からピュリと旋風が入り込む。廊下に立っている生崎が脇を締めて身体のひらく面積を減らし寒さを警戒した。

「生崎くんおはよー」

「おう、はよー」

「おはー」

「おはよー」

　われわれは生崎陽のことがだいたい好きだ。クラスでの付き合いも半年になろうとするこの時期になると、だれにでもやさしく明るい生崎がなにかを呪っていることはうすうすわかる。わかったうえで、それでもわれわれは生崎のことが好きだ。たんに「同じクラス」だからという程度の理由で、どうせ多くのものは卒業したらもう会わない、人生の一時期をすごす青春を、賃借しあうかのように一緒にいる。そのだれでもよさと同等の、そのひとらしさ。だれでもいいからこそおまえがいい。そこにわれわれがいた。ここにいるものとここにいないものが交換する、呪いと祈りの表裏一体において、生きているものは生きていないものの思いを受け取り、ここにいないものはここにいるものの身体を借りた。区別せずに聞こえる声を耳を澄ませて拾ってくれるからとくにわれわれは生崎のことが好きだ。

「風さむいっすなー」

と言いつつ、なぜか窓を開ける笹岡。皆に顰蹙《ひんしゅく》を買っている。

「あけんなや。さむいんだろ」

「でも、きもちいよ。火照ってた？」

生崎と笹岡は窓から身を乗り出して外を見た。廊下側の窓から見えるのはコの字型の校舎に挟まれた中庭だけだが、それでも全然、あかるかった。そこに担任の福生がやってき、「笹岡くーん、丁度よかった」と言う。

「なんすか？　てかもうホームルーム？」

「いや、その前にご報告。ようやく『石の証言』の著作権継承者からメールきて、演劇に使用許可でました！　おめでとう〜」

「え、まだ許可出てなかったの？」

生崎が言った。

「よかった〜。福ちゃんありがとう！　あぶねー。もう戯曲上がっちゃってるからさあ、こっから完全オリジナルに変えるの正直しんどすぎたから助かる」

「え、戯曲完成してたの？」

生崎がふたたび口を挟んだ。

「いやー著者がもう亡くなってるせいか、むちゃくちゃ盥回《たらいまわ》しにされたんだけど、当時の担当編集者に辿りついてからはもう、芋づるも芋づる」

「さっすが福ちゃん！　この調子で文化祭当日の校庭使用時間優先権も、なんとか頼んます。

やっぱ薄暗い夕方時間じゃないと、リアリティの確保がやばい」

「え、校庭で上演すんの？」

「そこはもう運だよ。けど、善処します。じゃ、ホームルーム始まるまでには席ついといてね～」

「オッケー。あと生崎、常見監督にも演劇の台本送っといたから、こんど一緒に意見聞かせてもらいに行ってくれん？」

「え、監督にも連絡してんの？」

「ウン、なんか、やっぱおれとヒロケンじゃ素人すぎるし、演出とか台詞のアドバイスもらえたらもらいたい。監督もひさびさに生崎の顔見たいって言ってたよ」

「え、もう返事きたの？」

「うん。すまん勝手に」

「いいけど」

「ヨッシャー」

笹岡は機嫌いい。けっきょく、常見監督は次回撮ろうとしている作品のロケハンを兼ねて北海道に行ってしまいしばらく会えない。だが戯曲へのアドバイスはもらった。生崎はなにもやっていない。まるで呼吸もしていなかったみたいに周囲が、というか笹岡が演劇のことを進めていて、ほとんど毎晩チャットしていたというのに戯曲が完成していたこともわかっていなかった。その燃やす生命の落差のようなものにいまさら愕然とする。これで笹岡はバイトもジムも行っているのだから、過ごす同じ毎日の濃度差がすさまじい。

「おまえ、めっちゃ痩せたなあ」

それで、生崎はここ数週間言わないようにしていた笹岡のあきらかな変化を思わず言った。

「やっぱり？　なんか、フワフワするなっておもってた」

ホームルームの開始を告げるチャイムが鳴るまで、あと五分ほどあった。

「筋肉はついても、一回ついた筋肉ごと脂肪がゴソッと抉《えぐ》られるみたいだ。腿とか、すごい腿！って感じだよ」

「どんなだよ」

「なんか、筋肉が皮膚を突き破って形がモロって感じ」

「はあ。てか、今回幽霊の役はないの？」

「幽霊の役？　ないよ。説明しただろ」

「そか。もっと霊やりたいなあ」

「まあ、実在の故人の役ではあるから、幽霊ちゃ幽霊かもしれん」

「いいねえ。モチベになる。演劇こわいけど、なんとか気を上げていこうか」

「なんで？」

「は？」

「なんで演劇こわいの？」

「言わなかったっけ？　天才子役だったころ、演劇で大失敗したから」

「天才子役だったの？ってそこはこの際いいわ。たしかに、生崎は演劇よりカメラのほうがいいんだね」

「うん」

「けど、おれはやっぱ生崎には将来もずっと演じててほしいけどね。救われるもん。「いる」

なぁって感じに。現実にはいないってわかってるからこそ、演じてるときにだけいる誰かがいるなぁって、おもいたい」

「あっそ」

「なんかな、子どものころつらかったじゃん？　おまえもそうだろ、とは言わないけどさ。そんときさ、なんか勝手にだれかが、おれの人生フィクションにしてんじゃないか？って思ってた。嘘みたいにつらいのに、つらいのはあたりまえです！みたいに世界が囁くんだ。だれにも言えなかったからな。だけど、こうして演技とか戯曲に没入してるとわかるよ。ああ、小学生だったあのころも、記憶ないけどちゃんと生きてたんだなって。ちゃんと現実だったたって気する」

「それ前も言ってたね。うーん」

「感動しちゃう。あのつらさが嘘じゃなかったんだ、本当なんだって、うまく信じられると」

「そうか？　おれはどっかまだ自分が嘘っぽいと思っちゃうけどね」

「きめた！　おれ、作家になる。演出もやるから。今回の劇をつくって、すげえたのしかったし。もう演者は無理だっておもってたけど、つくる側ならオーケーだよね？　したら生崎、おまえのことめっちゃ使ってやるからな。わー、いきなしすげえ希望わいてきちゃったなあ！」

　そこでチャイムが鳴り、かれらはバラける。

　席についてざわめきがのこる、閉められた窓から入った最後の風がすっと廊下側にいた脇田の身体を冷やして消える。並ぶいくつもの教室ではじまる朝に、われわれはひとしく囁いた。この日常はフィクションでも現実でもないものだよ。

　ずっと生崎は笹岡の幽霊を演じている。笹岡は生崎の幽霊を演じている。二学期がはじまり、互いの役をやって言いたいことを言いあったあの屋上で交代した。多くの時間いっしょにいるということはそういうことだった。だれしも目の前の相手の幽霊役をやってあげる。それがうまくいったときだけ生者同士は仲良くなる。思いがつたわるのは言葉じゃない。言葉がつれてくる現実が経由する未知の場所がある。どこにも繋がっていない浮島《うきしま》のような中間地点が。そこは現実でもフィクションでもないものだ。完全なフィクションなどありえないように、完全な現実もまたありえない。生崎はいまでは自分のこと以上に笹岡のことをわかる。

生崎は元気に痩せていく笹岡に予兆があるのを感じた。不安と緊張が身体をソワソワさせる。笹岡にあかるい未来なんてない。希望なんていまほんの一時のもの。現実には現実なりのフラグってある。それが運命というやつだ。ここはフィクションじゃない現実なんだと純に信じているうちは気づけない。人生ってそういうふうにできてるって、なんでこんなにしんどい目に遭ってきてもわからないかなあ?ってまったく、心底からかなしくなってくるね。

2

青空の最後が雲に覆われ、具体的な時間よりも先に今日が終わっていく気配を身体が感じる、そんな夕暮れに笹岡の蹴るミットの音が木霊《こだま》する。すこしずつ場所を変えながらつるむ多摩川沿いの、毎日見える角度の違う水面《みなも》と温度が日々だった。森のようだった群生する河原の植物はすこしずつ剝げ、一部は土の色を覗かせる。われわれは季節の奴隷だ。こんな場所でもうずっとこうしている。

「児玉、代わってー」

ヘロヘロにへばった生崎が言う。ミットは蹴るほうだけでなく蹴られるほうも疲れる。だが当たり前に蹴るほうが疲れる。それなのにわれわれは笹岡の体力にだれもついていけていなかった。置いていかれる。加速させる運命を噛いたわれわれをも置いていき、笹岡は走りだす。息を切らせながら、ひたすら蹴る技術に体重を乗せる、そればかりうまくなり試したい。運命を、試したいのだった。広井がドンキから万引きしてきたらしい安いミットは、蹴るとスコスコとお湯が沸いたような音がした。

「私はローで」

ミットを脛《すね》の横にあてて、いちばん体重と体力の要らない蹴られかたを選択した児玉のミット目掛けて、「暇、暇、暇、暇」と口に出すリズムで笹岡はローを蹴った。二十本を三セット蹴り終わると、児玉に「痛くない？」と聞いた。

「痛くない。けどつかれた」

土手のうえに、広井が調達した飲料系の缶や瓶が立っていた。今日は笹岡のバイトがなく、放課後にした演劇の打ち合わせと本読みのあとから集まっているのでまだ陽があった。戯曲創作も終わり、気がつけばまたこうしている。

「つぎはおれね」

広井が立ち上がった。がんばってハイを受けてくれるようなのが、その身体の気配でわかる。笹岡が蹴りはじめる、その五本目で「お兄《にい》？」という声が聞こえた。

「なにしてんの？」

「だれ？」

「妹。義理の。なにもしてない。そっちは」

「友達といた」

彼氏かな、と生崎は思ったが黙った。こういうときキモくても「彼氏かー？」とか言ったほうがいいのだろうか。仲が悪くなるのと傷つけあうのはどちらがマシ？　われわれはそんなふうに前提から間違えた二択で傷つけあうことをつねに選択してきたような気がした。

「よっちょんの妹？　えっ可愛い！」

広井がミットを持ったまま言った。美築はスッと気持ちが引いたが、しかし児玉の顔を見て一拍するように息を吐いた。

「同い年だっけ？」

笹岡が言った。

「うん、そう。連れ子どうしだから」

「妹ちゃん、座って！」

広井が強引にタオルを敷き、美築の着席を促した。

「いや、帰ります」

「えー。いいじゃん、ねっねっねっ」

「ヒロケンー。うぜえぞー」

「いやいやいや、まじで。まじでまじで」

「うん。よかったら」

「じゃあ……、お母さんに電話する。お兄にも代わるからね」

時刻は午後七時を回るところだった。

「めんどくせえなあ」

しかし生崎の表情は笑っている。

今日の放課後までにコツコツと、演劇に出てほしい生徒にひとりずつ交渉して、高岸、文山には断られたがその他は一応やってみる。無理だと思ったらいつでも抜けてくれていいという条件で人を集めた。ひとまず役を決めずに本読みしていき、それをあと一回行ったらもう配役を決めてしまおうと話した。人一倍熱意のある笹岡に主導権を渡せばなんとかなりそうだな。われわれはそう思った。なにかを強く信じる者に信じない者は引き摺られ生きるしかないから。実際、クラスでのさまざまな行事においては我を発揮し色々うるさいメンバーが集まった印象なのだが、こと演劇に関しては不安が勝つのかなにか物言いをつける者もなく、自分たちから笹岡に主導権を握ってもらいたいような態度が散見された。

「え、みんなすごい上手いな。これなら、本番もだいぶ見えやすくなって助かった」

モチベーションを保ってもらうための、しかし全くのお世辞というわけではない台詞を笹岡がつぶやくと、みなリラックスし、すこしずつ、この戯曲がどういうものかということを自主的に考えはじめる。笹岡が書いたシナリオでは声を発するものすべてがリンチに加担する。原作と同様に、噂をささやくものでさえ、どういういきさつでどういう暴力で人が死に、それが隠蔽されようとしたのか、その流れが現出するように書かれている。戯曲を読むわれわれは自分が演じるならどの殺人加担者なのだろうと、殺人の相性をそれぞれに計っていった。

「うん、だからちょっと遅くなる。八時半までには帰る。お兄は？」

沙耶と話しているらしい、スマホを渡された生崎は、「おれは何時になるかわからない」と言った。

電話の向こうで、「そう。ご飯あるから。蟹玉《かにたま》と生ハムサラダ。あんまり遅くならないでね」

と沙耶はつとめて明るい声を出す。

「はい。きる?」

後半を美築に向けて聞くと、切っていいというジェスチャーだったのでブツっと切った。

「聞きました? いまの、生意気な受けこたえ。いつもこうなんだよこの人は」

美築は言う。やけにこの場に慣れているなと思ったら、児玉が酒を飲ませていた。

笹岡はふたたび広井に向けてハイキックを蹴っていた。息が切れ、地面に汗が垂れるほど疲弊しているのが、暗闇のなかでもわかる。

「数ヶ月前までは、いかにも物分りのいい子どもって感じで。本性を隠してたんだね。父親とは口を利かないけど、そういうこともあるんだぐらいに思ってた。けどいまならわかる。異常なのはこの人」

美築が生崎を指差して言う、生崎はニヤニヤしていた。

「たしかにこの人はね、一学期のときはおれにそりゃ冷たかったよ? そういう、人でなし感あるんだよね。それで自分の都合というか感情で、急に仲良くしてきて、おまえ、人でなしだぞ」

ハイキックを蹴り終えた笹岡が、息をととのえながらそう言った。

「それは、樹もわるいでしょ。生崎くん好きさのあまりに距離をまちがえてて」

児玉が言うと、美築はハッと気づき、「あれ、あなた笹岡樹ですか?」と聞いた。

「はいそうです。そっか、炎上でおれのことしった?」

「あ、すいません……ビックリした。ほんとにお兄と仲良かったんだ」

「うん。でもいま言ったとおり、一学期のときはハブにされて、苛められてたよ」

「ゴメンて。だって、笹岡空気よめないんだもん」

「なんだとおー」

酒を飲んでいるのは児玉と美築だけだったが、われわれは全員酔っぱらっているみたいに明るかった。広井が目ざとく美築の缶が空いているのを悟って、プルタブを開け、あたらしい缶チューハイを渡した。ためらいなく口をつける、美築はよそで飲酒習慣があるのかもしれなかった。


かれの知る由もない美築のしている飲酒習慣の内実として、美築にはさいきん仲良くしている男性が二名いた。ひとりは付き合いはじめて二ヶ月になる須澄《すすみ》という名の同級生で、生崎や笹岡の通う高校の別クラスにいたから、美築は学校での義兄のようすを恋人からよく聞いていた。絶対にお兄にはバレないどいてと須澄は言われているが、そもそも須澄のいる一年F組と生崎笹岡のいるA組とはまったく接点がないのでバレようがない。

「夏休みを終えたころにきゅうに笹岡樹と陽さんは仲良くなった」

と須澄に聞いて、笹岡樹が取り沙汰されたワイドショーをTikTokの切り抜き動画で見ていた美築は義父に報告、という名目で告げ口した。美築はそのように、義兄がしたちょっとした失敗やゴシップ、たとえばカレーを鍋ごと全部床にこぼしたとか、英語と現国と物理と地学が赤点だったことなどをたまに報告しに行っていて、それが自分からとりたい義父との唯一のコミュニケーションになっていた。

義父の書斎半分、沙耶と一太の物置半分となっている一階奥の角部屋にあたるそこに足を踏み入れたのは数ヶ月ぶりのことだった。

「あのさ、陽、さいきん学校で笹岡樹っていう人と仲いいらしいよ」

仲いい。ふうん、そうなんだ、教えてくれてありがとう、と生崎豊は言った。

「そんで笹岡樹ってヤツは最近、事件起こした。っていうか、正確には親がしたことの巻き添え食らったんだと思うけど」

事件？　生崎豊は美築が言ったことを鸚鵡返《おうむがえ》しにした。それで美築から笹岡の父親が過去にした犯罪とそれにまつわる報道の内実を聞いた生崎豊は、すぐさまインターネットで情報を収集し、週刊誌記事を電子で読む。美築はスマホゲームをしながらヨギボーに寝そべり、「息子思いだねー」と揶揄したその目線で義父の情熱やどる瞳をまともに見た。そんなんじゃないよ、と生崎豊は言う。父と子って変。美築はふと思った。自分には父親という存在全般の影が薄い、かもしれないとたまに考える。義兄があそこまで振りきって父親を憎める、そのエネルギー自体をとても奇妙に感じていた。

密告から数週間たって、ふたたび美築は義父の書斎に行く。この間にかれが夕食の席で癇癪《かんしゃく》のようなものをぶちまけ、父親以外の家族ともろくに口を利かなくなった。義兄にカメラを向ける習慣を失った美築はその代替のように義父の部屋に足を向けた。

「てか、おとうさん本、捨てるか売るかしろってお母さんに言われてたし」

こぢんまりとした本棚にぎっしり詰まる文庫本の、間接照明にジワッと照らされる背を眺めて美築は言った。

ごめん、そうなんだよね。なんかずっと捨てらんなくて、と生崎豊は言った。

「文学青年ってやつ？」

文学青年っていうのはしっくりこないけど、そうかもしれない。十代に嵌まってた三島由紀夫とか太宰治、村上春樹、とくにドストエフスキー、結局いつでも手に入るそういう本が捨てらんないんだよね。

「へー。教科書にのってるヤツ」

うん。美築のお父さんは、本とか読まなかった？

ほんとうの父親のことを聞かれるのがとても久しぶりだったので、すこし言葉に詰まった。文字通り、胸になにか固形物がグッと止まったような感触が、どこかで霧散する、弾ける勢いのようなちからを利用して、「うーん、読んでなかった、すくなくとも、私の前ではね。そういう感じの人じゃないなあ」と応えた。

そっか。私はね、自分の最初の奥さんに酷いことをして……しまったせいかな、十代二十代のころ好きだった本を読むとね、たまらない気持ちになってつらいんだ。だけど捨てらんないし、しかも、読んでいると、ちょっと「ケッ」て思うんだよね。とくにあれだけ傾倒したドストエフスキーの、とりわけ『地下室の手記』っていう小説に、語り手がえんえん内面世界を吐露するようなパートがあるんだけど「ケッ」って思う。なんか醒めちゃったんだよね。現実世界を生きている人間が、こんなふうに言葉で整理された、言葉で整った内面に苦しむなんて、嘘っぽすぎる。もっと人間の心って言葉で整理しきれないこととか、規定されえないことでグチャグチャだよな、なんて、ごめんね、ダラダラ喋っちゃって。

「いいけど。陽も本を読んだりしてんの？」

してない。陽くんは私の好きなもの、私に関係のあるものはことごとく嫌いでしょ？　私の言葉だけじゃなく、趣味嗜好や感情ごと無視しているから。すごいよね。他人《ひと》事《ごと》みたいだけど、陽くんのその現実離れしたエネルギーに感心するときもある。人を無視するのってする方もされる方もすごく高カロリーだからさ。そんなふうに人間と人間のコミュニケーションって、多くの小説に書かれる言葉ほどうまくいかないよね……って、自分勝手すぎる解釈だけど、だんだん好きな小説が変わっていっちゃったんだよね。

「おとうさんは小説を書いたりしないの？」

しないことはない。うーん、じつは経験あって、すぐ止めちゃったけど。ぜんぜん下手くそで、けど新人賞で一度最終候補に残ったことがあって、ってぜんぜんすごくない。すごくないんだよ。二十七歳のころね。原民喜って人の小説読んで、急にすごい影響受けちゃってね。そういうのよくあるんだよ。自分もなんか書けるかも？って思うその最初の衝動が、自己最高傑作になっちゃいがちなんだよね。原民喜は大江健三郎、知ってる？　ノーベル文学賞とってこないだ死んだんだけど。知らないか。大江健三郎って人が文庫解説を書いていたりしてずいぶん評価してた。いや、そんでその後も私は一応小説書いてて何度もおんなじ新人賞に送って、まったくだめで、二次選考とか、四次選考とか、一次選考とか……編集者がしっかり判断するために、シードみたいにしてくれてるかもしれないんだよね、一度最終候補に残ったから。けど、けっきょくダメなのは同じ。そのうち仕事と家のことで本を読む時間もとれなくて、もちろん書けないし、止めちゃった。わかってるんだ。『地下室の手記』っていう小説もね、特権的に言葉で内面が吐露されるような異質なシーンを、ちゃんと当時の最前衛っていうか新しい小説ならではの形で成立させてるの。だけどね、やっぱ「ケッ」って思っちゃうのは、どっちかというと私自身の人生とか、私があんな酷いことを他人にしてもふつうに生きている、生きられていることのほうに、「ケッ」って思っちゃってるんだろうね。まがりなりにも出版社で働いてるのはそういうことかな。未練とも思えん未練が、あるのかもね。もう、生まれ変わりでもしなければ作家になんて、なれないって思っちゃってるし。

「ちょっと、わかんないなあ」

美築はほんとうの父親のことを思い出している。コンビニでバイトしている。離婚のときに心身の調子を崩して会社を止め、しばらく働けなくなった。裁判では主に沙耶が不貞行為の責を咎められ慰謝料を払い終幕したのだが、しかし美築は父親のほうをどことなく恨んでいた。お金がないことや心身の不調を建前に、本気で親権を争ってくれなかったから。だけど分かっていた、父親をそのように追い込んだ原因は母親の不貞行為にあるのだから、自分の恨みは本来母親と生崎豊に向くべきものだということを。しかし今現在も同居する子どもという立場で面倒を避けるために、自らの感情の向くべき先を逸らしている。美築は高校を出たらひとり暮らしをしたいと考えている。この家を出たとたん母親を恨んでしまうのではないかとなんとなく想像し、怖かった。愛している。それこそが問題なのではないか？　愛しているからこそ、自分の憎しみすら自分のものにできない幼さが憎かった。

月に一日会わせる、裁判でしたその約束を沙耶は守らなかったし、父親も守らなかった。高校生になってからは三ヶ月に一度会っているが、正直、億劫だった。父親の覇気のなさと、ときどき受ける「愛されている」感じ。なんとなく後ろめたいのだった。この父親のエネルギーの乏しさが、離婚する前にはどうだったかという記憶すら美築にはなくて、覚えていないことのいちいちが後ろめたかった。

義父には屈託なくした報告、かれが高校でスキャンダルの渦中にある笹岡樹と仲良くしているという告げ口を、美築はほんとうの両親にはしなかった。だから沙耶に、「ねえ、あのテレビに出てる笹岡樹って子、陽くんと同じ学校なの？」と聞かれて初めて語ったが、その時点で沙耶は美築よりもずっと詳しかった。それでも知らないふりをしていた。沙耶に対する気持ちが醒めていたのはかれも美築も同じだった。生崎豊と沙耶が再婚した当初、九歳でとつぜん義理の息子になったかれに取り入るように親身になっている母親を見たときに味わったあの感情をまた味わうようだった。しかしそんな違和感はずっとこの家のどこかにくすぶり、しまいこまれていたものだったと今は思う。

案の定ぶつかった。あの食卓で、家族全員がすでに笹岡とかれの関係を知っているのに、沙耶は知らないふりをした。あのときに美築は、はじめて家族じゃないだれか他者のことを深く理解したい、理解されたいと願った。高校生であるいまの心と身体にとって、それは恋をすることなのかもしれないとしぜんに考えていた。その瞬間に頭に浮かんだのが須澄の存在だった。元は友達の友達ぐらいの関係性から何人かで遊ぶ機会があり、夏ごろに一度告白されて断ってしまったあとも友達でいた須澄に、「あのときはごめん。いまさらだけど、もしまだ、私でよければ」と打診すると、「よろこんで」と言って大袈裟にガッツポーズした。それから家のことなどぽつぽつと自己開示していくと、「焦らなくていいよ」と須澄は言った。

「生崎はきっとお兄さんのこととか、父親、義理のと本当のお父さんのことで小さいうちから戸惑って、傷ついている、そう思う。おれも正直焦っちゃうのがすこしこわい。なんというか……、生崎の身体を女性として、男としてそういうふうに扱うことが」

だから「付き合ってる」が、やっていることは友達の時分と変わらないまま、ふたりはそれで満足している。いまは須澄のことがすこしわかる。そしてゆくゆくわかりあえる存在かもしれないと美築は思っている。

だけど、そんなふうに満たされているうちに、南口の客引きに声かけ行為の延長からしつこくナンパをされていたある夕暮れに、ひとりの男性に助けられた。

「あんましつこくしてやらんよ」

と言って、あくまでもヘラヘラと。

「ありがとうございます」と頭を下げてその場を離れ、数十メートル先であらためて振り返ると、助けてくれた男も客引きだったと知った。その数日後にまたすずらん通りの同じ場所で会った。

男は幸生《ゆきお》と名乗った。

「君」

「え、あ、こないだの」

「うん。おぼえてる？」

「はい。先日はありがとうございました」

「じつは、ぼく探してたよ。君のこと」

美築は失笑した。幸生は十八歳と自称したが童顔の年齢不詳で十六歳と言われても四十二歳と言われても信じられはした。口にするすべての言葉を信じきることも疑いきることもできない、そのような印象は幸生に一貫してあるものだった。「君に見せたいものがある！」とおもむろに幸生は言った。

「お仕事中なんじゃないですか？」

「それがお仕事だよ」

美築はこのときの幸生の言葉を振り返り、幸生の生業《なりわい》をあれこれ邪推することになるのだが結論としては幸生のよく言うなんの意味もない発言の典型的な一例にすぎなかった。

「見せたいものとは？」

「いいものです！」

助けられたことで絆されたが幸生もまた客引きなのだと思い、しかしなんとなくその場を離れがたい。会ったことのないタイプの男。理屈としてはわかっている。こんな出会いはどこにでもあってきっとろくでもない。だが他ならぬ自分に起きたというたったそれだけのことで魅了される。物語は役に立たない、それどころかメッセージや教訓は反転して伝わる。物語で何度も警告されているからこそ、現実で嵌まってしまう。美築はそのとき初めて、堅実で地に足ついた生き方を選んできたはずの沙耶がなぜ不貞行為に及んでまでして生崎豊を選んだのかようやく分かった気がした。自分が想像もしていなかった当事者になるその瀬戸際に、フィクションはもっともダサい形で現実を裏切る。たとえば須澄のことは信頼しかけていたが、その内面に自分にないものを感じているわけではなく、どこか自分に似ている、驚きのない感情の範《はん》疇《ちゆう》に安心して一緒にいるのだった。幸生と喋っているとそのことを実感した。

ダラダラと引き延ばされる立ち話の果てに強引に乗せられたタクシーで二十分ほど走り、おそらく青梅《おうめ》方面の郊外に向かうその目的地がラブホテルだと気づいたとき、美築は呪う準備をした。呪いは幸生へと同時に自分へも向く。タクシー運転手に助けを求めるべきかと一瞬考え、しかしバックミラー越しに目が合わない運転手の挙動を見ているうちに、もはや助かるまいと判断した。絶望しながら、なるべく幸生の気に障らないようふるまい、いくつかある最悪のなかで性的に犯されるというのはまったくの最悪ではない、むしろそれだけならラッキーな方だと覚悟した。機能を把握できていないアプリのいくつかを立ち上げ、なんとか防犯ブザーを鳴らす用意や沙耶との位置情報の共有、緊急通報がいつでもできるよう準備した。

美築は幸生のことをなにも知らなかった。須澄の存在を言う隙もなく喋りつづける幸生は「昭和レトロ好き」で、ホテルの室内にひとつひとつ設《しつら》えてある青、緑、白、オレンジのネオンが円形にくるくる回る、その照明やインテリアの数々を「めっちゃノスタルジー」と陶酔した。つまり、幸生はなにもせず二時間そのホテルの内装を褒めたあとで「じゃあそろそろ帰る」と言った。これがほんとうに幸生の言う「いいもの」なのかと信じていいのかわからず、生まれてもいない時代の調度品にありえない思い出にノスタルジーを感じているらしい男のことをどのように思ってよいか戸惑い、カラオケを二曲歌っただけの夜をタクシーで送られふつうに帰宅した。

これはこれで最悪、と思った。しかしその出来事を思い返すたびに、最悪だが自分には幸生への好意があるのかもしれないとも思う。しかし、この気持ちはただ幸生が「わからない」だけではないのか？　幸生のことは生まれてから出会っただれよりわからない。ただそれだけのことで、だけどどうしても須澄のことより幸生のことをずっと考えてしまう。匿名質問サイトに事の顚末《てんまつ》を書くと、「その男は最悪です。悪意の有無とか関係ないと思います。女性を不安にさせたという自覚すらないのだから、下心丸出しの男よりむしろ危険なのではないでしょうか。私もその手の気持ちの読めない男にうっかり気を許してしまい急に手出しされて抵抗できませんでした。その後もまるでなにもなかったことのようにされ、やはり見かけの下心や露骨な暴力性だけでは判断できないのだとつくづく思いました」という書き込みがつき、美築はいくつか集まった二次加害コメントを通報して、その回答をベストアンサーに選んだ。

それがつい一週間前のことだ。回答のひとつずつに御礼コメントをつけたその夜に眠れず、すでに没交渉だった義兄がトイレに立った気配を捕まえて部屋を出ていき、「ちょっと」と声をかけた。

「なに？」

「ねえ、陽って恋人とかいるの？」

かれはそのことを覚えてもいない。

「いないけど」

「だれかのことを好きって思ったことは？」

「は？　キモ」

そう言うだろうな、とわかっていた。美築はなにも応えず台所に下りてチャイを淹《い》れた、マグを自室に持って戻った。おなじ家に暮らす、スウェットズボンに伸びる足首から夜闇がしのびこむような、見慣れた義兄の寝巻き姿が頭に残っていた。

もちろん本当に「彼氏」である須澄に言えるわけがなかった。幸生とはあれからもときどき会い、夜の公園に行ったり「レトロ」な喫茶店に行ったりしあまつさえ部屋に行って飲酒までしたが手も握らない。年齢にしては広いマンションに住んでいる幸生のワインセラーから出てきたワインを飲み、「おしゃれっすね」と美築が言うと「無理してリボよりリボ。今年中に自己破産するから、見てて」と言った。

けっきょく幸生とは数年このような関係を続けたのち、自然に連絡が途絶えるようになる。直後に起きた事件によって美築は転校を余儀なくされ、そのさいごに須澄とは一度キスをして、一ヶ月後に「わかれよう」と言われた。幸生のほうがまだとおく離れた美築に会いにきてくれたりもし、関係は細く長く続いたがいつの間にか途切れた。その間一度も、手も触れなかった。あれはなんだったんだろうと、大人になった美築は年に数度回想することになる。

そのような相談をしようかしまいか迷い、結果しないまま美築は義父の部屋をあとにしようとする。しかしそこで生崎豊は、こないだ美築が教えてくれた笹岡樹くんのことだけど、と言った。

だいたいわかった。この笹岡くんて子じたいは別になにか悪いことをした訳じゃないのに、だけどすごく誹謗中傷を浴びて炎上しちゃってるね。

「そうだけど、元々アンチがいたらしいよ。私は知らなかったけど一部では前から有名人だったみたい」

そうみたいだね。にしてもこの笹岡って子、かわいい顔してるのに可哀相だよね。もう三週間ぐらい、ずっと炎上してるでしょ。

「え？　やめてよ顔とか。ビックリした」

ごめんごめん。いやなんかね、私も高校生のときに近くにこんなやついたなぁ。みたいな、そんな雰囲気だったから。つい。そっか、陽くんともお互い親のことで苦労してんな。みたいな感じかな。

「え、キモ。想像したらそれすごいキモくない？　親とか関係ないじゃんね」

うーん。でもねえ、私にもわかんないけど、親とか子って良くも悪くも、関係あるんだよね。陽くんに六年無視されてそのことを痛感してる。美築もすごく人のことを好きになっちゃったら、考えるときあると思うよ。意識の問題じゃなくて、事実とか主体性とか関係なくて、どうしてもなんか引き受けちゃう、そういう関係性ってあるんだよね。自分の祖父も、戦争に行っていて、でも私はぜんぜん祖父のそういう話を聞かないまま祖父は死んでしまった。うーん……。

「は、そういうもん？」

うん。良くも悪くも、って何回も言っちゃうけど。良くも悪くも、やっぱお互いに、迷惑……じゃないけど行いを共有せざるをえない、綺麗事《きれいごと》になれない部分がある気がする。私も心のどこかで、気持ちが私を無視する陽くんになっちゃって、だから怒りとかないんだよね。私自身が、自分の父親を無視するマインドになって、フンッみたいにね、ふふ、思っちゃうときある。笹岡樹くんと陽くん、ずっと仲いいといいね。じゃあもう遅いから寝なさい。おやすみ。

そして美築も「うん、おやすみー」と返しあとにする、そこはもともと自殺したかれの実親が気晴らしにしていた漫画のスクリーントーン貼りの、趣味部屋として掃除しやすかった間取りを改装してすこし狭くし、もとの八畳を圧縮するように削って北東方面に寄せた六・五畳の部屋だった。少女のころに熱中していた漫画創作を止めてしまったあとでも趣味としてそれだけ引き継がれたトーン貼りは、すでに完成して売られている漫画作品のスクリーントーンを自分で用意してまったく同じように貼る。アレンジや創意もなく、ページを破りとってときには拡大コピーまでとり、ケント紙にマスキングテープでとめ、その上からトーンカッターをつかって切り、削り、貼りを繰り返す、母親が当時好きだったキャラクターの茶髪などすでにトーン処理のなされた完成原稿の上からただただ余分にトーンを貼っていく。あらい網目のかさなるキャラクターの髪の毛がすこしだけ立体的になり、いまはもういない母親は満たされてほっとため息を吐いた。かれも生崎豊も知っていて、どことなく不気味な趣味だとは思っていたが、自律神経にいいのよというその行為自体はたしかに無害なものだったから、とくに口出しもせずにいた。ちいさいゴミが無数に溜まるからリビングではない独立した掃除のしやすい部屋が要り、当時空いていたその一階の部屋があてがわれた。元々は二人目の子ども部屋にと計画されていたが叶わず、なんとなく浮いていた間取りの盲点のような部屋で、母親が自死したあとで沙耶と美築が移ってくる計画のもとリフォームされたこの家の構造において一部の空間を共有するように改装され、いまは生崎豊の書斎になったが部屋の感じは変わり元の雰囲気はまったくない。そのフローリングの継ぎ目にいまも、最後に生きていた母親が削ったトーンの丸まったきわめて細かい塵《ちり》が挟まっている。

ためらう様子もなく三杯目に手を出し、「だいたいね、やめてほしいんですよ。反抗期みたいなのならまだしも、親の不倫とかでまだ傷つきたてみたいに卑屈になるの。ひとりでやってほしい。こっちは見ちゃいけないもの見せられてるみたいに毎日恥ずかしいっつの」とくだを巻く。美築はアルコールに酩酊《めいてい》し、自分の言葉に溺れながら、ずっと幸生のことを考えているのだった。

じつはすでに飲酒していた。この夕方も幸生と一緒にいて、タンブラーに詰められた珈琲にリキュールを混ぜたものを根川緑道沿いの東屋《あずまや》で振る舞われながら、勉強を教わっていた。酔いを醒ますために美築は歩いてこのあたりまできた。

「アハハ、だって、傷ついてるんだもん。卑屈で何がわるいんですかー？」

生崎が煽《あお》るようにそう言うと、「大人になれっつってんの」と美築が返した。

「なんで黙ってた？　家があんなキモイ事故物件だったって。あんたのおかあさん、風呂場で自殺したんでしょ？　勝手すぎる、勝手すぎる勝手すぎる勝手すぎるだろ。あんたのせいで、また離婚するかもしれない」

「なんで？」

「お母さんが泣きながら全部ぶちまけたんだよ。あんたのお父さんと、あたしの前で。つらすぎる、もうやっていけない、修復できない、私があの子、オメーのことだよ。陽くんを傷つけてしまって取り返しがつかないって、泣き崩れてたんだよ」

「うわ、いまさら。いいじゃん離婚。しろしろ」

「ふざけるな」

叫ぶようだった美築の迫力に生崎はハハハ……と誤魔化してアイコンタクトし、ここまで酔わせた児玉と広井を責めた。

「傷ついちゃだめ？」

児玉が言った。

「大人に傷つけられたときに、傷ついちゃだめかなあ。たしかに、傷つくって周りのひとを気まずくさせてるよね」

美築はすこしトーンをしずめ、膝を組みながら、「傷ついていいけど、でも、周りのひとを照れさせないでほしいっていうか……」とつぶやき、「ちゃんと傷ついてほしいの。お兄みたいに、なんかいやらしい、そういう感じじゃなくて、ちゃんと怒るとか、やり方もっとあるでしょう。傷つきかたがダサいんだよ」とこぼした。

するとと生崎と笹岡はゲラゲラ！と声を上げてわらった。なにがおかしいわけではなかったが、おもしろかった。美築は激昂《げっこう》して、酒をふたりにぶちまけた。まだ中身の三分の二は残っていたため、かれらの服と身体は酒くさくビショビショになる。

一瞬は呆気《あっけ》にとられたわれわれだったが、かれらは何故かおかしみが止まらず、さらにわらった。「くせえ」「うわ、むちゃくちゃベタベタする」「ぎゃあははは」「飲酒してねえおれらのほうが酒くせえ」と言って、お互いのシャツに鼻をくっつけあうように。かれらだけがひとしきり笑い、あとはふたりの情緒がおさまるまで待った。笑い転げて、いくぶん落ち着いたころに「あーあ」と間の抜けた声で、広井がつぶやいた。

「あなたたち、そういう態度とれるのだって、甘やかされてるから！　男はほんとにアホ。こんなふうに不良ぶって反抗してるのだって、甘えてるからだってわかってますか？　反抗する余裕だってない人もいるの。甘えてる余地ないから」

そう言って、美築は帰ってしまった。広井が、「おーい、追いかけねえの？」と言う。

「追いかけないよ。追いかけるぐらいならこんな揉めたりしないっしょ」

生崎が言うと、われわれは同時に景色を見た。もうすっかり夜だった。匂いが夕方から夜に変わる、その変化をずっと嗅いでいる、笹岡の身体にこもっていた運動の熱がじょじょに引いていった。

「たしかにな」

笹岡が言う。

「なにが？」

「司とかは、親とか家とか和解とか難しそう。ヒロケンのことは知らん。けど、生崎は考えてみてもいいんじゃないか」

すっくと立ちあがり、シャドウをしながら笹岡は言う。

「べつに、強制はしねえけど。おれは演劇を一本つくってるのが、正直すげえこんなに？ってぐらい、自信になる。勝手に自信つけて説教野郎になってってすまんって思うけど、親に、演劇観にこない？って、言おうかな」

「へー。すげえじゃん。和解じゃん。許すの？」

「許さない。でも、許すとか許さないとか、おれが決められることじゃないし、許さなくてもいいんだ、だけど」

「はっ、立派だぜ。さすが、創作者様は違うってか」

そうつぶやく生崎は醒めている。しかし、どこかで「これが現実だ」と思えてもいた。自分がずっと拘りつづけてきた感情に、憎しみや嫉妬の塊のような過去に、ある日あっけなく別れを告げる。笹岡みたいにきっかけがあろうとなかろうと、ある日を境にまるでなかったみたいになる執着。そんなことのくりかえしが人生なんだろうって思う。

「憲兵。戦後ポツダム宣言をうけたＧＨＱの占領下におけるＢＣ級戦犯を裁く横浜法廷で無期懲役。米軍俘虜をリンチして、斬首してその死体を埋めたとき、あの憲兵は裁かれることを想像したかな？」

笹岡が言った。

生崎はすっとつめたい目をした。暗闇のなかでもそれはわかる。しかし笹岡は怯まず、「おれたち、ずっと演技やりたくねえ？」と言った。

「想像はしていたよ。俘虜の扱いは戦後、当事者の証言ひとつで虐殺や虐待認定されて、多くの人が裁かれたのは事実だけど、公衆にリンチさせたあげくそれを宥《なだ》めることもしないで積極的に隠蔽するなんて、明らかにおかしい。あの日の前後にボンボン原爆だって落とされちゃって。さすがに知っていたはずだよ。関係者のほとんどが戦後に口を噤んだっていうから、自分たちのしたことのおかしさはわかっていたとおもう。けど、あの場ではどうだったろうね。正直、シナリオを書いただけじゃどういう空気が醸成されていたのか、戦後八十年がたったいまでは、ずっと想像するのは難しくなっているよね」

広井が言う。生崎は「ハッ」とおくびのような声をあげたが、なにも口を挟まずにいた。

「そう。それを、皆に見てほしい。おれの親にも、生崎の親にも、見てほしい。可能な限り、あの日の空気や風景を再現できるように、いい演劇にしたいから、観客もだいじだ。な、生崎」

「おまえも前向きになっちゃうの？　それで、創作やって大人になって子どもつくって結婚か？　まったく、さすがだぜ。聞いたことあるよ。創作は人を成長させる。ってか。かー……いいねぇ、成長はたまらんだろう。どんどん創作して成長、すりゃいいよ。結婚したら、秘密が許されるもんな。結婚してないと、世間じゃぜんぶ公にしなさいって監視の圧かかるのに、結婚したらみんな「よそはよそ！」って虐待もＤＶもし放題、隠すだろ？　いいよなあ……憲兵だって、どこか国が隠してくれるって思ってたんじゃねえ？　なんも考えず……そうだな、笹岡の頑張りに免じて、精一杯大人のふりでもしますか、おれたち。大人の演技、人間の演技ってことなー。ふーん……。にしても、だいぶ夜が寒くなってきたなー……ここでこんなふうに集まるのも、これがさいごだ」

生崎はすっくと立ちあがり、菓子などのゴミをコンビニ袋にまとめた。

＊

「皆さん、お忙しいところ集まってくれてありがとうございます！　では、これから第一回の読みあわせをしたいと思います。読みあわせっていうのは、とりあえずまだ配役とか決まってないけど、役に関係なく台本の台詞をひとつずつ回して読んでいくという感じです。国語の授業でやってる、音読みたいなやつですね。だけど、国語の授業みたいに無理に感情こめなくてもいいです。感情こもってもいいです。どちらでもいい、読めばなんでもいいって感じです。ではとりあえず、なるべく四角くなるように、席に座りましょう。どこでもオーケー」

放課後の教室にわれわれは集まっていた。午後の時間が進むにつれ上がっていった気温にともない窓が開けられた途端に強風が入り込み、だれかのプリントが飛んだのをティモシーが黒板にとめて「↓だれの?」ってチョークで書いた。すぐに閉められた窓から最後に入った風が机と椅子の足を憩うように教室の底に溜まる。われわれは真面目な硬い身体でここにいればいいのか、リラックスしてここにいればいいのかわからず、フワフワした状態でいた。だけどみんな思ったよりちゃんと話を聞いてくれていてよかった、と笹岡は安堵《あんど》した。どれだけわれわれが協力的にここに集まるかわからず、ずっと不安だったから。それには落ち着いた身体で話を聞いている生崎の存在感が一役買った。われわれの情緒をコントロールする、笹岡が主導権をにぎっている体で、じつは場を動かす役割を生崎が負う。だから馴れ馴れしくしない。なるべく笹岡と生崎は離れた場所にい、話さない。自分たちのホーム感を出さずに、アタフタすると同時に毅然ともする。教室に葉っぱが舞って一枚入り込んだ。それが生崎の座っていた席の机に乗り、脇田と林がくすくす笑う。生崎は笹岡が皆に説明しているその時間に、大事そうに葉を机の角に置き、眺めた。それでまた笑われる。なんでもないようなことで笑う。しかしちゃんと笹岡の声が聞こえやすい場にわれわれはなった。それから全員協力していくつかの机を四角形に並べ、ほかの机を外周とするようにして「回」のかたちに整えた。一応文化祭実行委員長でこの演劇の主宰でもある市井とその友達の富士見、担任の福生もここに同席していたが、集まっているメンバーはすでに市井にやる気も主体性もなく、笹岡に権限を明け渡せてラッキーと思っていることはわかっていて、だれもそのことを言わなかった。市井と富士見は読みあわせをするメンバーからすこし離れた「回」の外側の角のほうの席に並んで座り、福生は一番うしろの廊下側に椅子だけ置いて集まりを見る。

「はーい、いい四角形になりました。ありがとうございまーす。じゃあ、やっていきましょう。まずは台本を一周してみます。四十分ぐらいを予定している劇だけど、たぶん読みあわせだけなら二十分とかで終わるとおもいます。なので、とりあえず二周してみましょう。予定あるひとは途中で帰ってオッケーです。なにも言わずいなくなって大丈夫です。ではいきます。台本をひらいてください。最初に書いてあるようにヒロケンのナレーションが入ります。仮で入れてる「それは西暦一九四五年、昭和二十年八月八日の、午後のことでした」というやつです。これは、録音で流します。つまり、ヒロケンが当日そこで喋るわけではなくて、あらかじめ録音したものを流します。ここの素材はまだ録ってないので、今日は「ナレーション」と書かれたカギカッコは無視して、とばしてください。ト書きっていう、台詞以外の状況説明みたいな、台本上で何文字ぶんか下がった太字で書かれてる文章は、おれが読みます。おれは台詞とト書きを両方読むので、順番分からなくなったらおれがその都度言いますんで、あんま気にせずにでオッケーす。じゃあ、おれから始めますね。及川さんがその次のカギカッコ、「おもしろそうだ、いってみよう」を読む。つぎ左にまわって都築くん、「わしが一番にならんだんじゃ」ティモシー「いんや、わしがどうしても一番にやるんじゃ……」という感じで、回していきましょう。つっかえてもいいです。漢字が読めなかったら、おれがその都度伝えますんで、それもだいじょうぶ。では、やっていきましょう」

集中しなくてよい。生崎が場を集中させるから。集中と同時にリラックスするスポーツ選手のような身体の状態にわれわれを導いて、先ほど吹き込んだ強風が教室を冷やし、ちょうど暑くも寒くもなくなったこの日のコンディションが味方になって、われわれのだれも変に気を使わなくてよかった。途中で恩が家の用事を思い出し帰宅した。

「署名にご協力ください！　署名にご協力ください！」

「なに？　「私刑はやめろといって歩いた」」

「でも、埋め直されたんだろ？　リンチしたあと、死体を隠したんだよ」

「俘虜の虐待は死刑だって、もっぱらの噂だよ。こっちに口なんてないんだ。俘虜が「やられた」っていったら、首が飛ぶんだ」

「でも、掘り返されて、日野の火葬場で燃やされて、埋め直されたって、それは……」

「すると、一般の市民からも逮捕者が……」

「それは、自分にもわかりません。いや、多分そういうことにはならないでしょう。かりにもこれは軍事裁判ですから」

「裁判？」

「そうです。まだ始まってはいませんが、われわれや一般市民の中から、何人かが証人として喚問される可能性は充分にあります」

「それはいつです？」

「わかりません。ただわれわれとしては最後まで、擬装工作にのっとった証言を貫き通すほかはないとおもいます。隊長どのもまた副官どのも、言をひるがえされるような方ではありませんから……」

「署名にご協力を！　署名にご協力を！」

「米兵はもうパラシュートで降りてきた時点で、死んでいたので、火葬しただけだって！」

「戸惑う。われわれは殴っただろうか？　殴っていない。しかしまるで殴ったみたいに身体が勝手に思い出を否定する。そんな風にソワソワする」

「じゃあ、立川の一般市民は、罪を問われることはない。そういうわけですね？」

「まず、まちがいないでしょう。他の地域で起った俘虜虐待の裁判で、いまのところまだ民間人から受刑者が出たという話は聞いておりません」

「だけど、わたしは参加した」

「おれも参加した」

「あの日、たしかに、八百人以上が参加した」

「黙っていろ」

「黙っていろ」

「殴っただけだ」

「殺してない。もともと死んでいただけ」

「だけど、あのにおい！　夜のした。人目をさけて掘り返した土に混ざった肉。においと感触。肉と骨と内臓が、土に混ざって」

「首を落としたとき、最初はふとい首が、ピューッと十メートル以上も勢いよく血が飛び散るとね、ひとりでに締まっていって、シワシワになるの。手首くらいの太さになる。動脈から飛ぶ血と、静脈から飛ぶ血、二重になって螺旋《らせん》を描く。動脈の血はとおくまで飛ぶ、静脈の血はちいさく飛ぶ、二本の血が飛ぶ螺旋がやがて近くなっていって、いつしか血の筋が合流して一本になる」

「へえー。はじめてしるよ。はじめてしることは、なんであってもうれしいねえ」

「ヨッ、日本一！　中尉！　日本一！」

「なにが？」

「なにが日本一なの？」

「えー、それは、言わせんなよ。はずいな」

「憲兵が捕まったそうななあ」

「ああ。なんでも首を斬って、埋めちまったっていうでなあ」

「これ、昔の言葉といまの言葉が混ざってる」

とつぜん、有木がそう言ったので、われわれはぎょっとした。笹岡が瞬間、返事ができずにワンテンポ遅れて沈黙になってしまったのを、生崎が「そうだね」と言ってひきとり、長すぎる間にはならなかった。

「読んでて、ふしぎな感じするね」

生崎が無表情で言った。役だと思っていた有木がふだんの有木だったことに、咄嗟にわれわれは恥を感じた。なぜだろう？　さっきまで演じていたことがいまさら身体に突きつけられるみたいに恥ずかしかった。だけど、どちらかというとそれは演じていない今、この時間のほうが恥ずかしい。国語の音読でもすこし感じる、自分のものじゃない言葉を言うことの恥ずかしさは、失敗可能性もともない身体を強《こわ》ばらせる。どうやら演じるということはわれわれの恥辱を掻きたてるなにかなのだ。それはだれかを強制的に演じさせるからでもある？　自分が演じることで、だれかを巻き込み演じさせる。しかし現実でもそういうことはよくある気がした。

そのオンオフがことごとく恥ずかしいのだけど、生崎がすばやく役からふだんの生崎に戻ってくれたことで、われわれは必要以上に恥を感じずに済んだ。

　それから生崎がなんとなく林に視線を飛ばすと、林はただ「ウン」と言って頷いた。その相槌だけでなぜか、「言葉の古さと新しさが混ざってて変、というか作品としてダメ？」という感じから、「そういうのが「ふしぎな感じ」につながって、かえってちゃんとした作品として成り立っているのかも？」というムードに変わり、笹岡が「そうだね。なんかちょっと変かもなってとこは、配役を決めてからでも皆に相談させてもらうかも」と言った。有木が「なんかごめん。遮っちゃって」と呟き、しかし恐縮しているという感じでもなかったので笹岡はそれ以上なにも補足しなかった。

「じゃあ、つぎ、脇田くん。「びんた一つが重労働十年」から、いきましょう」

「はい、えーと、びんた一つが重労働十年」

「もし殴ったことがバレでもしたなら、絞首刑だよ」

「手首よりほそくなる首？」

「どうかなあ」

「ＢＣ級戦犯についての文……ぶん」

「ぶんけん、ぶんけんです」

「ＢＣ級戦犯についての文献、資料は少ない。その、数少ない文献の一つ、坂……邦康？」

「あってます。さかくにやす、ちょ」

「坂邦康著、戦争裁判横浜法廷、とうちょうしゃ？」

「うん。東潮社。だいじょうぶ」

「東潮社刊は、立川の事件も含まれている横浜裁判の概要を、次のように記している」

「ごめん、そこ、ナレーション。ナレーションじゃない？」

楽井が言った。いま都築が読んだ箇所はたしかに広井が録音で対応するナレーションパートだったが、笹岡は気づいていていてわざとそのままにしていた。われわれのなかの何人かも、気づいていたが言わなかった。

「あ、ほんとだ、ごめん！」

都築が言った。

「おれも言わなかった、ごめん！　じゃあ、都築くんはつぎの、「われわれはもう、死んでしまった」をお願いします」

笹岡はそのころには、生崎の助けなしでわれわれの台詞を監督し、すぐに助け船を出せる集中のコツを摑んでいた。だれかがつっかえても、わからなくても、笹岡さえ崩れなければ場は砕けない。演じる経験においては差異がある、それはプロとして作品を演じるかどうかは関係なくふつうに人間として、高校生として、普段から場をコントロールしようとする経験に濃淡があって、われわれ間のその差異をまるで生崎みたいに笹岡が把握し、それぞれ違う恥を許容しあいリラックスするためのそれとない気づかいができた。最近はあまりない、かつてはよくあった空気のピリピリしたドラマの撮影現場で、おもにカメラさんが怖い。するとその場にいる身体の緊張と、それに伴い発生するNGから生じる恥が、いつしか悪い循環を生んで、中空に共有恥とでもいうような集合が生まれて、頭上から圧迫されているみたいにNGが重なりすぎる。それに似た現実もある。だれかの恥を扱いそこねて場が、だれにとってもうまくいかない。演じるということはそうした現実を突破しもするし、閉じ込めてもしまえる。怖いカメラに撮られている。徴兵されるみたいに身が強ばる視線がある。しかしここに集まった生徒たちは比較的脱力のうまい面々で、笹岡は生崎の助力を受けてただそれを信じるだけでよかった。できるだけだれも、不必要に恥ずかしくはさせないと、笹岡は身体の芯をつよく保った。

「われわれは、もう、死んでしまった」

「死んでしまった。死んでしまったように生きているひともいる」

「たとえば私。殺してしまったこと、殺してしまった命に殺されるかもしれなかったこと」

「だれかが死んだことで生きることができるということ」

「うう、耐えられない。耐えられないことはないかもしれない」

「申し訳ありません。申し訳ありません」

「いいね。土下座は気持ちいいねえ」

「申し訳ありません！」

「ありがとうございます！　じゃあ今日は、解散ー。また来週、席順を変えてやりますんで、来られる人はぜひ。なんか聞きたいことあったら、おれか、生崎に、聞いてくださーい」

われわれは心の底からホッとし、一斉に窓の外を見た。冬の近づく空はすでに暮れかけていて、月曜日から晴れつづけている乾燥した視界が山の端に滲む夕方の赤さをはっきり映した。いくつかの稜線《りようせん》が見えるもの見えないもの、複数に重なるうすい赤抹茶色の影が蒸発するように空と混ざる。緊張し、こわばっていた身体がほどかれると、演じることで感じていた恥が集合し、べつべつの人格として繋がっていた、そこから解放されたことに気づく。演じることで溶けあい、合流する人格において、とても現実ではありえないと思えることでさえできてしまえそうだった。物語の線を描き、補い合うことでわれわれは、自分の存在だけでは思うこともできないことを起こせそうでたのしい。おもしろすぎる。フィクションに合流する演技力は、ふつうの状態では想像不可能なことへと思いきってしまえる。

うれしかった。笹岡も、みんながそれぞれに自分のおもいや経験を、それぞれの身体に宿して演じてくれていると、そんなことは考えもしないがたのしく、おもしろい。

「へんな強要はしないので。二回読むっていったら二回しか読まないし、なにか予定外のことがあったらその都度ごめんって謝ります。じゃあまた来週、お願いします」

笹岡は緊張するわれわれを想定してわざと金曜日に一回目の読みあわせを行った。土日を挟んでわれわれはある程度忘れる。演じることの恥ずかしさもすこし忘れられて、もう一度集まる。だけど、経験は身体に刻まれる。自分以外の者として言葉を発する。自分では生涯言わない言葉を押しつけられる。われわれはそれなりに疑問や不安を抱えていたが、それを言語化することはできず、それぞれの土日をおくった。有木と脇田はメンバーのなかで比較的仲がよい、というよりもやや共依存的な友情関係にあり、日曜の夜にＬＩＮＥで、

……あの演劇、だいじょうぶなの？

という会話を交わす。

……え？　なにが？

……あしたまた、やるっぽいじゃん。笹岡の

……あー。なんかある？　懸念

……いや、なんか、不思議な話だなと

……たしかにちょいグロかったかも

……うん。なんかいわれないのかな？

……うーん。教師とか？

……とか、なんか、教育委員会？　みたいなん？　知らんけど
……それな
スタンプ。スタンプ。

しかし、塾と部活の都合で不参加となった林とティモシーを除くわれわれは、月曜日の放課後も教室に集まった。

「ごめーん、ちょっと演劇のことで教室使っていい？　ごめんなー」

教室に残って喋っていた筒井《つつい》と冷泉《れいぜい》に、笹岡が拝みたおすように言った。ふたりは「いいよー。がんばってなー」と言い、鞄を摑んで帰っていく。

「じゃあ、今日もとりあえず前回と同じ感じでやって、明日明後日で配役をみんなと相談させてもらう感じでいきます。もし、いま時点で、やりたい役がある人いたら、終わったらおれに教えてください。それ通りにしてあげられるかわかんなくてごめんだけど！　やりたい役、べつにないひとはぜんぜん、それでもよくて、あとでおれが割り振るんで、だいじょうぶです！　じゃあ、なるべく前回横になった人とはべつの配置で、四角くなってください」

きょうは市井と富士見、担任の福生は同席していない。二度目の読みあわせは、一回目よりだいぶ早く終わった。

「なにか疑問とか言いたいこととか、なんかあるひといますか？」

と笹岡が声をかけると、すこし沈黙を経たあとで、恩が「あの」と声を上げた。

「はい」

「質問いいですか？　これって、本番ではこの米軍俘虜の、セラフィン・モロン軍曹の役は、どうするんですか？　台詞とかは書いてないけど、いないと成立しないのでは？」

「あー、そう。そうなんです。ごめん、それを説明するのをすっかり忘れていた。それについては、まず、俘虜の役はおれがやろうと考えてます。といっても、本番ではおれも、なんらかの役をやる。ちょっとトリッキーなんで難しいと思うかもしれないけど、当日までにおれが制服のシャツで目隠しをされて裸にされている、後ろ手に縛られている、そういう写真をとって、たくさんプリントしておきます。Ａ４用紙ぐらいの大きさにプリントします。それを、殴る台詞にあわせて、みんなに千切っていってもらおうと思う。うまくいくかはわからないけど。おれは、だんだん痛ましい感じで写真にしてもらって、暴行を受けている感じを進めながら、ビリ、ビリ、と破っていってもらう。二十枚ぐらいかな？」

われわれはやや引いた。この発言で、有木、都築のふたりが出演辞退を申し入れる。しかしこのときの笹岡はわれわれの引いた気持ちをわかっていず、「ちゃんと殴られてる感じの写真にするけど、みんなは殴るふりとかしなくていいので、そこは難しく考えなくてオーケーだよ」と言う。

生崎が、「なんか、すげえ、エコじゃねえなあ」と言い、われわれはすこしだけ笑った。

「エコじゃないんです。だけど、つかった紙はリサイクルして皆さんの使うトイレットペーパーになります。だから、まあ、まあ、といった」

ハハハと笹岡は笑った。

「おまえ、すごい気をつけてたわりにうっかり変な空気にさせたな。そういうとこ笹岡樹って感じ」

生崎がそう言うと、笹岡は「うるさ」と吐き捨ててパックの牛乳を飲んだ。痛いところをつかれたのだ、と生崎は思う。いまでは笹岡のことがよくわかる、というか笹岡がほんとうに恥ずかしいと思うポイントがわかった。

「ま、しゃあないじゃん。どうせ何人かは辞めていくと思ってたよ」

「あいかわらず俯瞰《ふかん》して余裕ぶってんなー。そういうとこ生崎陽って感じ」

意趣返しをしてニヤニヤ笑い、気持ちを立て直した笹岡は、「で、どうしよか」と切り出す。昼を食べたあとに広井と児玉すら避けてふたり、校舎と体育館と学食に挟まれる、写真撮影用によく使われる扇形にコンクリと植樹が配置された場所の裏手に集まり、わざわざ靴を履いて土を踏んでいた。できるだけクラスのだれにも見られないように、しかし性急に話しあわなければならなかった。それで辞退したふたりを補う人選をどうするか、「もう読みあわせは終わったから、いきなり役に入ってもらおう」ということにして新たに立山《たてやま》と甲本に打診する。

「もったと立山にはおれから言うわ」

「おけ、まかせる」

こういうことは生崎に従ったほうがいい。事実上、演出の多くを生崎が負っている。しかしあくまで笹岡を立てるふりをして目立たず、でしゃばらないようにしていた。結果甲本には断られたが、断られたときの人選としてバスケ部の忙しさが気にかかるが人当たりのよい曇家《くもけ》をもっとも台詞のすくない【囃《はや》し立てるもの】E役に宛て、E役をやってもらう予定だったティモシーに頼み込み墓地への案内人役に代わってもらう。

「その場合、曇家はおれが頼むが、ティモシーはおまえから言ってくれ。もしかしたらなんか裏を勘ぐられちゃうかも」

「わかった。たすかる」

そのように各所で妥協しながら、しかし押さえるべきとこはしっかり押さえている、それはかれらが本気で演じるということだ。どれだけ場がだれても、生崎と笹岡が本気で演じられることだけ死守する。そのために有木は、自分から辞退したという主体性を尊重しながら、その実生崎がそれとなく相談にのる体で誘導した。笹岡が俘虜役として殴られた写真を裸で撮り、それを破るという設定に有木がなんとなしの嫌悪感を保ちつづけ、それを本番まで引き摺るだろうことが生崎にはわかっていた。

「あそこの演出、なくしても……」

「うんうん」

有木の言葉を生崎は肯定した。しかし笹岡の創作のほうをより強固に肯定していることを、相槌の濃度差だけで生崎は伝えた。

「そんなに過激にしないほうがよくないか？」

「そうだね。笹岡にも言ってみるか」

「うん……。だって、親が見に来るような文化祭の演劇だぞ？」

「たしかにね。だれが見るかわからんもんな」

「ましておれらは素人だ」

「そうそう、だから、やめてもぜんぜん大丈夫っぽいよ」

生崎がそう言う、目を見て有木は自分が辞めよう、と決意した。

そういった経緯を笹岡ははっきり聞いたわけではないが、なんとなくわかっていた。笹岡は空気が読めず、生崎はどこかあくどい。しかし生崎の賢《さか》しさをときに笹岡が引き受け、笹岡の無邪気さを生崎がときに引き受け、いつしかふたり強い場をつくっていく。平和的かつ肯定的だが、だれにも文句をつけられない引けない空気の醸成だった。気づくか気づかないかの瀬戸際で、かれらがそれぞれの無意識や長短を補いあい、ときに交換しあうことでますます抗えない場をつくり操作する。自分で場を演出してしまえれば演劇もわるくないな、と生崎は思う。笹岡と広井のつくりあげたテキストは生崎の根源的な暴力を搔きたて、発揮しやすい状況をつくった。それは生崎のみならずこの場に参加するわれわれすべての意識にしのびこむ。

3

長さはまちまちに生え揃う芝生の上にまったく同じ色あいのレジャーシートを敷き、いけ！われわれの船！　風に乗り、低い位置を草のホバリングにまかせ高速で進む。ジェットする風と逆らう風に揉まれてちいさな竜巻が無数に生まれ、土と空の匂いが混ざる。ひらけた景色を前にしたわれわれのなかの誰かがした妄想を、なんとなく共有しているかのようにこの一年のどの時期よりもハイになり、昭和記念公園でピクニックをしていた。

シートは新メンバーの曇家が家から持参した。もとは及川が何気なく言った、「あたらしいメンバーと旧メンバー、交流深め合わない？」の一言からだった。演劇から抜けていった都築と有木の代わりに立山と曇家が参加することになり、もともと立山と曇家は仲良いというわけではないがクラスメイトの平均的距離よりはちょっとちかい、そんな友達一歩手前なクラスメイト同士で、顔合わせの日にモジモジし「あー、うん。おれも、立山くんとちょっと喋ってみてえなってまえから思ってたから、ちょうどよかったかな……みたいな……」と言った、曇家の発言を耳にした及川が気を利かせた。

それで次の日曜日、楽井がおばあちゃんがＩＫＥＡに行くのに付き合うからというのと笹岡のバイトが午後二時からであるという事情により、昭和記念公園が開門する午前九時半にあけぼの口へと集まった、そのときからすでにわれわれはやけにテンションが高かった。

参加は無理と聞いていた脇田と恩もどういう事情かは分からないが来られることになり、演劇メンバーは全員が顔を合わせた。十一時ぐらいまで笹岡が持参した巨大水筒から紙コップで振る舞われる麦茶を飲みつつダラダラ過ごし、それぞれ自然な輪になってだれもが除《の》け者にならず喋り倒した。十一時を過ぎた瞬間に、「みんなー、おれ、お弁当つくってきたからー」と笹岡がアナウンスすると、なぜかわれわれはワッと笑い、「笹岡くんきょうお母さんみたいだね」「ウケる」「だからそんなデケーバッグ持ってきてたの？」「というか、寮のおばちゃんみたい、寮って行ったことないけど」とめいめいに言い合った。

生崎も楽しい。このところなんとなく体調が良くなかった。けど今日は霧が晴れたみたいに身体のどこかしらにあった重さが失せ、胃が食べ物を求める頭が思考を求める、そんな風にわれわれのそれぞれにする話がよく聞こえてい、うまい質問や温度感のいい相槌が打てていた。演劇の参加を「無理、何故なら……いやとにかく無理！」と理由も言わず断った甲本も及川に付いて来ていて、笹岡が弁当を広げているあいだに、「陽ちゃん、競走しようぜ！」と言い出した。返事を言うまえに駆け出した生崎を追い駆けて甲本はゆめひろばのトラックを半周ほど走ったあたりで戦意喪失しダラダラ戻ってきた、そのころには早起きして作ったのであろうラップに巻かれたおにぎり、大量の卵焼き、大量の唐揚げ、大量の春菊の辛子和《からしあ》えがそれぞれタッパーにギッチリ詰め込まれているのが披露されていて、「ちゃんとおにぎりはビニ手とラップで握りました」と笹岡は言った。弁当の味は「フツー」「うん、めっちゃフツー」。そう言いながらも、われわれはよく食べた。

それで生崎は腹を壊した。

「あれ、生崎は？」

三十分ほど不在にしたあたりで笹岡がふと、誰に言うでもなく言った。

「てか笹岡くんと生崎くん、ずっと仲良いのにぜんぜんまだ名字呼びなんだね」

「あー、そいえばそうだね。うん。てか、生崎は？」

「あー、トイレって言ってたけど、たしかに長すぎるかも。帰っちゃったのかな？」

それでＬＩＮＥでメッセージを数回、送ってみるが既読にもならず、いよいよ不在が一時間になるというあたりで笹岡がいちばん近いトイレに行き、「生崎？　生崎ー？」と力なく呼ぶと、いちばん奥の個室からコンコンコン、という音が聞こえる。

「おーい。どしたの？」

個室に近づき言った。すると、人の身体が普段出さない音、低く鈍い、重たいヴッという音が聞こえ、そのあとでまばらに水が水に落ちるチャプチャプ音、だいぶ遅れて生崎が吐いていることに気づく。

「まじ？　だいじょうぶ？」

「水。持ってきてくれん？」

声は存外しっかりしていた。それで一度集団に戻ると、弁当はあらかた食べ尽くされており話が盛り上がっている。楽井に「あの、弁当……」と呟きかけると、「あー。ありがとね。ああいうシンプルなのが一番だね」と言う。他に体調を崩している者はいないようだった。だが時間差で症状が出ないとも限らない。

「みんな……、えーと！　とりあえず、ちゃんと食休みをとるように」

いまの時点ではそれしか言えなかった笹岡に、甲本が「やっぱ笹岡くんめっちゃお母さんじゃん！」と言って、全員笑った。麦茶のボトルを抱えてトイレに戻り、「生崎、水分」と言ってノックすると、やがて憔悴《しょうすい》した様子の生崎が出てきて「あんがと」と言いちびちび飲んだ。

「大丈夫？　ずっと吐いてた？」

「両方」

「下痢《げり》も？　それは辛いだろ。大丈夫か？」

「ピークはだいぶ過ぎたはず」

「おれの弁当かな。他の人は大丈夫だろうか」

「みんなは平気そ？」

「いまんとこな」

「じゃあこっちの問題だろうな……たぶん、運動したあとですぐ飯を一気に食ったのがよくなかった。ちょゴメン」

そこでもう一度生崎はトイレに戻って、今度は下痢する。十分後にトイレを出ると、すぐ先のベンチに笹岡がいた。

「まだいたの？　戻っていいよ」

「いやでも、心配じゃん」

「なんで？　お前のせいじゃないって」

「そういうんじゃなく、たんに目の前の人が体調悪そうだったら自分だけ楽しみに戻れないよ」

「ふーん。でも、いまのが最後の下痢のターンかも。結局ちょびっとしか出んかったし、なんか、スッと軽くなった。三十分まえとかまじキツかった」

「病院とかいかんでいいの?」

「うん、そういう感じではないかな。一度目に吐いたあとは、そんなキツくはなかったし。下痢はこのところずっとそうだから。てか、なんかこの公園、なつぃよな」

「ね、夏終わりとかよく来たよな」

そのときにはヒロケンがいたな、と生崎は思う。最近ぜんぜん会っていない。ヒロケンは本読みにもいっさい来ず、このところどこでどうしているのかわからない。それほど最近は演劇のことで頭がいっぱいになってしまっていたのだろう、それは生崎も笹岡も同じだった。

このピクニックめいた集いに生崎は佃を誘っていた。演劇メンバーではない甲本も参加したがっているらしいと聞いた瞬間に、ではこの機会に佃を笹岡に紹介しようかと思いつき、みんなに許可を得てからメッセージを送った。二ヶ月ほど前にした夏の花火に誘ったときにはまだ生崎は笹岡のことを嫌いでまったく仲良くなかった。そこからなにもかも変わり、あれほど嫌だった演劇にもう一度取り組もうとしている。花火のときに一緒に遊んだ及川や甲本はいるけれど、他はほとんど初対面のメンバーになっちゃうがもしよければと誘いのＬＩＮＥを送って待っていても、いつまでも返事はなかった。それで履歴を遡ると、前回の通話のあとで送ったスタンプから、ずっと既読がついていなかった。

これは、ブロックされたな。

生崎は悟った。なぜ？　前回の通話は二週間前にしていた。なにを喋っただろう？　覚えていないけれど、きっと演劇に対する不安を言った。覚えていないのに、覚えていないからこそわかる。いまの自分が演劇メンバーと関係なく甘えられる唯一の友人に、自分なら演劇に対する不安を思うさま吐露するに違いない。それほど始まってしまうとだれにも悩みや不安を言えず、舞台を台無しにした数年前の記憶が押し寄せて辛かったが、語るべきではないから黙った。自分が不安なら自分以上にみんなが不安になる、まず不安でも適度に不安すぎてはいない振り、そこから演じなければいけなかった。だから演劇の場外にいる佃に全てぶつけたのだろう。佃はきっとニコニコ聞いてくれていた。なんでそんなことも覚えてない？

恥ずかしく、情けなかった。中学の親友にブロックされると、もう二度と会えないかもしれないと思う。着ていた肌着をタックインして身をこごめる。横に笹岡がいる。コイツはいつまでここにいるのだろう。急に頭がゴチャゴチャし始めた生崎は、上下のどちらでもいいからもう一度胃の内容物をすべて吐き出してしまいたいと思った。しかしもう出せるものはなにもない。

そよぐ風は午前中よりすこし穏やかで、楽しそうな演劇メンバーを遠巻きに見るふたりでいる。みんなは元気そう。いつの間にかふたりでいるのが当たり前になった。すこし落ち込んだように背を丸める笹岡の姿に、このところ演じる親を戦争に殺された少年の姿がフェイントした。だとすると自分は憲兵である。昭和記念公園は初めて事件を知った場所だ。もう広井か児玉か笹岡かだれが教えてくれたのかも忘れてしまったけど、あのときは殺人を監督するような役を自分が演じるなんて思いもしない。

事件のこと、生崎は原作を読んでいないから笹岡と広井の書いた戯曲で学んだ。われわれの大半もそうだった。体調不良とともにふつうに高校生しながらこのところずっと生崎は憲兵で、最近見たネット記事では当時の市民だった老人が記憶を語る証言がニュースになっていたりもするから、いまではもう隠しだてするようなことでもないだろう。

「もう、われわれが責任を感じるようなことでもないわな……」

「え？」

つぶやく生崎に笹岡はおもわず、反射的な違和感をくすぶらせる。たしかに、いまここに暮らすとくに若者にとってけして事件は歴史としても生活としても「ちかく」ない。祖父母世代はまだ立川が米軍基地だったころのことを覚えていて、話題によっては高い確率で仄めかす。立川という土地はそれほど急激に変わってしまった場でもあるから。リンチ殺人のことも、聞けばそうそう、そんなこともあったね、と老齢の教師は零していた。語り継ぐ使命を瞳に宿して、ふだん怠そうにしている公民の先生の背骨が瞬間、グッと反ったのを生崎は見た。しかしわれわれは知っているのだが、そこから零れ落ちる恥の連帯と、だからこそつよく隠したかった当時の思いの本質をいま生きているものは好んで忘れる。どこか特権的に、安定的に「愚行」を語れる。語り継ぐことはすくなくとも正しく有意義なことだから。終戦の直前に起きたこの事件、立川に拘りのある人間の今昔、かつて生きていた今はここにいないものらとともにある立川に愛着を感じるタイプの人間だったら、むしろ積極的に語っていくのではないか。もう痛みや恥は相対化され、客観視され、遠くはぐれてしまっただろう。物語化が充分になされてい、出来事は身体とうまく距離をとられ、丁度いい語るべきなにかになっているのじゃないかな。生きているものだけでは過去も未来も称賛も否定もしきれないものだよ。身体が生きているというだけで濁っていく声や語りがあるってこと。だから証言するにしても、思い出すための暴力が要るってこと？　そんなバカな！　泣きたくなる。

風と緑がザワザワさわいでいる。ボンヤリと、それを見ていた。しかし風でも緑でもない、その中空に見ているのはぼうぼうと集中される生崎と笹岡がふたりでいるというだけであるどちらのものともいえない思考であった。思い出すための暴力。その正体はなに？　生きているものは証言だけを尊ぶ。だけど忘れないで、その証言のために思い出させる材料は、記憶だけでは足りないものだよ。たとえば表現とか、フィクションとか、そういう根源的な暴力が証言を成立させる。どんなよろこびも辛苦もフラッシュバックさせる装置、その最小を求めてもおもしろさへの志向は残る。この場合のおもしろいって、一体なんなの？　ほんとはそんなの要らなくて、思い出せよ当時のやられを！って殴れるならこんな簡単なことはない。辛さに辛さを重ねることでようやく思い出される記憶がある。そもそも思い出すことはほんらい辛いことだから、思い出させるその暴力はフィクションや映像や写真、ひいては資料や証言とてなんら変わらないのではない？　いや、変わるだろう。ぜんぜん違うよ。ぜんぜん……。

　こんなことを、だれが考える？　フヨフヨ溶けていくみたいに雨に浮く土。脳がそんなふうに自然と混ざっていき、考えていないことを考える。証言は正しく残っていく。証言を生んだ状況は正しくは残らないかもしれない。それなら都合のいいように証言を利用されるのも仕方ないかもしれない？　それってまるでそういう決まった役割を無意識に押しつける装置みたい、なにかを演じさせる強要する意識の集合みたい。まだ生きている身体を幽霊みたいに扱いたいわれわれもいる。他者のした経験を、自分のした経験と取り違えるように知覚する。「同じ痛みを知れ！」バチンッ！　みたいに殴られる。フィクションとそれはどう違う？　はっきり気づく。冴《さ》えない体調とともに過ごした日々で何度も何度もこんなことを考えている。

いや、考えてはいないない。はっきり思考しているわけじゃないけど、なにかしらはある、その身に宿すように。だからきっと佃に電話でよっぽどひどい愚痴や不安を三時間言った。まっさらになった胃腸によって初めて満たされ整理されていくような思考は、戯曲を完成に向けて書きつけていた一ヶ月前の笹岡にもあったようなかったような時間差の思考でもある。フィクションを演じるときに毎回現れる、身体に宿る時間差を前提にスケールアップする想念を分配する。それが作品であり、われわれなのだ。

「オーイ、楽井ちゃんそろそろ行くってー！」

甲本が、ふたりを呼びに来た。

「おー。いまいく！」

「陽ちゃん、腹痛？　だいじょうぶ？」

「もう、スッキリ！　もう一回トラック勝負するか？」

「ハハ……。なんか陽ちゃんくそ速かったよねさっき」

走り去る生崎の背中を眺めた。たしかに異常に速かった気する。

「笹岡？」

「あーうん。そろそろ行くか」

「楽しかったなー」

生崎が言った。ほんとうか？　三十分前にはまったき青い顔をしていた。だけど、生崎はいまほんとうに楽しそうにしている。

「てかもった、最近肌の感じいいね」

「わかる？　じつはすげえ美容にはまっててさ。無印の化粧水ちょい高いけどめっちゃいいよ。

あとさ……」

甲本と生崎が並んで輪に戻っていった。あれは生崎であって生崎じゃない。笹岡は根拠なくそう思いながら背を眺める。

では自分は？

おれであっておれじゃない。

そうかもしれない。けどそれもあと二週間のこと。本番が終わってしまえば戻ろうな、ただの笹岡とただの生崎に。

ただの親友に。だけど、それってどんな感じだった？　ただ親友だった日々のことを、笹岡はもうよく思い出せなかった。そろそろバイトに行かなきゃ。日差しがつよく旋毛を焼かれてるみたいに熱かった。レジャーシートが風に煽られてだれかの身体を丸ごと包み、歓声が上がった。隠れて見えなくなった人間が誰なのか、笹岡は今日の面子から消去法で推測したけど、よく分からないまま再び頭の中がモヤモヤしてき、ふと目を伏せてしばらく爪先を眺めた。

＊

だだっぴろい場所で仰ぐ「雲ひとつない青空」は気持ち悪いな、とわれわれの中のだれかが思う。それぞれの身体を囲うように空がまるい、手を水平に伸ばす延長線上にただの青がある。気温はちょうどいい。

「動画とろうぜ！」

ようやく録音されたナレーション素材の終わりに笹岡が言うと、場がぴっと緊張した。それぞれをうけて生崎が言う。

「いいね。なにをとる？」

「昔のこと。ずっと昔のこと。この場所がずっともっと土で田んぼで原っぱで川だった、あのころのこと」

「そこでなにをとる？」

「飢饉《ききん》があって、開発があって、空襲があって、人を殺した、あの日のことをとろ？　われわれのだれがその人体の呼吸を止めたかわからない、あの瞬間の前後をとろ？」

「いいねえー。映《ば》えちゃいけないものから映えちゃいそう」

かれらの二人芝居のあとに物語の本線を始める。あらかじめ演じやすい場をつくってしまい、他の演者たちもスムーズに没入できるように。

昨日、演者以外の役割を決めた。放課後のホームルームで、まずは音響。それから大道具小道具、進行、広告、会場整理の係をそれぞれ割り振っていくが、これらは部活や塾などで忙しいクラスメイトも文化祭に参加する、協調性課題をこなすための役割にすぎず、ほとんどの仕事は前日と当日の準備に参加する程度のささやかなものだった。今日の三時間目を校庭での通し稽古、二時間目を裏方たちの当日までの役割と準備すべきものをレクチャーする、そうした時間に教室を空けた隙間を縫ってクラスにやってきた花倉が、校庭にいるわれわれを眺めている。

前日までに教室での通しはこなしていたから、あとは本番の校庭の場に慣れるだけだった。三時間目を十分残して滞りなく稽古を終え、ホッとしているところでこの演劇を通して仲良くなった恩と楽井が生崎に近づいてき、「やっぱ生崎くん、さすがって感じじゃん」と言った。

「演劇はむり、とか始まるまえ言ってたのに、じつは余裕でしたみたいなパターン？」

それでふたりクスクス笑っている。

「そんなことないよ。けっこギリギリ。笹岡が無理に引っ張ってくれるから、なんとか付いていかって感じ」

「でもそれはわたしたちもそうかな」

「うん。笹岡くんのやる気に引っ張られる。最初の市井と富士見が主導するって話はなんだったの？って感じ」

「それな。けどふたりとも、すげえよ。演技初めてでしょ？たぶんふたりのほうが向いてるよ」

「ほんとー？でもぶっちゃけ、たのしい。なんか、つづっちゃんとか引いてたじゃん？このシナリオ意味不《いみふ》なところ多いし、ちょっとグロいから。なんかちょっと揉めちゃったもんね。こないだ。「お前よくあんなのやってられるな」とか言われて、は？みたいな」

「え、だいじょうぶなの？これのせいで揉めちゃった？」

「いや、逆ギレしといたから平気。いうて今はわたしのほうがフォロワー数多いし。いままでは先輩とか、妹とか両親にもぜったい見にきてね！って謎の情熱で勧誘してる」

「ハハ。つえーな」

「生崎くんは、だれか見にくる？　家族とか」

「いやー。うちはそういうのは」

「あは。生崎くん、優等生っぽいけどなんか抱えてます感すごいあるもんね」

生崎は話を合わせながら、しかし楽井の言うへんに鋭い洞察に真剣に感心していた。恩はトイレに行ったのか、しぜんにこの場を離れ、いつの間にか二人になっている。それほど喋ったこともない、楽しみながらSNSのフォロワー数を伸ばすことが生き甲斐の接点の少ないクラスメイトだと思っていた楽井が、生崎の隠している性格を見抜く。これは同じフィクションを協力して作り上げている、自分とはまったく別の人格を演じて戻ってくるくりかえしの過程で伝わる、その営為のあまりのような効果だった。

「思い切って当日誘ってみればいいんじゃね？　やっぱむずい？」

「むずそう」

正直にそう応え、しかしすこしうれしい。参加する演者の面々が、それぞれモチベーションの差はあれども、ちゃんと集中しようとしてくれているのがわかって。

「そか。こんな風に演じるの、生崎くんはもともと好きなの？」

「うーん。好き、わかんないけど、好きなんだろうね。なんというか、自分じゃないってことに安心するんだ」

「安心？」

「うん。演技してるときって、空とか見て素直に、あーこんな綺麗な世界だったんですねー。とか思っちゃう」

「へーおもしろ。ふだんは空きれーとか思わないの？」

「思わない。でもさ、演劇とかってべつの人格を演じるっていうか、べつの、まったく現実には生きていない人を演じるわけじゃん？　したらさあ、現実にはいない人物を生んじゃうわけじゃん。当たり前か。漫画とかアニメもそうだろ。小説とかもかな。現実にはいない人物を生みだす。でもそれってなんのため？って、けっきょく生きてる人間のためなのな。生きてる人間になにかを感じさせる？　与える？　シンプルなとこでは感動とかな。そういうなにかを与えるために、ここにいない人間になりきるって、ちょっとえぐいよな。なんか、映画とか作品を見てる人間に、おまえらちゃんと人間じゃないよ、おまえら、人間にはなんか足りないよ、って、言ってるみたいな気分。すげえ独裁者？　みたいな」

楽井は黙った。あきらかに普段の生崎からしたらおかしいように、うるさく喋りつづける目の前の身体。すこし怖い。言葉が口から溢《あふ》れ出るままの勢いにとられてい、まるで生崎らしくない、けれど、どこかでこっちが本調子みたいに思いたい気もしていた。

「むかしね、子役のときにあるタレントの子ども時代の再現ＶＴＲを演じたんだけど、そのタレントご本人にべつの現場で会ったことがあって。言われたんだ。「君ぜんぜん似てないよー！　けど、最近まったく思いだしてなかった嫌なこととか、いろいろ思いだしちゃったな～」。そのタレントは、すげえ嫌なヤツだったんだよね。だけど、おれはそのときまだ十三歳ぐらいで、よくわかってなかった。すごい貧しい家に育った人だったんだ。いま考えたら、それだけじゃなかったのかもしれない。苛めとか、差別とか、そういうなにかがあったのかもしれないって思う。だけど、演じるとかフィクションをつくるって、そういう、思い出したくないことも強制的に思い出させるみたいなことだから。おれは、自分の身体だけじゃ見れないきれいな景色を、役に集中して見れるようになって気持ちいいけど、いつの間にかそれで作品ができて他者には感動とかを与える反面、いやなことを思わせたり、思い出させたりする、そういうこともあるのかなって、最近思った。楽井さんは、朝のＴＶ出たとき楽しかった？」

いきなり自分の話に振られ、その急カーブに驚きはしたものの「えっ、楽しかったよ。でも、めちゃくちゃ緊張しちゃって。あんま覚えてないんだよね。そういう意味では楽しくなかったかも」と楽井は言った。

「そうだよね。それがふつう、っていうか楽しいわけないんだよね。自分の意識じゃないんだから。商業的に求められている幽体離脱みたいなもんだよ。コマーシャル的な、場の雰囲気を優先するために、みんなが協力して、自分を殺して、幽体になってるんだよなー、あはは」

楽井は長く喋る生崎はキモイというかはっきり嫌いかもしれないとそのとき思った。それは「ほんとうの」生崎は嫌いということ？　しかし目の前の身体がどれだけ喋ったらそれが「ほんとう」かなんてわからない。

しかしこの感じ、なにかに似ているな？　ニコニコしながら楽井は考えている、その身体に記憶がきざす。春の風。急に今日の気温にしてはおかしいほどぬるい風が吹いた。肌がそれを感知すると、これは記憶に吹く風だとわかる。今日の生崎は春のころの笹岡に似ている、と楽井はそう思ったのだ。今でも一部の生徒は笹岡の親が「薬物ジャンキーレイプ野郎」だと罵り笹岡自身をも嫌っている。しかし嫌われがクラス外の学校全体にまで波及し、まして一部の親や教師たちもが笹岡を悪《あ》しざまに言う声が聞こえてくると、元々は笹岡を嫌っていたわれわれはむしろどことなく擁護ムードになっていた。それは生崎と笹岡がつるむようになってしぜん笹岡の性格のアクのような部分が抜けていったともいえるが、正確にはそうでない。きっとある部分で生崎が笹岡の性格を引き受けたのだ。しかしそれは無意識に行われ、いまやどっちがどっちの「素」なのかなんてだれにもわからない。稽古終わりに演者ひとりひとりと話していた笹岡が、最後に生崎と楽井のところへ辿り着いたその瞬間に、三時間目の終わるチャイムが鳴った。楽井がすっと恩のいる集団に合流し、校舎へ戻っていく。記憶を置き去りにするように、生崎に対して違和感を感じたことは、この場を離れたら忘れてしまおう。チャイムの音の響く尾にかぶさるように笹岡は「どうよ？」と言い、生崎の肩に腕をまわした。

「楽井さん、なんか言ってた？」

「なんか？　ああ、楽しいって言ってたよ。やっぱあの人はすげえ向いてるよね」

「いい感じだろ？　だれか不満もってそうなやつぃる？」

「いや、大丈夫そう。けっこう演者から抜けてったやつも、アンチって感じになってない。都築とか有木だって今ではやや協力的っぽぃしな」

「そか。それはおまえのおかげ。この人非人の人たらしがよ」

「にんぴにんってなに？」

「まあいいべ。なあ、演劇いけるじゃん。なんなの？　あの演劇アレルギーみたいに言い張ってたやつ」

クラスの面々が引きあげてくるのを認めて、教室で自習していた花倉は保健室に戻った。その道中で仮にクラスメイトのだれかと遭遇してもまあいいと、花倉は教室に来れなくなってからの半年間で初めて思う。保健室にこもっていても知っていた、クラスで浮いて嫌われていた笹岡が校庭で演劇をやってのびのびしている様子を見て、自分もあんな風になれたらと願う。うらやましい思いはしかし暗くはならず、樹木のてっぺんの枝が尖っているのを束の間見つめていると、葉が渦巻いて回転するように、木じたいがぐんぐん伸びていくように揺れた。窓の外では風が強いのだろうとわかる、花倉はしかし、そんなにうまくいくわけがないとも思う。笹岡も、自分も。結局クラスのだれとも会うことなく保健室に戻り、しかし校医には「二時間も教室いた？　よくがんばったねー」と褒められた。

「演劇ねー。でもそれは学校だから。やっぱ知ってる場所だから、集中しやすいだけだな。できるとかできないじゃなくてそれだけ」

「じゃあおれと演劇やるときはちゃんと場になれてからやろな」

「やっぱ立川がいいな。あと、笹岡の演出でみんな台詞に感情入れなくていいじゃん。あれが楽。フィクションフィクションした演技じゃなくていいから」

「だしょ？　きょうおれバイトだから、九時とかにひさびさ多摩川いかん？　さむいかなー」

最近ムエタイのジムをぱっくれた。ラストまでいた日に掃除を手伝うふりをして鍵を開けておいた窓から夜に侵入しキックミットをパクった。笹岡はいまだに毎日ミットを殴り、蹴り、どんどん身体が痩せていく。

「いいよ」

しかしこの夜もなんとなく体調がすぐれなかった生崎は多摩川へ行かなかった。

十一時前後になって、児玉が「いまなんか聞こえた？」と言った。

笹岡は耳を澄ませた。

虫の声。複数混ざる五感の層に、月の光が染みている。寝転んでいたスニーカーの紐《ひも》の隙間に草が何本か挟まっていた。もう二ヶ月以上多摩川でこうしているから、そろそろおれも多摩川になれそう。笹岡がそのように集中して音を聞くと、「聞こえる。だれかの悲鳴」。そしてガツと走った。

日野駅へと抜ける中央東線《とうせん》の高架下で、人間が襲われている。遅れる児玉にひとりで先着した笹岡は見た。女と、もうひとりは男。もしかしたら恋人どうしかもしれない。しかし男が総合格闘技で相手をコーナーに追いやるみたいに肩で口を塞ぎ、女性の背をコンクリの塀に押しつけている。左手で両手首をぐっと摑み、右手で女の穿いているズボンのホックを外そうとしている。そこで笹岡はブチ切れて、まずは体当たりをして男を女から剝がし、距離をとったところで三日月蹴り、それが肝臓に刺さって頭が下がり、練習していたハイキックを打ち込んだ。一撃目は気負いすぎて自分がスッ転んだが、すぐに立ち上がり、二撃目を蹴るとそれが男の耳をこそげるように当たり、側頭部のあたりから血が噴き出した。

追いついた児玉が女性に「だいじょうぶですか？」と声をかけ、「この人、お知り合いですか？」と訊ねると、叫ぶように「しらない、しらないひとです」と言った。それを聞いた笹岡はさらに逆上し、馬乗りになってひたすら顔面を殴る。

握る拳の人差し指と中指の骨頭《こっとう》、いちばん威力が出る大拳頭では殴る笹岡に痛みが強く打ちつづけるのが難しかったので、そのうち小指側のはらをハンマーのように相手の鼻に叩きつけると、倒れた男の顔面を鼻血が登るように溜まり目の周りが赤い泉になった。いわゆるマウントポジションと呼ばれるこの体勢で顔を殴るということは同時に地面に強くぶつかる後頭部を攻撃していることでもあると、拳につたわる反動で理解した。それから両手で組んだ拳を何度も叩きつけ歯を叩き折っていると、児玉が「樹！　樹！　もうだいじょうぶだから！　やめて！　警察を呼ぶから」と言い、スマホで１１０番通報した。

初動で駆けつけた警察官とは相性が悪かった。

「あーこりゃ痛いな。救急車来た？　まだか」

そこにいる児玉と笹岡、そして被害者の女性が沈黙していると、「えーとあなたが被害者ね。うーん、お若そうだし、狙われちゃったのかな。で、君が殴ったの？　いくつ？　君すごい若く見えるけど」と言った。

「とし関係ねえだろ」

「むー……通報者は？」

「あ、わたしです」

「状況聞かせてください」

そうして児玉が経緯を説明する間に救急が到着し、男は意識がないまま運ばれていった。警察の応援も到着し、笹岡に話を聞く別の警官が「きみが男に殴りかかって助けたと。よくがんばったね。でもどうやら頬骨と頭蓋骨骨折ってことで、うーん……ちょっとやりすぎちゃったって感じかな？」と言った。

「は？　おまえたちが無能だからこんなことになったんだよ」

それで現場は一時、笹岡にとって非常に不利な空気になった。しかしじきに無線から加害者の持ち物のなかにスタンガンが含まれていたという情報が入ると状況は一変する。

この数日後に、笹岡は副担任である朝見とともに警察へ赴き、事情聴取を受けた。加害者である綱本英貴《つなもとえいき》の弁護士は過剰防衛を匂わせているようだが、綱本のＳＮＳアカウントで幸せそうな女性を狙いたいという旨の投稿が数日にわたってなされていたことが報道されると、いつしかＳＮＳやメディアで笹岡に好意的な論調が急増し、あげく複数のYouTuberから出演依頼がくる。笹岡はこれは使える、来《きた》る演劇の広告に利用できないかと考えた。

「気分は大丈夫？　なんか体調悪いとか、気持ちが落ち込むことが続くとか、そういうのすぐ先生か校医の人に相談してね。僕にでもぜんぜんいいですよ」

「うん、朝見先生もありがとう。土曜なのについてきてくれて。助かりました」

しかしこの若い新任教師と笹岡は初対面であった。聞くと着任からずっと病欠していて、先週が事実上の初授業だったという。笹岡は、自分も春時分は演技の仕事でクラスにいないことが多かったから、知らなかっただけかもと思ったがわれわれもほとんど知らない。笹岡が殊勝に頭を下げるのを見て、朝見はなにやら瞳がウルウルしている。

「いやいや、それは当然で。笹岡くんはうちの生徒なんだから。拳の怪我はどう？」

「あー。うん。もうあまり痛くない」

そこで、いまはほとんどなくなっている拳の疼痛《とうつう》のピーク、あの夜の翌日にどんどん痛くなっていく、もしかしたら骨折しているのかも？　そうしてあの男に与えたダメージを笹岡は想像する。この拳の痛みの何倍程度、綱本は痛いだろうか？　その暴力効率を簡単に証す数式があればなと、家に常備されていた鎮痛剤を飲む。そして一時的に痛みが引いていく、あの瞬間に。

「先生、おれ、いっしゅんあの男を殺そうと思った。演劇の本番がなければ、殺していたかもしれない」

朝見は表情を変えず笹岡の顔を見る。

「拳……無理しないでね。でも、勘違いかもしれないよ。ほんとに殺したかったら、そこらへんの石とかで殴るとか、男を川で呼吸できなくさせるとか、できた状況だった。正義感で、犯人が憎くてつい、いまはそう思っちゃってるのかも」

「うん、そうかもしれない。だけどね、おれは自分の身体だけで人を殺せるっていう自信があったんです」

「笹岡くん。今日はもう、家に帰る？　中途半端な時間に終わっちゃったから、よければお茶でも付き合ってくれないかな？」

「うーん。このあとバイトだから、今日はむずかしいかな」

「そっか、そっか、それならいい……」

「話があるなら、いまでいい？」

「いま？」


朝見は復帰した夏休み明けに市井の読書感想文を読み、これは対象本を読んでいない人間の書いた文章だと見抜いた。それでコンクールへの出品を考えているという国語科の主任にそう訴えかけると、別室に呼ばれやんわり咎められる。「新任なのだから、まず生徒を信じるべきではない？」それで嫌なことを思い出した、朝見は再び不調をきたし数日学校を休んだ。いまは抗不安剤がよく利いている。

きわめてしっかり書かれている。学内でもコンクールでも評価されるに値する、その文章を朝見が本を読まずに書いたものと見抜いたのはみずからが大学時代に掲げた研究テーマによる。立川に生まれ育った者として、大正時代から飛行場建設予定地として買い上げられそして空襲を受けたこの場の歴史をよく知っている。しかし子どものころから終戦記念日に浴びるように「見させられていた」印象強い、戦争を扱ったドキュメンタリーをたくさん鑑賞してきて、うまく言葉にできないが「これでいいのだろうか？」少年朝見はそう思いつづけ大人になった。なぜナウシカを生徒に見せて自分がいちばん泣きじゃくっていたあの教師は苛めを黙認し苛められていた側の子を一方的に責め不登校に追いやったのか。わからない。空襲で一家全員をうしない、目や口や鼻に土がいっぱい詰まった状態で死んでいく防空壕で生き埋めになり窒息して爪が剝がれてしまった死体。その身体にそれぞれ固有の物語があるとして、ではそれら物語はどのようにそれを経験していない知らない違う身体に馴染んでいくのか。この国はフィクションに対してとても寛大で、当たり前のものとして日常のそこら中にあふれているというのに、フィクションの中で頻繁に説かれる正義がまるで機能せずわれわれが抱く差別感情や抑圧に気づきもしない。フィクションの中ならあれほど共感されるものなのに、であるならば、そのフィクションこそが問題なのではないか？　こうした初期衝動にかられて朝見は学部時代に「歴史を扱う物語における、史実の役割とそのアレンジについて」という論文を書き、熱意ある学生として先生に認知されそのまま修士に進んだ。あのころは将来の夢とは言わないまでもとりあえず博士に進み同じテーマを引き継いで博論を書く、そのことしか頭になかった。主に第二次大戦における戦勝国と敗戦国でつくられる物語のなかで、どれだけ史実が正確に扱われ、それが作品評価にどう繋がるか。片っ端から物語を読み、映画を観て過ごした朝見はしかしやがて挫折する。授業で修士論文の骨子を報告するタイミングで先生に「君は真面目だから敢《あ》えて言うんだけど」と前置きされ、やんわりとそのテーマに修士から博士を過ごすに相応しい展望があるのかと問われ、言葉に詰まった。

自分でも違和感を感じ始めてはいた。人間関係やアカデミズムへの不信感はいわずもがなのこととして、そもそも自分のしているこの研究になんの意義があるか。いま考えれば文学部の学生にしては研究に意義を求めすぎていたのだと分かるが、当時は未熟さゆえにその葛藤にうまく順応できず、まともに失望してしまっていた。結論めいたものはないことは分かっていたはずだった、けれど先行研究もあまりなく、このままではどんどん道は細くなっていき、朝見が子どものころから感じていた純なる好奇心や謎解きのような初期衝動から離れていく。あのころの自分だったらどうでもよかった細部ばかり気にかかり、きわめて神経質になっていた。

研究テーマに疑問を向けられた、その先生を信頼していた。だからこそわからなかった。なぜそんなことを言うのか、そしてなぜ、いまなのか。覿面《てきめん》に利いたその言葉で朝見はそれまで一切の疑いを持っていなかった将来のビジョンがとつじょ消え失せたように感じた。信頼している人間の言葉ひとつでこれほど揺らいでしまう大義なら、もともとなにもなかったかのように空しく、消えてしまいたい。やがて朝見は、研究をいったん止めることと同時に教師になることを決断する。研究への思いは磐石《ばんじゃく》であり、どんな人生を歩もうと一生揺るがないものと思っていた。自分が教師の言葉にあれほど左右されるとは思ってもみなかった。だからこそ、自分はいっそこれからは信頼される側に立つべく努力し、あのとき先生が言ったことを初めて分かるようになるかもしれない。学ぶことはそれからでも遅くないのではないか？　とくに、第二次大戦のことなど……。あのころ読んでいた物語でごく控え目に、それゆえより悪質に史実を捻《ね》じ曲げる物語に特有の「感動」をおぼえたから朝見は市井の読書感想文が原著、つまり、史実をまったく尊重していないということをわかった。

いまなのか？

目の前の生徒に対しこんなにも伝えたい、あのときの先生の気持ちがいまならわかる。だけどこんなに早いタイミングで？　新任早々にきたした不調により、まだろくに教壇に立ててもいない。だが運命をおぼえる。目の前の生徒がかつての自分に似て、視野狭窄《きょうさく》ぎみの熱意にあふれる瞳がこんもり輝いている。かれが史実を扱った創作に悩み、いまはそれしか考えられずにいることが朝見には分かる。その一方で、恵まれていた自分にはけして持ちえなかった家庭と生の重荷に苦しんでいることもまた知っている。かけてあげたい、なにかいい言葉を、違う人生を歩んだ先達の経験という滋味の行きわたる、麗《うるわ》しく栄養になりそうな役に立つ言葉が浮かぶは浮かぶ。しかしそれはどれも研究に悩み挫折するあの季節を生きていた自分に届かない。絶望に届く言葉などない、だけど、いまじゃなくてもいい将来に役立つなにか言葉、というより思いを伝えたい。生きている以上ずっと沈黙しているわけにいかない。人間は意味を伝えあう以上にただそこにともに居るから、鳴き合うように言葉を言って生きていくのだから。

「あ、いや、君の書いた脚本、見て、それで」

「え！　読んでくれたの？　先生、ありがとう！」

「それは、うん。もちろん」

「どうだった？」

「え？」

「あの脚本。どうだった？」

どうだった？とたやすく発声できてしまう十六歳のその喉の仕組みが、わからない、いっぽう、どうしてこんなに自分は言い淀み、なにひとつ自信を持った言葉が出てこないのか。経験したことと経験していないことの落差を言葉でうまく捉えられず、だからこそ人は語り継ぎ行動すべきとあれだけ思い詰めていたのにいま、かれのすべらかな言葉に対し朝見は身体と言葉の解離に苦しんでいる。戦争を知らない、それはふたりともそうだ。それなのに、それなりに学んだ自分はまるで言葉が出ず痙攣《けいれん》するみたいに咽頭が、まるで喉自体がなにか考え経験してしまったみたいに思考で詰まって、うまく、「私」の言葉として出てこない。

「ねえ。面白くなかったですか？」

「それは、えっと、あの……面白……」

長考する朝見をかれは黙って見つめる、その表情に浮かぶ恐怖は批評への畏れだ。その視線がさらに朝見の言葉を奪った。

「あ、笹岡くんは、その、ちなみにだけど創作の資料として挙げていた『この悲しみをくり返さない』という本は、読んだ？」

「え？　あー、読んだよ。でも、あの事件にまつわるとこだけね」

「うん。そっか。うん、先生もあの本、大学時代に読んだんだ。うん。俘虜に対して、さっ……、あの、暴行したっていう、あの人たちはたしかに、変なこと、というか怖い、というか、俘虜に暴力を振るったよ。うん。殺した、殺しかけたんだ」

「へー先生も読んだんだ」

「うん。読んだ……ほんとはね、国際法があって、もう習ったかな、俘虜に適用されるジュネーブ条約があって、いくら戦争中っていったって、各国はその公法に則って、俘虜を扱わなきゃいけなかった。でも、日本も当初はそれをよく守って、近代社会の、というか西洋社会的な流れのね、一員のように振る舞っていた、だけど戦争が世界大戦化するにいたって、日本は俘虜を守るための条文を批准《ひじゅん》……つまり適用しなかった、何度か、アメリカ側からその要請があったのに……つまりね、途中から守らないどころか、こ、殺して、殺していいみたいな、殺したい、殺せる、みたいな……日本人自身が、俘虜になるのを恥だと教えてしまったから、俘虜になるぐらいなら死ねと教えてしまったから、それを相手にも適用させて、相手を恥にしてしまったんだよ。戦時のヒトラーとの歪な、あいまいなコミュニケーションも、それを肯定しているようなところがあって、しかも、つまり……記録によると天皇自身が、国際法を守らず我が国のルールでやっていいって、自分たちのルールで俘虜を扱っていいって、認めたっていう。ほんとかよ……、うん、そう。ぼくも研究してたころに、その記録の根拠をうまく探ることができずにいた。天皇の言葉ってポツダム宣言受諾時の、終戦の言葉は有名だけど、あれは肉声で、開戦のとき、つまり真珠湾攻撃のときも開戦の詔書って言葉を国民に向けても出した、けどそれは代読されたもので、天皇自身の声じゃなかった。戦争の時って、どんな時代でもわりと詩ってのが急に重要な位置に上り詰めたりする。ある詩人は詩は文学形式ではなくてポエジーと人間の出会いの場であるって言った。われわれにとって天皇は詩なんだ、少なくともあるときには詩だった。だからね、われわれは、天皇を天皇にするポエジーを翻訳し損ねて、詩の正統性を乞うばかりのむなしい集団だよ。でもその根拠というか、基礎とか核みたいなものが本当はないから病んでる。それで、そのし損ねる翻訳を、誤魔化すために意味とか因果とかをあとづけしたものが、物語なんだ。天皇の開戦の詔書を、その読まれるべき声がどんなだか、汲《く》むべき真意がどんなだか、想像することはちからになったと思う。その無意識に行われる翻訳ってまだぜんぜん終わってなくて、だって、当時天皇はほんらい戦争に関して具体的な言葉を下せないものと言われていた。だから日本人はそれを翻訳して、意を汲んだという大義名分によって動く。つまりだれのどの行動や発言にしたって中身や意味なんて、その言葉を発した主体に実体なんて、ないのだからね！　つまり、忖度《そんたく》なんていう生ぬるいものじゃない、現実には発されてもいないことになる言葉を誤訳することでしか生まれない子どもなんだよわれわれは。だからこそ戦争のときにまだ生まれていない、あるいはもう死んでいた人間の意識や集団にも隔てなく染み入る。そんな風にきっと、あの時、われわれも誰にも殺したり殺されたりする意思の出発点みたいなのが探せなくて、彷徨《さまよ》った。どうしたいのかの意思の出どころはどこにもない、だけど殺さなきゃ殺されるって危機感にしても、真珠湾だって大東亜共栄圏にしたってだれかの欲望を代わりに遂げているみたいにずっと、天皇の開戦と終戦の言葉のあいだにひそむポエジーに挟まれたわれわれは、永遠にその場で詩にし損ねた現実を物語に押し込むみたいに、だからこそ、とてつもない残虐なこともわれわれ自身の意思でやった。それこそが、われわれのほんとうの能動であり、意思であり、主体性なんだよ。境界がないんだ、自他の線引きというよりも、線引きの要請すら規定できないんだ、われわれには。だから身体と風景もそんな風にごちゃごちゃに感じて、味わっていた、そんな日常だったのかも？なんて想像するだけで、なんておこがましい……。つまり、現在もわれわれは、すごくあいまいに、被害者意識的に他者を抑圧してすさまじい暴力に徹することができる。でもね、やっぱり立川のこの辺は、終戦する間際の四月と八月に、何度も空襲に見舞われて、家族をなくして、家をなくして、故郷をなくして、飛行場に働きに来ている人も大勢いて、職をなくして、若いひとも学徒動員っていって、学校も行かず働いているときに爆撃を受けて亡くなったりした。徴兵されて遠い外国で子どもを亡くした人も、いて……」

こんなこととか？　自分が目の前の子どもに伝えたいのは、こんな、自分も子どものころにそれこそ地域のお年寄りに聞いて、知っていて、だけど経験した人にあるべき文体のような、言葉にこもる生きてきた社会と身体が、歴史が与えるような説得力もなくて、ただ知っているから言ってるだけで、今なら分かるけどほんとうにはただ怖くて書けなかった論文の構想を断片ごとそのまま子どもにぶつける暴力のような言葉だけ、スラスラ出てくる。こんなことだったのか？　自分が研究を諦めてまで、したかったこと、伝えたかったこと、その場にいたかった経験って？

「あ、で……、多くの人が亡くなったでしょ。この周辺でもね。そういう、暴力の記憶って、忘れちゃいけないっていうか、二度とあんなこと繰り返しちゃ……」

「あー大人はみんなそれ同じこと言うよね。わかるよ。おれだって忘れるべきじゃない。二度と戦争なんてありえない、そうまでして守るものも失うものもないって、そう思うよ」

「そっか。うん、それは、ほんと大事なこと、それが聞けて良かった」

「でもね、言わせてもらうけどおれたちより先生とかもっと年齢いってる人たちのほうが、ずっと暴力的で差別的だよね。大人は言いたいだけで子どもにそういう正論言うけど、正論言いたい気持ちよさって子どもだってわかってますよ。だからうまく物語にしたり、生きた経験を尊重して語り継ぐわけでしょ。それってどう考えてるの？　大人はすごく役割を他人におしつけてさ、監視することが大好きで、嫉妬深いことを正当化して、女の人とか障害をもつひとや色んな立場の弱い、数の少ない人を喜んで差別して排斥するよね。それは事実でオッケー？」

「あ……、ウン。オッケー。たしかに、うん、ぼくたちは、下駄を履いている、つまり特権を得ている、恵まれている、最初から与えられていることをいいことに、色んな人を見下して差別しています」

「そうだよね。そうなんだよね……。大人が誤魔化してること、先生がそう言ってくれていま、うれしいけど」

「そう。うん、ほんとうに、君たちにも申し訳ないって、ぼくなんかは思ってます。うん、ぼくも、上の世代のひとらには、正直、謝ってほしいというか……。でも、変えていきたいじゃん。そういうの。そう。希望がある。笹岡くんたち、教えるっていうのは同時に教わることだから、そういう時を交換することが、だいじで、それは戦争経験とかも、そうで、いろんな形が、あるでしょう？　人が人にさ、経験とか、思いとか、五感とかを、伝えるやり方ってさ」

かれは瞳を潤《うるお》わせて、熱心に聞いている。やはりいましかないと朝見はおもう。ふしぎな印象があった。復学してふと目についた広井健太《けんた》という生徒。あの男子生徒は、朝見が研究時代に空襲記録を眺めていて、二度B29に体当たりし戦死したことで英雄めいた扱いを受ける高山正一少尉の印象によく似ていた。しかし空襲記録に掲載されていた高山の写真をまじまじ見たわけではなかったし、ろくに覚えてもいない、ただ記録されている、朴訥《ぼくとつ》ながら若くして入隊志望だったといわれる高山の、朝見が忘却していた風貌にあまりにも似ていた、というよりそっくり同じ顔だったのだ。広井の姿を見るまで、高山の顔をそう記憶していたということすら分からなかったが、見たあとでは一瞬で定着した、その日の景色をよく覚えている。夏休み明けの放課後に、まるでいま立っているこの空の下みたいに夕焼け一歩手前の、林檎《りんご》の皮のような朱色に雲が逆三角形に下がっていく、そのすぼまる頂点のほうに緑がかる薄い青色が山の稜線と溶けていた。いつも空は綺麗だなと思い病みかけた心で広井に「また明日な」と言うとあの日の広井は「先生。また明日」と言った。だがその翌朝どうしても寝床から身体を起こせず登校できなかった。広井の声もイメージしていた高山少尉のようだったな、と朝見はいま思い出した。あれからそれとなく他の先生方に広井の様子を聞くと、多くはそれほど目立った印象はないという応えだったが「推しに似ている、わけではないが雰囲気がどことなく近い」というものと、「子どものころ仲良かった亡くなったいとこのお兄ちゃんにそっくり」というもの、ふたつの証言があった。たしかに、普遍的というかどこにでもいそうな青年の風である。しかし見せてもらった一人目の証言による推しの写真はひとくちに「雰囲気」といっても朝見から見る広井とは似ても似つかないものだった。

「ねえ、ところであの戯曲、面白かったですか？　面白くなかったですか？」

かれはふたたび同じことを聞いた。朝見はわれにかえる。

「面白かった。けど、ぼくはね、笹岡くん、大学時代にずっと大学に残って研究しようとしてた。それに挫折してここへきたんだ。いや、研究には挫折したけど教師にはなりたいと意思を持って、べつに妥協して教師になったわけじゃない、けど、あのね、ぼくは戦争とか、紛争、虐殺とか、貧困とか、そういうことを、どう物語で伝えるべきか、面白く……あるべきか、それはどの程度面白くあるべきか、そういうことを考えたくて、研究してたんだけど、つまり……、うまくいかなかったんだ。人は、それぞれに死んでいくけど、なんというか、ひとつひとつは言葉にしても呆気ないものだよ。戦争になると、たとえば！ たとえばだよ、いろんな階級とか、立場とか、政治的な主張から、弾圧とか粛清《しゆくせい》もあり、圧倒的な現実をつきつけられて、脱落する人がたくさんでる。学校に馴染めない人間が少しずつ、脱落して減っていくみたいに、ぼくも研究から脱落していったようにアイデンティティとしていたものから剝がされていく。その過程で、元より愛国的な人はそれが弱くなったり、反体制的な人はちょっと愛国っぽくなったり、他にもいろいろ、「私」だと思っていたものが減っちゃうみたいにふわふわする、そんなふうに、たとえば、たとえばだけど、国みたいなものに「私」が削られた人間が、なんか……一体化しよう、ってなる。ひとりひとりはそれぞれ違うつもりでも、いまそうなっていないならできない想像力で、できない思考回路でそうなる。つまり、平和なときは考えもしない、考えられもしない状況でアイデンティティが真逆になっていても気づかなくなってたりもする。これも、多分すぎる。都合いいおれの想像力にすぎないんだ。だからちょっと違う……だけど、非常時だしここはまあ、いったん合流しようぜ！ みたいな？ ちょっと演出。時代とか、局面が演出するのよね。だから戦争のときにあらわれる国家ってのは平和なときにいまある国ってのとまったく違うもので、それが、絶対主義といわれる以上に超、絶対主義と呼ばれもする、つまりだからこそ、しょせん、平和なときに言葉なんて。うーん……、想像力なんて、言葉なんて、そう、呆気ないもの、呆気ない……だから、つまり、あのね。俘虜をリンチした人たちも、たしかにあの瞬間、人を殺そうとした。だけど……、つまりその、それって」

言葉は詰まっていく、それなのに学生時代に繰り返し読んだテキストが喚起するイメージばかり頭にあって、それは米軍俘虜虐殺事件の数ヶ月前におなじ土地で襲われた空襲のさなかに山中坂の壕で死んでいった人たちが生き埋めになった爪と口と鼻と髪の毛のあいだに詰まるおなじ成分の土が何人も死体。勝手に朝見の身体の想像しやすいようなその言葉のままのビジョンが頭のなかにある。だけど、それをそのまま爪と口と鼻と髪の毛のあいだに詰まるおなじ成分の土が何人も死体、そんな文体みたいに自分が経験したことでもないイメージを同じように言っては教育ではないと無理する身体が言葉にふるえていた。

「つまり、笹岡くん、君は、どうしてあの演劇を」

「へー！　先生の言うこと、面白いね。それ、舞台に活《い》かせそう」

かれは言った。興奮していた。なぜか目の前の朝見というろくに会ったこともない人間の身体が、まるでそういう演劇のシーンみたいに言葉に行き詰まり、言葉に硬くさせられる様子を見て、自分がこれから演じる役柄へのインスピレーションをもらったのだった。なるほどリアリティとはこのように出すものだと感心した、かれは朝見の言う内容というより全体に感動していた。

「そっか。やっぱり、よくなかったね。ごめんなさい。相手がいくら卑劣なくそ野郎だからって、暴力もいきすぎて、あの男を殺せたなんておれ言って、ごめん。おれ、いまどうかしてるのかも」

「え？　そ、そう！　うん、君は正しかったかもしれないけど、ぼくは、できれば君の身を守りたい。だから、自分自身の安全を、自分で脅かして欲しくない」

「うん。わかった。あんがと！　あと、読んでみます。あの本の、空襲記録の部分も。ぜんぶは無理かもだけど、できるだけ。サンキュー先生！」

朝見はどこかホッとした。つたわった。そうおもった。呆気ないものだ、おもいがつたわるということも。

だけど、笹岡樹という名のこの生徒にはなにかが欠けていて、欠けていることにおいて埋まる情熱があって、それはある瞬間に反転する。朝見はそれをわかって、しかしその欠落にひかれた。自分が研究していたころの情熱をかれが書いた戯曲に感じた。だけど……

上演すべきだろうか？　自主的に名乗り出て警察署まで同行しかれの書いた脚本を再読しながら、ずっとかれがした犯人への正当防衛という名の暴行について、かれが在りし日に広井と話していた学食で見かけた笑顔とともに思い出し、考えつづけた。ほんとに楽しそうだ。またべつの場面で、B組の児玉司といるときは優しそう。思いやりもある生徒なのだとつたわった。だが生崎陽といるときだけ表情がわからない。生崎は中学時代に子役としてテレビなどに出ていたがいまは引退状態だという、情報以外になにか問題や好感度のどちらにせよ浮いてくるような凸凹がない「手のかからない」生徒だが、笹岡樹と生崎陽は二学期からはよく一緒にいる場面を見かける、それなのにお互いにお互いといる場面で人となりが伝わってこない奇妙な印象があった。だけど、仲良いってことだけものすごく伝わる。

仲良いってことだけの印象は、抜ける空みたいにどこまでも青い。朝見にもかつてはただ仲良いってだけで一緒にいてべつに理由はない、そんな友達がいたかもしれないがもう誰のことも思い出せなかった。かれらの関係はこの時期だけの特別ななにかなのだったら、ただ生きて年を重ねるだけでも不可能になる想像力のあまりにもありふれていて、関わることがおそろしかった、あまりに脆い大切ななにかを簡単に壊せてしまえそうで。先ほど夕空の下かれと話すまでは「文化祭の演劇は中止にすべき」と校長に進言しようとしていた、その意思を朝見はしずかに翻意した。

月曜日、笹岡は一応拳を診てもらう病院に寄ってから登校した。引いたと思っていた痛みが低い閾値《いきち》でずるずる残り、万が一骨にヒビでも入っていたらミットも殴れないと、レントゲンを撮ってもらったが折れてはいなかった。

曇天にひとすじ陽が射した。十月の末になって冬服でも外に長くいるとずいぶん寒い。夏には熱で膨らんでいた皮膚がかたく閉じているのがわかる。われわれは笹岡が教室に戻るのを待っている。いまではかれはスターだ。なにかが文化祭本番へ向けて盛り上がっている。教室は多感にそれを察した。演劇にモチベーションのない生徒のほうがいまでは浮き、なるべくその温度の低さを表に出さないようつとめたが全部バレている。クラスですこし孤立している、足の速い竹下が笹岡に「なにかおれにも手伝うことあるかな?」と言うべきか言うまいか迷っていた。迷ったあげく笹岡ではなく生崎にそう相談すると、「ありがとう! じゃ、当日のチラシ配りに竹下くんも参加してもらえるかな? 笹岡にもあとで伝えておくわ。きっとよろこぶ」と言った。

「あ、うん、そうかな……。本番、うまくいくといいね」

「ありがとう。笹岡ももうすぐ来るっぽいから言っとくね」

教室から見下ろすわれわれのなかの誰かが「あ、笹岡きた」と言った。声が上がるほどではないが、それで場がワアッとさわぐ。

そして数日間にわたり笹岡はYouTubeに出つづけた。各動画の終わりに必ず「11月4日にぼくたち立川錦《にしき》高校の文化祭があります。そこでぼくたちは立川で実際にあった米軍俘虜虐殺事件をモチーフにした演劇をやります。ぜひ観にきてください！」と言った、その切り取り動画がSNSに流され、笹岡は両親の前科と合わせて「特定」された。

「集客はこれでオッケーっぽいな」

笹岡は笑っている。生崎は父親に、陽くん、学校で演劇やるの？と聞かれた。

V

1

このところつねに身体が重だるく、いますぐ「なにか」をしたいという無為な意思はあるのにどこか散漫で、意識が皮膚から逃げていくようだった。この体調におぼえがある。このまま無理に身体を動かすと発熱し、数日横たわることになる。しかしいまはまだ熱もないし、安静にしていれば明日には持ち直す、そんな岐路だった。場に敏感にならざるを得なかったことで、同時に自分の身体にこもって敏くなる、かれはこの性質のせいで自分がどこか生きることに向いていないような気がしていた。向いていないというより、生きることにどうも集中、没入できない。たとえば発熱してでも無理をして地面から足を離し、中空に跳ぶようにひとはなにかに夢中になって、自分の身体を裏切るような意思を経なければなにもできない。たとえば笹岡がだれかの意思を借りて演劇のシナリオを書き上げていたとき、これが書けたらあとはどうなってもいい身体だと、どうなってもいい意識だと、どこかで盟約を交わすように無理をし自分を差しだしたからこそ作品になった。勉強にしたってスポーツにしたって創作にしたって、その瞬間に自分を殺すように差しだすからこそ更新されるものがある。無自覚に身を賭《と》すからこそ、多くの身体は怪我や病気を潜《くぐ》り抜け、無事でもいる。これが身体をそこなう岐路なのだとわかっているなら人はそのような更新などそもそもしない。創作や学問における自己の変容や、スポーツにおける身体の更新、そうしたものらの第一歩はまず新しい自分を演じることにあり、演じた先の現実を似せることで身体に定着させていく。そのような自己改革に殺される現実がある。かれは自分の演じる先に騙されたりしない。これは他者を騙すための身体にすぎないと思っている。

そんな思考はかれの中のどこにもないものだが、もしかれ自身の意思が身体に圧をかけ思考に身を賭すならありうる。年齢相応の語彙《ごい》と論理にすぎないにしても、ギリギリの瀬戸際に考えられることではあるがけして無理しないかれの思考はただボーッとしている。無意識に消化のよいおかずでばかり白米を進めていた、かれの意識レベルがふだんよりすこしだけ薄いことを家族はなんとなくわかっていた。

それで、このところ父親だけでなく沙耶の声かけにもまともに応答してなかった、かれは父親のした陽くん、学校で演劇やるの？の問いかけに生返事のようなものを返し、その場にいた沙耶と美築の情緒をほんのすこし淀ませた。一太はこのところ取り組んでいる離乳食を機嫌よく食べている。一太に手がかからないことで沙耶はまめにかれや美築や生崎豊にも話しかけ、その流れで生崎豊はなんとなく普段から義務的に行っている息子への声かけをこのタイミングでしたのだった。陽くん、学校で演劇やるの？　これは無視を前提とされているからこそ会話にしては意味が強すぎる、挨拶や機嫌伺いの助走をふくまない素朴すぎる質問だった。しかしとつぜんかれから返ってきた生返事に、無視されつづける質問が浮いていくことを日常とする生崎家の異質な団欒が数年ぶりに滞る。

「てか、みんな知ってるし」

かれが返事をしないことは自明とされているからこそ美築が引き取って応えた。それがかれの生返事を半ば打ち消した。しかしかれを除く三人は、いまかれが出したうんー……というような声は「返事」ではなかったか?と思うでもなく思う。一部のインフルエンサーがこぞって笹岡作の演劇をコマーシャルしていたのだから、いまでは立川周辺に住む多くの者が知っている。学校には右翼とおぼしき者からの電話が鳴り、笹岡のSNSには殺害予告数歩手前とも読めるDMが来ていた。しかしどういうわけかわれわれは、ここまできたら「やるしかない」。われわれはもはや特攻するのみで、いくとこまでいって、言うなれば「あとは野となれ山となれ」なのだ、という不思議なあかるさに包まれていた。つまり笹岡はそうしたDMにも「うける」としか言わず、教師や警察への報告を怠った。とうぜん笹岡がそれを報せれば文化祭は中止だが、報せなくとも嫌がらせの電話などが複数ある現状、少なくとも演劇は本番一週間前の今時分に中止を決断されてもおかしくないのだが、なぜだかわれわれはみな強気だった。どこか酔っている、笹岡の演劇にわれわれは、ヒロイックになり。学校側は「圧力に屈してはなりません」と強硬に笹岡の綱本英貴に対する正当防衛を擁護し、その物語の延長線上に文化祭での演劇上演は位置付けられた。

陽くんはさ、まだお芝居の仕事していたいんじゃない? 生崎豊がつづけてそう言った。なにか思考を乗っ取られるみたいにぼうぼうとしているかれは、「うーん……」という、数年来それすらしていない相槌をふたたび打った。肯定でも否定でもないがこれは明らかに応答的な声だった。

お芝居、観に行ってみようかなあ、四日の日だよね? さらにつづけ言った。父親として、いまかれが打った相槌に「感動」してしまうなどの挙動をなんとか押しとどめ、しかし否応なく興奮してしまっている情緒がつぎつぎ言葉を口にのぼらせる。陽くん、もし行けたら、家族で観に行ってもいい？

観に行ってもいい？もなにも、勝手に来ればいいのだった。無料で誰しも見て行けるたかが高校生の文化祭なのだから。かれはふたたび、「あー、うん」と言った。この日からかれと家族とのコミュニケーションがすこしずつ開通、というか新しいものとして拓《ひら》かれていく。かれには知る由もないことだが、なんとなしの不調あってのこととはいえ、このときかれが父親に返事してしまったのはこのところ演じている憲兵の、権力のままに進んでいった状況のなかで自分は俘虜を殺したかったのか殺したくなかったのか、死体を隠したかったのか露見されたかったのか、国際法に裁かれたかったのか裁かれたくなかったのか、それすらも曖昧な集団意識のなかで正義感と規範ばかりのフィクションに動かされるような、そんな自己意識になんとなく同調していたからで、カメラの前で演じるのだったらその場だけ自分の身体を足し引きしていくように集中していればいいものを、このように自分の身体に「もちかえって」しまうような、そんな意識もしていない役を身体が勝手に引き受けてしまっている。演劇ならではの人格の宙づりに身体がまったく未知の無理を経て発熱しかけていた。

「きたら」

と言った。イントネーションもなにもなく平板に。かれはこのときにボヤンと自覚した。どうやらかれは父親に「来てほしい」。まったく不思議な感覚だった。なにかに導かれるみたいにかれは、父親に、演劇を観に来てほしかった。

もしも重大なことが起きてしまえば人間はペラペラ喋らざるをえず、むしろ拷問でもされていたほうが喋る喋らないという選択に合理性がうまれ、半ば自分の意思として決めなくていいのだから暴力は便利だ。ふつうにしていれば軽薄で浅ましい、そんな精神性を黙るということだけで隠せる。喋ることと黙ること、せめてどっちかが禁じられていればよいのだが。むしろ沈黙によってわれわれは強く賛同する、言葉でできることの自由を圧倒的におし広げ、行動選択の範囲がすさまじくなり時に人を殺す。

「あれ、どっか行くの？」

夜の八時。かれは「散歩」と応えた。

「そう。とくに夜は、気をつけてね」

一太を抱いたまま見送る沙耶は言った。生崎豊は入浴している、かれが部屋を出てく音の残響を充分に聞いたあとでリビングに戻り、「ねえ、さっき陽くん、おとうさんに返事したよね？」と現実をたしかめた。

「え？」

「演劇。観に行っていい？って。おとうさん言ったら「きたら」って陽くん言った」

「あ。そういえば、してた。してたね」

美築は沙耶に言われてようやく思い出す。それぐらい、数年来の黙殺がなかったことかのような手応えで、あっさりとかれは父親に応答してしまったのだった。

八時十二分。まだ夜も早い時間だというのに街灯や月の光が遮られる場に出て真夜中のように暗かった。夜のした、人生の灯りもなにもない暗転した舞台上めいた人工的な暗さ。身体が闇に浸るとはっきり状況がわかる。なにか乗っ取られた自我だと、乗っ取られたわれわれだと、かれはこれまでもなんとなく感じていたことをはっきり確信した。すこし調子の落ちている身体が夕食の消化に集中し、思考が手放されていくことでより冴える、そんな矛盾した身体の向こう側に出てかれは辺りを確かめ「ヒロケーン、ヒロケーン」と呟いた。

「おー」

広井はいつものように返事をした。夜闇から身をあらわし、つねに懐かしい姿でここにいる。青いパーカーにワイドタイプの短パンという、いまの季節にしては足元が寒々しい、しかしよくいる放課後の高校生のような姿になって。「どうした?」と言う。

かれは言った。

「おまえー。やってくれたな」

今日の放課後、あと二回を残した通し稽古の冒頭で、幕が開けると同時に流すナレーションを聞いた音響の茱萸《ぐみ》が、「笹岡くんイケボ」とつぶやいた。あれ? かれは役を一旦打ち切ってまでナレーションの声をよく聞いた。かれには聞きなれたヒロケンの声にしか聞こえなかった。

広井がここにいないものであることは知っていた。でもそんなのはありふれたことだったから、わざわざ指摘したりしないが広井の他にもいっぱいいる。それに、どこまで厳密にわれわれの中のひとりをここにいるものとここにはいないものに選り分けていってもまったく無意味なことは経験上わかっている。たとえば不登校の花倉をここにいないものとして数えてもしまえる、ある意味では花倉より広井の方がわれわれにとり余程ここにいるものだったから。

あくまでもそういうフィクションなのだから。ここにいるものとここにいないものとの関係。だけど友情があった。児玉にとってはそうでもないが、かれと笹岡にとり広井はなぜか他の者より「いいやつ」だった。いまでは笹岡もヒロケンのことを思い出せない。戯曲も自分ひとりで書いたものと思い変えている。たいていの創作がそうであるように、「自分が作った」と思い込みすぎている。

「家族とは仲良くせえよ」

広井はそう言って、かれの背中をバシバシと叩いた。多摩川までの暗い道をふたりで歩きながら「ウゼェー」とかれは言う。まったくかれが気を許して喋れる人間なんて最初からここにいないに決まっているのだった。

「どういう経験?」

かれは聞いた。広井のようにここにいないにもかかわらず姿をあらわす者には気まぐれにそう聞いてやる。

「うーん。あんまりよくわからないんだよなあ」

「けど、市井に読書感想文を書かせた?」

「あんま覚えてない。生きているようにはね。けど、あいつ本なんて読んでないんだぜ。笹岡にそう言ってたよね。そう考えると、おれがやらせたって考えるのは妥当だなあ。ごめんね、覚えてなくて」

「覚えてないのは、わかってる。覚えてなくても聞いていいだろ」

「そう言ってくれると、たすかるなあ。覚えてないことがこちら側の引け目ですからねえ」

「生きてる人間だって覚えてない。でも聞いていい。覚えてなくても聞いていいだろ。ここにいなくても、身体がなくても、覚えていてもいい」

「ウン」

広井が泣きそうに微笑んだ。川に出る。

「遠い昔にもおれはいた。だけど、いたときのことだって覚えてないし、べつに確固たるなにか存在なんかじゃなかったよ」

「覚えてることはある？」

「あるけど、お前に伝えてあげることはできないな。規則だったらいくらでも。親を大切に、国を守ろう、子どもを産め、子どもを産め、子どもを産め。子どもを産んで死んでいけ。こんなふうに言葉で言えることは気持ちいいねえ。お前だって、ほんとは安心している。親父に返事できて、安心しているんだろう？」

「さあね。記憶は言えないのな。規則ったって、どうせろくなことしてないのによく正しいことを言うよなあ」

「それはだって非常時だよ。人間、限られた状況ってのはあります。ある程度、法律を越えて協力しようぜ」

「だからそれがー。まあ、いいよ。言いたくなっただけ。伝えたいだなんて思ってないよ。座ろう」

河原に座ると背後に自転車のペダルから力のつたわるチェーンがスプロケットにかみあい回る音が聞こえ、風が車体へとついていくように横へ吹いた。たしかに隣にすわる者の体温や体臭までかれは知覚するのだが、それはこれまでのかれの生きてきた経験が人体をフィクションしてつくりあげ勝手に知覚したあたらしい人体にすぎず、ノスタルジーが無限ループするここにはいない懐かしいヒロケンの身体だった。仲良くなって別れた、無数の友達のような残映が、ありふれたビジョンとしてそこに居させる。もうすこし時間をかければ親友になった、その折り返すおもいの未達が戻ってき、ここにいないヒロケンという人体の濃さを彩る。笹岡と仲良くするようになったのも、自分ひとりの意思とはとうてい思えなかった。しかし子どものころからフィクションを演じつづけたかれにはそう「思えない」自分ひとりの身体では余ってしまうものは多く、「思ったことにした」場のあまりにありふれている。個人的に兆した意思を行使しなくても、大抵の場面は勝手に流れてゆく。誰だってそうだろう。自分の感情、自分の思い、自分の想像、自分の創意、まったく疑わしい。「私」じゃなかったらできなかった偉業、「私」じゃなかったらできなかった運動、「私」じゃなかったらできなかった創造。あまりにもおこがましいよ。あらゆる努力の源泉となりうる意識のぜんぶが、生き物としてあまりにも。

オリジナルになんてなろうとせず、みんなとおなじで満足してろよ。

「おれも思いたい。もっと普通に、これこそが「おれ」のおもいなんだって、思いたいよ」

かれはそう言った。川面からはまだ三十メートルも離れている河川敷から水の音が届く。天気のいい夜だった。

「普通なんてないよ」

まっとうなことが言えて、広井はうれしそうだった。かれはうすく絶望した。それでかれは、それまでの自分がこだわっていた考えがきわめて些末《さまつ》なものだったことを認め、そうしてようやく思えることがあった。

「ちがう。普通ってあるよ。ちゃんと普通の人っているんだ。だけど、われわれはもっと自分のおもいを疑うべきだ。おれはこのままでいい。自分たちを善いものだなんて信じていてもいなくても、それを他者に認めさせることと関係ない。愚かだな」

「どういうこと？　それ、新鮮だな」

「これからのおもいだよ。言葉でだれかにわれわれは善いもので正しかったんだって、認めさせるわけにはいかない。とくにおれや父親のような人間はさ。それを伝えるよ。さっきおれ自身が言ったことだ」

「うーん、わかんないけど、なんかなあ。わかんないけど、いまおまえを殺したいよ」

「わかるよ。だからヒロケンはこんなにも存在が濃い。すごい殺意だよ。でも、やさしいんだよなあ」

「うん。おれやさしいよ」

「ヒロケンでしか慰められない心がおれにも笹岡にもあったから。またね」

「きみ、ひとり？」

気がつくと背後に警察官がいた。自転車に跨がり、ライトが数メートル先を照らして急に止まったから砂利がビックリしている。風がなくなり水の音が瞬間止んだ。

「ひとりじゃないです。友達といます」

「お友達はどこ？」

「さあ……、どこだろう」

笹岡と児玉が巻き込まれた強姦未遂事件により、夜間見回りが強化されているのかもしれなかった。

「高校生かな？」

警官はしばし迷い、「ごめん、ポッケのなかのものとか、見せてもらってもいい？」と言った。

「どうぞ。といっても、家の鍵だけですよ」

警官はかんたんにボディチェックし、かれの言葉どおりであることをたしかめた。

「ごめんね、じゃあすぐにおうちに帰って、だめだよ、あんまり遅くに」

かれはそれで去ろうとした警官に、しずかに、しかしはっきりと聞こえるような声で言った。

「しね」

警官は数メートル行った自転車に跨がったまま振り向き、かれの顔を見た。

「しね、しね、しね」

「きみね」

警官はどう行動すべきか迷った。先ほどまでなんら問題反応のなかった人物だ。身体のなかの規範がとまどう。

「しねしねしねしねしね」

近づいて覗き込むと、かれは涙をながしている。警察官はなすべき対応をせず、声もかけずその場を去った。かれはいよいよ熱を出し翌日に寝込んだ。


秋らしい空だな、とわれわれは思った。よく晴れているが乾いてい、袖口と腹のしたを風が通ってつめたい。しかし日差しは夏のようで、「当時の夏ってこんなんだったのかな？」と観客のだれかが言った。わからない。ヒロケンの、というよりわれわれが聞きたい人間の声でなされる冒頭のナレーションによると当時の気候は「風速〇・八メートル、気温二三・一度」。当時といまの季節や気温、空気の感じ、ざわめきの類似と齟齬《そご》が多くを教える。そのちかしい差異の範囲においてのみ、われわれは見たいものを見たいように見る。午後三時に開演される演劇の本番舞台に、流動的な条件が多く集中から程遠い観客に含まれる野次馬に近い者や子どもたち、そうした者らが不意に上げる声や動きなどで演者の気は逸らされるかもしれず、できるだけ粗雑な没入が目指される。複数の意識に濁っても、けして高い水準でなくとも集中を切らさずなんとか役を遂行する、それこそが文化祭演劇にふさわしい人格だった。

「わー、緊張する……」

だれかが言った。そうした緊張によってそぞろにトんでいき、身体にこもる意識の足りないぶんに寄ってくる新しいべつの意識があった。ほどよい異質さに浸される身体がふだん見せないものを見せるための準備をしてい、その集合が場をつくっていく。たとえばなんか人を殺してもよさそうな、どこか法外に超然とした場。

会場では約8・5倍率の抽選を勝ち抜いた一般客がわれわれの教室から持ち出された四十の椅子に座り、一年A組の家族や関係者は事前に配られた文化祭のしおりに付けられた優先券によって、舞台右手側に急遽増やした席に固められた。

「おれたちの父親、隣どうしじゃね」

本番を演じる少年の服で笹岡が言った。最終チェックのために着ている、われわれの衣装は演者のグループＬＩＮＥにて相談された、家の中にある服で「それっぽい」と個人が判断したいくつかの写真から選ばれたもので、適した服がない者はべつの演者の家からあてがわれた。当時の人間としてありえなくもない服をみつくろい、髪型や着こなしをやや古風にしているにすぎない。生崎は脇田が双子の弟から借りてきた学ランを着、メルカリで交渉し千八百円で手に入れたケピ帽を被る。そして黒く塗った木刀の鞘《さや》を軍刀に模してベルトに差し、なんとか大日本帝国軍の軍人ぽく装ったが、こうした衣装によってかえって集中力が削がれ場に集中するのが難しくなった。演劇はやはり鬼門だと生崎は思う。チェックを終えるとすぐに脱ぎ、ブレザーに戻る。冒頭のシーンは現代の制服で出る必要があった。

「うん。しかも図々《ずうずう》しく並んで最前列に座っているのな」

「あれだろうね。他の家族が遠慮して促してくれたのだろうね。主催者家族に気を使って前に前にどうぞってことだろな、おおかた」

「おまえの父親、大麻パーティーの主催者ヅラしてないね」

「おいやめろ。おまえがそんな冗談を言うようになるとは、ビックリだな」

「うちのはどう？　W不倫の末に精神を病ませたパートナーを自殺に追い込み今では再婚して幸せそうな男に見える？」

「なんだそれ。見えないよ。普通というより、なんかなんの特徴もない。おれの父親のほうが、やけにニコニコしているのが顔に貼り付いていて、会うひと会うひとにコンニチハって挨拶してる、そういうある種の過剰さが見てとれるかな？」

「ウン。過去にレイプとかしてるの説得力がある。リアリティがあるよ。おれの父親に比べると、ずっとな。そのほうが、なんか安心感があるな。おれの父親のほうが、ある部分では普通です、葛藤してますみたいな顔してるのが、めちゃくちゃ醜いと思う」

「なんなの？　やけ饒舌だねえ」

「そうだね。そう思う。うん、ちょっとは集中できそう。ようやく、なんか、おかしなことが起きてもいいような気分になってきたぞ。なあ、今日はできるだけおれから離れないでくれないか？　知らんひとに話しかけられて愛想よくしなきゃいけんかったりしたら、これ以上集中できない」

「おまえ、常見監督の映画のときはおれに消えろと言わんばかりだったのに、随分だな」

「おまえの言葉、おまえの戯曲を信じてようやくギリギリ張りつめてやってるんだ。マジな話だからあんま離れないどいて」

演者たちの顔を見る。三十分前にはソワソワして、「ヤバイヤバイ」と騒いでいた曇家を中心に浮き足だっていたが、笹岡が「はやく終われー」と本心から呟いたことですこしリラックスし、それなりの集中ができていた。スタッフを集めて最後の動線確認をする。武市《たけいち》が観客への注意事項をアナウンスし、音響の茱萸がナレーションのスイッチを押す、生崎と笹岡が出ていき冒頭の掛け合いを演じて戯曲を進め、終盤で楽井が言う「息子のかたき！」を合図にセラフィン・モロン軍曹に成りきって撮られた笹岡の写真を、小道具係の浮田《うきた》が黒子として演者それぞれに数枚ずつ渡していき破る。あとは何度も稽古で演じた通りやればラストまでいく。

バックネット裏を控室のように使い、観客からまったく見えないわけではないがここは「舞台」ではない場だと、そのように信じることでパーソナルスペースとしている。生崎が観客席を確認すると、夏に笹岡を殴って病院送りにした向が一般客に交ざっていた。なにやらスマホを弄っている。なにかしら予兆を生崎は感じた。しかしすぐに忘れる。観客は校舎に背をむけて開演を待っている。背後は騒がしいが、三時きっかりに文化祭BGMの類はすべて音量を下げることになっているから、まったくの無音ではないにせよそれに近いような状況になるはずだった。最前列の左端に沙耶が一太を抱いて座っていた。いまは眠っているが、起きてなにか音を出してしまうようならすぐに中座できる動きやすい席に座っているのがわかる。美築はいない。右隣に生崎豊がいて、その隣に笹岡亨が並んでいる。

笹岡はずっとなにかを喋っている、導入の二人芝居にスムーズに入れるように、本番までずっと会話しているよう予め《あらかじ》打ち合わせていたのだが、生崎は相槌は打ちつつも上の空で、笹岡がとめどなく話しかけているのはわかっていても、その意味内容は入っていない。自分でも集中しているその事実に気づかないまましっかり場に入った。音声案内が始まった。

本日は、東京都立立川錦高等学校文化祭、一年A組による演劇「石の証言」にご来場いただき、まことにありがとうございます。ご来場の皆様へ、ご案内とお願いを申し上げます。本公演は約四十分を予定しております。携帯電話の電源は切っていただくかマナーモードにしていただくよう、お願い申し上げます。それでは、開演までもうしばらくお待ちください。

そうして約一分たったころに文化祭で鳴る音楽のすべてが一五％まで絞られ、それに伴い生徒や来場者らの声もバラつきしずんでいくとやがて一瞬、完全なる静寂に似た運動としてこの場がしんとなった。

会話が途切れると身体の動きも止まる。その一瞬に、弱い風が吹いて巻きあがる校庭の砂が、生徒たちの旋毛に溜まり夜のシャワーで流されるそれまでに、いろんな場を巡っていっしょに経験する。身体にまとわれる塵と、建物や緑を感じ温度をともに移ろうと、音がいきなり静かになって、ビックリしたねとだれか他人ではない自身に向いた言葉を交わす。だから急に生崎は、笹岡の言っていることがよく聞こえてきた。きわめて集中している。

「しかしね、こんな静かななかだったら人を殺す瞬間の音まで聞こえちゃいかねないな」

バックネット裏での日常会話からシームレスに笹岡が言う。ちゃんと観客へ聞かせるように発声する。

「そうだねえ。声も出なくなり、だんだん身体がゴムになってしぜんに小さくなっていく殴る音までね。どんなだろうなあ」

生崎が受け言った。そうして会話をつづけたままで舞台に出ていく、なるべく後に出る演者が集中しやすいようにしっかり声を立てて。場に出るふたりを追って、音響の茱萸がスイッチを押す。なにかの間違いでなにか間違いが起きませんように、と中身のない祈りとともに指が

iPhone の画面をタップすると、バックネット横に置かれたスピーカーから、われわれのみんなが聞きたい人の声でここにいないものの声が流れる。

　昭和二十年八月八日、水曜日、午前六時観測。風速〇・八メートル、気温二三・一度。快晴。午後二時四十八分、空襲警報が発令され、西方より侵入してきたB29の編隊が、武蔵野、東京方面に向かって立川上空を飛行していた。この編隊に向かって、日野台の高射砲陣地から発射した一弾が、そのうちの一機に命中。B29は、空中分解して墜落。機体後部は、国立市の谷保《やほ》天満宮の南方、府中《ふちゅう》市の田んぼに落下、炎上。機体前部は国立市青柳《あおやぎ》の多摩川堤防付近に落下した。搭乗員は、二人が落下傘で降下、ほかに一人が降下に失敗し多摩川原で墜落死、以外は機体内または機体付近で即死した。

　ナレーションの間、バックネットと観客席に挟まれた舞台上でずっと声なき声を発しながら、笑いあってふざけている生崎と笹岡の声量が、ナレーションが終わっていくにつれゆるやかに上昇していき、急に聞こえる。

「動画とろうぜ！」

「いいね。なにをとる？」

「昔のこと。ずっと昔のこと。この場所がずっともっと土で田んぼで原っぱで川だった、あのころのこと」

「そこでなにをとる？」

「飢饉があって、開発があって、空襲があって、人を殺した、あの日のことをとろ？　われわれのだれがその人体の呼吸を止めたかわからない、あの瞬間の前後をとろ？」

「いいねえー。映えちゃいけないものから映えちゃいそう」

そうしてふたりが一度捌けると、きっかり三秒を数えたあとで、及川が死ぬような心地で緊張を破りつつ飛び込み、「空襲だ」という予定の台詞を、ギリギリ淀みなく言った。そこからなだれ込むように予定されたフィクションが、演者らによって進行していく。

「殺される、わたしは殺されるようには記憶をいえない。わたしはどこかでだれかを殺したわたしでもありますか？　情報がないんです！　わたしはわたしを情報を欲しいです。わたしはたどたどしいですか？　教えてください。これは翻訳の問題ではありません。これはたましいの……殺される、わたしは殺されるようには記憶をいえない。わたしはどこかでだれかを殺したわたしでもありますか？　情報がないんです！　わたしはわたしを情報を欲しい」

笹岡がひとりで喋っている、短いおなじ台詞を四度くりかえすこのシーンをバックネット裏から見ていた。最初はこのひとり芝居、笹岡が好きで影響を受けている現代演劇の強い文体臭がし、ちょっとくさいな、と生崎は思っていたのだが、演じるうちに笹岡が言葉を修正しつづけ、当初のものと似ても似つかない台詞に変わっていくうちにちょっとずつよくなった。笹岡と生崎の台詞はそのように演じるごとに変えていったが、他の演者の台詞は一稿からほとんど変えていない。よほど言いにくい身体の特徴と相談して、一部語彙やニュアンスを変えただけで、とくに原作のある劇だったからあまり冒険はしなかった。だが生崎と笹岡においてはずいぶんアクロバティックにしてしまった。グループＬＩＮＥで日々更新されていく台本をスマホで見ながら稽古を重ねた日々を思い出しそうになった。笹岡のこのひとり芝居の終わりに、セラフィン・モロン軍曹の殺害シーンに移る。

「ヒロケン、ヒロケーン」

生崎はバックネット裏でそれぞれの台詞をぶつぶつ暗唱している、演者らの声に紛れさせて呼んだ。

「ヒロケーン、ヒロケーン」

「呼ぶなよ。本番中だろ」

「わ。まだいたのか？」

「呼んでおいて随分ないいぐさ。生きている人間の特権ですか？」

「いやいや、笹岡と離れてずいぶん集中から遠くなってしまった。ちょっとそこにいてくれ」

「そうは言っても、もうおまえのよく知った姿とはだいぶ違うおれだろ？　見た目の愛着とかは別にいいのかよ」

「よくはない。よくはないのだが、さいわい今は本番中。そこにいてくれるだけすげえうれしいよ」

「ふーん。なんでもおれのせいにされてもなあ。別におれはいいけどね」

ＢＧＭの絞られた校庭では、じょじょに陽が暗くなっていき、遠くにいる生徒らのうるささが完全に戻っているのだが、場の強度はなんとか壊れずにいる。浮島のようになっている、バックネットを筏《いかだ》のようにして、われわれの演じるフィクションは好調だ。台詞を終えた笹岡は一度引き、他のわれわれが場に飛び出して笹岡演じるセラフィン・モロン軍曹を殺す、正確には笹岡が写った写真をビリビリに破いていくのだが、やがて母親を殺された少年を演じる笹岡も衣装を着替えて加わる。全員で殺すのだ。

生崎は笹岡が舞台に出ていてここにいない今、黙っていると我に返り、集中がまったく消えてしまいそうでこわかった。演じていないと身体はこわく、だれかを著しく損なうぐらいのことをしなければならないような不安に包まれようやく思い出す。演劇の本番のこの、宙吊りにされた役でも私でもない時間のなかで、なにか普段にはないことを「しなければならない」かのような焦燥感に身を食い破られそうで。日常でもなければ撮影中とも違う本番だが演じてはいないこの時間に、これまで積み上げた準備や言葉のまるで通じないような非常時で、思いも寄らないことをしでかしてしまいそうでおそろしい。この次に思いついたことから手っ取り早く行動に移してしまいかねないが、しかしなにを思いついてしまうかは想像もできない。本番中の舞台裏は日常ではない超絶対主義で、普段の言葉とは違う言葉で思考しなきゃいけないかもと、焦って気がおかしくなっている。とめどなく喋りつづけてでもいないと、とんでもない言葉を溜めて、つぎに言う言葉がまったく普段の語彙になく、これまでの自分の身体をたやすく裏切ってしまうものであってさえ、非常時だからといつの間にかスンナリ身体を明け渡し、ノスタルジーと権力の一体化したものに同化していくみたいに、どこか楽になりたいと願いつづける。黙っていると、ろくになにも考えてさえいないというのに、言葉が勝手に昂揚していく。


「えー。にしても、今のところ超順調。それだけに、変に怖いなあ」

「ふーん。そう」

「うわー。緊張するなあ、緊張する、なんて、わざわざ言うことじゃないから、こんなの初めて言ったよ」

「二度目だよ。おまえの「緊張するなあ」は二度目」

「は?」

「覚えてないだろう。おまえのもういない母親に言った。子役の初めのうちの仕事の、二度目にＣＭのエキストラだったときに。母親が緊張してるから、代わりに言ってやったんだろ？　声はぜんぜん違うよ。幼い声。キーの高い、でもわりに響く声で「緊張するなあ」。おまえの身体はひとつも緊張してないっていうのにね。まったく、だれかの言いたいことを代わりに言う身体に慣れていて、人はとんでもないことを生きているというだけでサラッとやりますねえ」

生崎は半ば絶句していた。赤ん坊の声が聞こえる。一太が起きた。すぐに沙耶が席を立ち、静かに、そうでありながらきわめて機敏に、遠ざかっていく。すると笹岡が戻ってき、「みんな！　たのむ！」と言った。それでワアッとわれわれに紛れて生崎も場に出ていき、ここは昭和二十年の錦国民学校の校庭になった。

「息子のかたき！」

われわれが黒子役の浮田に渡され、配られた笹岡の写真を破る。

＊

「ヨシャ！」というような声とともに、着ている三枚重ねの服を一気に脱ぎ笹岡が裸になる様子を、児玉は写真のような視覚で見た。動きと決断の速すぎるためにかえってスローになり目が止まる、あいかわらず痩せていて、曲線のないまっすぐの身体だが、杵《きね》でつかれた餅《もち》のような白い筋肉が控えめに付いていていた。

「もう脱ぐの？」

それでそう言った。広井は「寒いんじゃないか」とマフラーを唇で噛んで持ち上げた。

「ここでいいから」

応えになっていないようなことを笹岡は言い、「撮ってくれ」と頼んだ。美術室から借りてきた軽すぎるスツールを持ち込んで、夜の多摩川。以前には四人で夜を越えて駄弁っていた、懐かしい鉄塔を背中に、お腹を川側に向けて笹岡は座った。

「まずはテストで」

ただ座っている写真を児玉のスマホでバシャバシャ撮った。本番で破る用の写真では、制服の白シャツを巻いて目隠しにする。いまだけはニコニコ笑っている、上半身裸の笹岡が写真からこちらを見ている。児玉のスマホ画面でそれを確認する笹岡は、いつもの習慣でつい自分の顔から目をそらした。顔は嫌だ。鏡に向かっていても顔が嫌すぎてすぐに顔を背けてしまうからいつもあてずっぽうで洗顔やメイクをしていた。髪をセットするときは髪を、歯を磨くときは歯をじっと見る。そういう時間は案外すきだ。髪や歯は人体の毟《むし》りとられるべき部位だと知っていたから、終戦記念日に半ば強制的に見せられる戦争ドラマやドキュメンタリーもあながち役に立っていないわけじゃないなと思う。テストで撮った写真の顔はろくに見られないが、全体のかたち、構図としては、いいのではないか？

「どう？」

「写真としてはいいけど、本番ではプリントするんでしょ？」

「そか。紙に白黒で引き伸ばしてどうかはまたわからないかな」

「ちょっと歩くけどセブイレあるでしょ。試しにプリントする？」

「えっヒロケン、そんなんできんの？」

「できるよ。現代でいちばん便利なのがセブイレのネットプリントだから」

「もっと他にあるだろ」

「ダマヤン、スマホ借りていい？」

そうして広井がChromeでちゃちゃっと検索と操作をくりかえし、一分ほどで「よし、データいったから、行こ」と言う。それで三人で歩きだすと、笹岡が「服着るとあつい」と言った。

「さっきは寒かったの？」

「いや……、どうだろう。気持ちよかった」

「キモ」

児玉が言った。川から吹く風が土手を駆け上がりわれわれの身体を滑って星の方へのぼっていく。草と土が笹岡のさっき嗅いだ裸の臭いと混ざった。体臭というより、服の内にこもっていた空気のぬるい名残のようなものだった。立日《たつぴ》橋をわたり、富士見町方面にあるセブンイレブンを目指す。かつて四人で昭和記念公園から向かった山中坂の防空壕跡の方へ、今度は三人で逆方向に進む道路から車がビュッと行くタイヤの音で聞こえる声は途切れるが、それでも会話はずっとつづいていた。

「なんで裸が恥ずかしくないの？」

男は、と意味としてだけ付け加えて児玉は言った。

「わかんない。恥ずかしいんじゃない？」

「恥ずかしいのが気持ちいいんだよ」

「キモすぎ」

「まあウケるしな」

「ほんとは恥ずかしいけど、脱ぐときってみんなで脱ぐじゃない？　さいしょに脱ぐやつ、おっ勇者だなって思うよな」

「それな。ほんとはウケてなくて、むしろ引いてる節もあるけど、ウケてることにする不文律があんのよ」

「生崎はそういうときぜったい脱がないけどな」

「そういえば生崎は？」

「しらん。既読はついたけど。あいつは来るっていってこない、こないっていって来る。ときどきそういうやつ」

「てか、最近体調悪そうだよね。本格的に風邪とかではないって言ってたけど」

「たしかに生崎は脱がない」

「壕や戦闘地でも、誰かしらが脱げばみんなで脱ぐよ。暑いんだから」

「服着てるほうが恥ずかしい説あるよな」

そんな会話が聞こえたり聞こえなかったりする、三人は縦になったり、二対一で横になったりした。セブンイレブンに着いて、広井がもう一度児玉のスマホを借り、スクショしておいたプリント予約番号をコピー機に入力すると、一瞬で笹岡の座った裸が引き伸ばされて出てきた。

「どう？」

「すげー。ヒロケン、進んでんな」

「これだと暗すぎる？　さっき三枚目ぐらいに撮ったやつがいちばん明るいかも」

操作を覚えた児玉が別の写真をアップし、もう一度プリントした。

「ど？」

児玉が笹岡に聞くと、「いいじゃんいいじゃん、じゃあこんな感じで、つぎは本番いこー」

と言った。あまり写真のクオリティには拘っていないようだった。

一度目に脱いだときより2℃ほど寒くなっていた。背後に組まれた手首と目と脛のあたりをワイシャツで縛られた笹岡がスツールに座ったまま「どうー？」と聞いている。視覚が利かなくなったせいか、心なしか声が大きくなっていた。

「いいじゃんいいじゃん」

「おーよかった。よろしくたのむわ」

「さむ」

児玉は悪寒におそわれる。

「でも」

周囲に人が通らないかさりげなく見張っているが、夜に犬を散歩させる通行人でさえ、裸で縛られ写真を撮られている笹岡を不審にも感じていない。一瞥《いちべつ》をくれてもそのまま通りすぎる。たとえ本当に拷問していたとしても見過ごされる根拠なき自信がわれわれにはあった。

「もういい？」

そもそも、「こんなことしていいのかな」。それはこの撮影に限ったことではなく。「こんなふうにしてていいのかな」。この場の居心地の悪さにふるえるにつれ、ここに生崎がいてくれたらと思うのだ。しかしだからこそ、生崎はここにいないのかもしれないとも思う。

一度目隠しを外した笹岡は、腕の自由と視界と開脚を封じられている自分の写真を見て、「最高！　かっこいー」と言った。児玉は無意識に裸のままの笹岡の背中を撫でたのだったが、そんなことをするのはおなじ小学五年生であったころぶりなのだった。

「どした？」

急に敏く笹岡は児玉を案じた。

「なんでもない。鳥肌」

「ほんとだ、やばい鳥肌」

そのときに児玉は、笹岡はもうすぐどこか遠くへいくのだから、旅立つのだから、もうこれ以上「樹の身体の前側を見たくない」とハッキリ言った。

「えっ随分！　ごめんて」

笹岡は言った。つたわらない。背中しか見られない運命を、われわれだけがさわいでいた。


そのようにして撮った笹岡の写真。外気にさらされ毛穴と色の固くなった肌は、後ろ手に組まれ白い制服で括られている。下半身のあいだも目のひらきも閉じられ、夜のした光るように反射するのは腿と目を括るシャツの白さと判別できない、笹岡自身の肌の白さ。それらが反射するカメラのフラッシュが暗闇の解像度を上げると光った。

黒子の浮田がそろそろと舞台、という体のただの校庭なのだが演じられている場に上り、四角にちかい円をつくりごくゆっくり追いかけあうように回っているひとりひとりに、微妙に表情の違う、縛られている笹岡の写真を渡す。受け取った演者が、ひとことずつ台詞を言いながら笹岡の写真を破る。

どことなくうるさい。演者のほかはだれも言葉を発していないのに。静かなのに騒がしいような空気のなかで、笹岡の縛られた写真の破られる音が響く。ふたつに千切れた紙の上で、胴や首や下半身、それぞれ違う位置で裂かれる笹岡の身体が校庭の土につく。観客は夕方に照らされ笹岡のそれぞれ違う裸が千切られていくのを地面に落ちるごみのような紙で目撃する。

老婆　　息子のかたきッ

セラフィン・モロン軍曹の写真を破る。
まだすこし元気の残る身体、死亡までは遠い暴力。

憲兵　　足腰をやれッ

セラフィン・モロン軍曹の写真を破る。
まだすこし元気の残る身体、死亡までは遠い暴力。

囃し立てるものB　　ええいッ

セラフィン・モロン軍曹の写真を破る。
まだすこし元気の残る身体、死亡までは遠い暴力。

一丁目の群長　　ひとり一回だぞうッ

セラフィン・モロン軍曹の写真を破る。

まだすこし元気の残る身体、死亡までは遠い暴力。

囃し立てるものD　おれらにゃあ、やらせねえのか

セラフィン・モロン軍曹の写真を破る。

さすがに元気が尽きかけているかもしれないな？な身体、死亡への距離の曖昧な暴力。

囃し立てるものA　もうおしめえかッ

セラフィン・モロン軍曹の写真を破る。

そろそろ生命の点滅が見てとれる、ここいらで限界かもな？な身体、死亡と一致しそうな暴力。

憲兵役の生崎は迷う。止めさせるべきか？　演者としてはただそこに立っている。フィクションとしても歴史としても止めないことは決まっている。しかし葛藤していた。役と自分のどちらでもない身体として立っている。

殺すべきか？　生かすべきか？

しかしこの葛藤自体、混ざってしまっている。資料によるとリンチから死体遺棄までの憲兵に躊躇《ためら》う様子はなく最初から処刑は決まっており、気にしているとしてもこの日の一週間後に

終戦を迎えたあとで、民間人にもＢＣ級裁判の証人召集がなされ無縁墓地へと死体を埋め直した隠蔽工作が発覚するのではないかということ。しかしこの演劇を始めてからの一ヶ月、役と同じように発覚を恐れ憲兵の台詞を生きた生崎のこんにちの思想が、あの殺人へと躊躇《ちゅうちょ》のない道へ行く憲兵が行使すべきだった逡巡《しゅんじゅん》と権力についての捏造を余儀なくする。あの日憲兵がいっさい言うつもりもなかった「止めろ！」を言わせることもできた権力の可能性について、現代の生崎の身体が介入し混ざり込むことで歴史を捻じ曲げる。当時の言葉、ここではないその場の言葉では考えるきっかけすらないその「なさ」についてのみ想像すること、それが現代のフィクションが持ちうる唯一の力だ。

かれは耳を澄ませる。

自身の持つ権力において、「止めろ！」を言う、その判断を実行するかしないかの瀬戸際だから、判断停止なら人を殺すことになる。判断実行なら生かすことになる。平時とは逆の発想に、身体が意外の驚きにつつまれて、思考がついていかない。なにかを言うことが人を生かし、なにかを言わないことが人を殺す。おもえば物心ついてから戦争はすぐそばにあったもので、ひかれていた、内実もわからない暴力の先にあるなにかに。人を殺すことは究極の自由意思なのだと思っていた、生きてきた全部の時間でボンヤリそう考えてきた、その甘さにまさに今つけこまれていた。しかしこちら側がじつは真実かもしれない。考え慣れていた言葉が裏切る。平時の反対が賛成になり、賛成が反対になる、その狭間《はざま》で、それまで良心だったものこそが暴力になり、暴力だったものはさらに別の暴力になる【暴力暴力】がくつがえす、言葉の歴史の身体の全部のちからがいまここに集まってくる。暴力となった良心は居場所を求めるが、ほんらい暴力との距離においてはっきり出現すべきだった主体性は消え失せている。そのとき正義として、大義として存在を主張し始める新しい暴力という場に馴染むと、ではそれまで暴力であったものはなに？と問われる。そして押し出されるように生まれる暴力の未知が、聖域がなにか繫がれる先を渴望していた。言葉をしらない不慣れな主体はいつしか国体として一般化され、逆算された国民というぎこちない意識に近代化以降はじめて憩うのだった。しかしそれはわれわれにとって偽物であり、演出にすぎない意識のまぼろしだ。つまり親の意識を引き摺る拙い主体のなかで暴力に変わったかつて良心だったなにかと【暴力暴力】との関係のみで考える判断が、人を殺すも生かすも決めるのだったら、この身体はあたらしい、自分ではないものみたいだった。いまする判断がすごく国のためになるのかもしれない。普通だったら殺す人間を生かすことで、別の生かしたくない人間を殺すことになる。そして生かしていい人間を殺すことでまたべつの殺したくない誰かを生かす。それはもはや判断ではない。決断ではないそれをなんと呼ぶべきかわからない。しかしほんとうには決まっている。思考停止しかありえない。ここまで来てわれわれは判断を放棄するしかない。なんであれ能動を選べない受動性を誤魔化すように強い意思を行使して、われわれはいつだってしないことしか選べず無意思を修正しつづける「私」を生きる。権力とは人を殺すより、人を生かさないという受け身の連続でしかない。でもだからこそ、現実ではないフィクションが進むいまこの状況で「止めろ！」と言うことを試してみたい衝動にかられている。なぜなら、摑みきれない、場の声を聞き身体を全預けに差し出してなお分からない声がある。あらゆる自我と躊躇を禁じる演劇の本番という絶対主義的この状況が呼び入れる。なにが変わってしまったろう？　だとすれば今だけは今を生きるこの身体が邪魔で捨てたい。七十九年前のあの時を生きていればたやすく分かることが今を生きているだけで分からない。だから演じるんだろ。聞こえてくる正論に同じ身体で反論する。

いかに「私」でも言葉では説得されない疑問がわく。ほんとに、演じることで、ただそれだけで繫がれる？　それなら当事者の思い出したくない辛い証言を引き出すあの誠実な態度も演技だった？　だとしてもそれは「善い」演技だろ。そうか、それなら信じて演じてみようかな……そしてフィクションが破れて初めて行ける現実が、歴史を越えて人類に救いをもたらすかもしれなくて。あの子どもたちに「そっちの壕へは行くな、家族といろ」と命令するフィクションみたいに？　馬鹿馬鹿しい……だけど、現実に介入するにはまずフィクションから手をつけなきゃなにも起きない。そしてフィクションに手をつけるにはまず言葉からだ。こうして戦争に参加することになってから、ずっとはじめて言葉を覚えなおすみたいに生きている。とくに、かれが少年から青年になっていく過程に、つよい否定的論理により言葉でコツコツ組み立てていった良心こそが暴力になりやすかった。中学へ入学し数年後に軍人志望を打ち明けるも、決意したのはもっとずっと前のことで初めて友に口にした、意思ですらなかった判断停止におくる身体での時間はまるで一歳半のあのころに、ずっと母親の判断を待っていた喃語《なんご》の世界みたいで、やがて半死半生のような安らかさに包まれてかれは葛藤を止めるとかつてなら良心と呼ばれた暴力の先に存在するただの暴力だったものの変容した【暴力暴力】と一致するあたらしい場に出たとたんすべての言葉は無化され空白に響く声は身体に馴染まないものだけど戦争が祝福した、その声は玉音放送の直前まで何度も何度も想像し鼓舞された、開戦の詔書を読み上げるべき天皇のあの声だったから、これは大義でありわれわれの美学に歪曲《わいきょく》された天皇制が責任放棄の共同体を、過去から現代までのわれわれをまとめて言祝《ことほ》ぐのだ。そして穏やかな心で人が死ぬのを待っている。

少年

母ちゃんのかたき！

セラフィン・モロン軍曹の写真を破る。

これはだめかもわからんね、な身体。死亡にきわめて一致する暴力、笹岡樹が生崎豊に殴りかかる。

笹岡樹が生崎豊に殴りかかる。飛びつき、顔面に拳を叩きつける。椅子が倒れる。右横に座っていた笹岡亭がいのいちばんに避ける、つづいて周囲の観客がさっと避ける。倒れざまに膝を生崎豊の額に当てる。生崎豊の後頭部が椅子にぶつかり、頭蓋と椅子の背が同時に割れる。しばらく骨頭で生崎豊の顔面を殴る。割れた後頭部を地面におしこむように、脳漿《のうしょう》が校庭に飛び散るように殴り、笹岡樹の拳のほうが先に粉砕骨折したがそれでも殴り止めない。

「おろかしー」

ヒロケンがゲラゲラと笑いながら言った。われわれはじつに二十秒ものあいだ、これが演劇上の演出と勘違いしていたのだ。血を流す人体を目の当たりにして、これはまだフィクションなのだと、信じたい気持ちが集合した。

止めたのは向だった。

「なにやってる！」

羽交い締めにした、笹岡樹は向を振りほどきふたたび生崎豊を殴った。向がもういちど笹岡樹に飛びかかり、胸から地面に叩きつけて膝を左肩に押し当て、笹岡樹の右腕を背に回し体重をかけてようやく動きを止めた。

担任の福生が助けを求めてやって来た朝見と、フィクションから我にかえったものから生崎豊の身体を労《いたわ》り、ようやくなにが起きたかを知った沙耶が泣いている一太を抱いたまま駆け寄ると、後頭部からの出血が白いポロシャツの襟や肩のあたりまでを染め上げ、椅子の割れた木材がまるで生崎豊の人体の延長のようだった、われわれのだれかが思った、これはだめかもわからんね。

2

生崎豊が手術室に入った直後に、沙耶に「美築に知らせて」と言われ、電話をかけるが出ない。ＬＩＮＥを打とうとする、そのときに、両手がふるえてい、何度文章を打とうとしても失敗してしまう身体のありさまに生崎陽は気づいた。口元にうっすら笑みを浮かべ、この状況をメタ認知しドラマや映画によくあるような光景だとめずらしがって気をしずめようとしたが、輸血同意書にサインしながら腰の動きだけでギャン泣きしている一太をあやしている、沙耶といるこの場のリアリティにあまりにも圧倒され、どうあっても俯瞰的な感情を自分に差しむけることができない。まだメッセージも打っていないというのに、沙耶は見たことのない顔で「ねえ」と言う。

「あなた知ってたの？　笹岡樹がお父さん殴るの」

「しらない、しらない」

ふるえている。そのようすが、客観的にほんとうに知らないものがそう言っているように見られるのか、それともほんとうには知っているものがそう言っているように見られるのか、ほんとうには知らないかれは身体をどう振る舞えばちゃんとほんとうには知らない生崎陽として沙耶に信じてもらえるのかわからず、「しらない、しらないって」と必要以上に台詞を重ねてしまい、その効果すらわからないまま沙耶もそれ以上なにも言わずひたすら周囲を歩き回って一太をあやした。ギャンギャンは泣いていないが、ずっとなんとなく泣いている。

美築に報せなければ。ＬＩＮＥの画面を再度眺めると、児玉からのメッセージがある。

……　樹逮捕された

……　いま朝見先生が警察署向かってくれてる

と16：38、16：39の時間で立てつづけに送られてき、17：01の時間で

……　どうしよう

の言葉が送られてき、その文脈や意味もまるごとわからないまま、そうだった、きょうの天気はよく晴れていて、演劇メンバーのみんなでピクニックした日あたりからすこし熱っぽい体調がつづいていたけれど、雨は一日もふらなかった、数日前には全快といえるような体調になって、ここのところずっと稽古していた演劇をおれら……と記憶から回復していったが、しかしかれは言葉がまだまだできない。ふるえはおさまってきた。かれはしかたなく、秋らしい空だな、とわれわれは思った。よく晴れているが乾いてい、袖口と腹のしたを風が通ってつめたい。しかし日差しは夏のようで、……からはじまる今日の午後からを丸ごとふりかえる文章をその人称で書いていくとようやく言葉が出てくる、ＬＩＮＥの送信欄が巨大に膨れ上がっていく時間を一時間すごしたあとで、

父親／が／頭／を／骨折／重／体

という単語を自分が書いた膨大な文章のなかから見つけだし、語と語の間にある文をバックスペースで消していきひとつひとつスペースを詰めていったがキツい。書くよりもずっと、この言葉のあいだの空白を詰めるだけの作業がキツく、一太の泣き声が強まったところで「ヒロケーン、ヒロケーン」と呼ぶが反応はない。

「ヒロケーン、ヒロケーン、ヒロケーン」

と節をつけて、「ヒロケンのうた」にして歌うことでようやく、「父親」と「が」のあいだと「頭」と「を」と「骨折」、「重」と「体」のあいだのスペースがすべて詰められると、沙耶が「ねえ歌わないで」と静かに言った。しかしようやくメッセージは送れた。手術開始からすでに三時間。その後も六時間つづいた手術は成功し、われわれは安堵した、オペを担当した医師は「まだ安全とは言えません」と告げた。しかしわれわれはそうは言っても、夜を越えられた、終わろう。もう暴力はありません。八月六日も八日も九日も十五日も、過ぎ去って夜を越えました。もう暴力はありません。とおもった。しかしこの翌日に生崎豊は急変した。

ちいさく歌っていた。

「ヒロケーン、ヒロケーン、ヒロケーン」

今度は沙耶にも美築にも聞こえない。するとようやく、「はーい」と聞こえた。医師たちが一度目のようには血に染まっていない手術着のままで心臓マッサージをする、その振動がヒロケンのうたをだれにも聞こえなくしていたのだ。そのころには多少現実を演じられるぐらいには回復していたかれは、父親の復帰をいのる声かけをしているふりをしてうたっていた「ヒロケンのうた」に返事がかえってきたとき、最初はなんとか生き返って欲しいという純粋な願いだった心臓マッサージが手応えなくつづくうちになぜだか暴力的に感じられてき、痛ましいとつい思ってしまうその閾値を越えて、美築とかれはまだそのようには思っていなかった、ここにいるわれわれの多くはそう思っていなかったが、沙耶は決断しなければいけないという家長的な自責の念からより強くその場を耐え難く思い始めた。心臓マッサージの開始から十五分が経過しようとしていたそのあたりで「もう」と言った、その瞬間にヒロケンのうたに応える「はーい」の声がかれの耳に聞こえたのだ。

「やっときたか」

とかれは言った。

「おーん、……うん。きたよー！」

医師はこの場に生崎豊の死亡時刻を伝えた。

「おめでとう！」

われわれは騒いだ。おめでとう、パチパチパチパチ。

おめでとう？　だれのなにが？

うーん。わからないけど男の一生、人間ひとり殺してナンボだろ。

*

供述調書を熟読していた、笹岡樹は聞かれたことにすべて饒舌に応え、なにも隠しだてすることはないと、ただコミュニケーションに飢えていただけだったから冗長な調書だなと思った。

サインをするところまであと二十枚以上あった。内容からして、今回の生崎豊殺人にくわえて綱本英貴の起こした強姦未遂事件における過剰防衛についても質問が向けられていることがわかる。接見した上床《うわとこ》弁護士は「応えたくないこと、応えられないことは、応えなくていいよ、笹岡くん、応えなくてもいい」と何度か言った。

しかし笹岡はことごとく応えた。

「べつに殺そうとは思ってないけど、死んでもよかったと思っているだけ。これは自分の父親のことだけど。でも生崎の父親もいっしょで、別に殺そうとは思ってないけど、死んでもよかったとは思ってます。おかしいですよね。でも、ほんとうに思ってることをほんとうに思ってると言わないと、まず謝罪にもならない気がして……。暴力を謝りたい、ほんとに、けど、ますますこれ以上傷つけてしまうのが申し訳ない。だけど、言葉を言いたくてたまらないんです。依存していると言ってもいい。謝罪すらそういう快楽になってしまいます。どうしたらいいですか？　いや、自分で考えろよ。それすら言葉ですよね？」

立川警察署に勾留された笹岡は、夜じゅうなにも求めることはできない、求められることのないこの身体を空間に置いておくことそのものの苦痛を味わい、退屈すぎるのがまずキツく、ついい取調《とりしらべ》の時間を待ち望んでしまっていた。だれかのことを思うこともできず、ひたすらその場に圧倒されてい、自分以外の者も生きているおなじ現実とは思えない、そんな場だった。数日同じ空間で同じように退屈し、合間に取調で喋る、そのくりかえしにも慣れる。するとようやく思考が戻ってくる、孤独にすら埋没しきれない意識があるのがわかった。

退屈すら退屈しきれない身体だった。そこでようやく笹岡に、そういえば生崎は、児玉は、自分の両親はどうしているのだろうという思考がはたらくと、初日の調書に書かれていた「ごめんね、さっきも聞いたかもしれないけど何度も。それならなぜ自分の父親ではなく、同級生の生崎陽さんの父親を殺したの？」という質問を思い出し、そのときは支離滅裂なことを言った、その記憶も取り戻し、二度目に同じ質問をされた翌日の調書では、「だれでもよかった。でも、自分の父親は殴れなかったかもしれない」と言った。

「それは、どうして？」

「うーん。わからないです。殴りたいと思ってたけど、あの瞬間、どうしても殴れなかったのは、事実かもしれない」

「以前から父親を殴りたいとおもっていたの？」

「それは……、そうかもしれない」

「殺したいとも思うことはあった？」

「ありました」

「それを、ちょっとでも実行に移そうとしたとか、そういったことはあった？」

「いえ、ありません」

読んでいても、どの文章もまったく真実を捉えないというか、まるで見当外れなのだけど正しくするために加えるべき修正はなにも思いつかない。それゆえ見逃してしまえるような。そんな言葉ばかりだった。でもあきらめよう。思えば現実全部そうだったじゃんって思う。どの言葉もぜんぜん現実にふさわしくなく、間違っている。現実を間違えさせるためにあるとすら思う、それでも代わりがないからしょうがなくその言葉を使っていた。それだけだった。

「話は変わるけど、この演劇は君がシナリオを書いたんだって？」

「いえ、ちがいます。あ、いや、そうです。おれが書きました」

「書いているときは、当日にお父さんを殴ろうっていう計画はあった？」

「ないです。ない」

「では当日に、殴ろうって思った？」

「いや、思ってはいない。殴ろうって思ってたわけじゃない」

「すこし気がおかしくなっていた？　演劇に没入して？」

これは上床弁護士の言葉。父親が二度司法の世話になったときから旧知の関係らしく、笹岡のおかれた生育環境をよく知っていた。接見室で笹岡は横を向き、「そういうのではないです。気がおかしくなってたとかはなくて、あ、殴れる、あ、殴ろうって、おれは思ったから」と言った。

「君の書いたシナリオでは、ここで君は生崎豊さんを殴ってる。これは映像も残っているから確かです。君の同級生に聞いたことによると、笹岡くんの位置は練習のときと違うらしいっていう。いつもはもう少し前の人との距離を空けていたって。どうして練習のときより前に詰めていったの？」

「それは、やっぱり、殴ろうとして……」

こう眺めていると、二日目の調書がいちばん対話としては成立していた。取調三日目にして妙に言葉が、被疑者としてのこの身になじんでき、それなのに事実を言葉で述べるということがまるで出来ていない。福光《ふくみつ》警部補との波長が合い、うまく言葉が通じる空気がつくられているからこそ饒舌にすぎ、事実からますますはぐれていく言葉が、まるで目につく描写から脇へ逸れ思いつくばかりの細部をくわえて脱線するように本筋から遠ざかってしまう。この日以降の言葉はとても読めたものではない、端的に錯乱している。

「生崎豊さんの直接の死因となった後頭部の挫傷。これは強姦未遂事件で捜査中の綱本英貴に君がさせた怪我と同じものなんだよね。笹岡くん、生崎豊さんのことも憎んでいたと君は言った。それはどうして？」

「だって、父親なんだから……」

キリキリと無意識に拳を握ろうとすると骨折しているギプスに阻まれ痛みの起こるそれ以前に力むことも禁止されていた。力を込めることの果たせなかった代わりのように廊下から吹き込んでくる風がつめたく、思い出す風景があった。子どものころ、友達に誘われて立川の、曙《あけぼの》町一丁目交差点と青梅線の踏切のあいだにひろがるフェンスで覆われている巨大な空地に侵入し、「バクチクしようぜ！」と誘われて二度断ったあとに合流した、まだ家と両親がおかしくなるまえだったから八歳ぐらい、当時の身長では顎のあたりまで伸びる原っぱで、パンパンと爆《は》ぜる音を聞いてあそんだ。笹岡は「たのしいなー」と無防備に言った。おおきい音にまぎれて、友達にも聞こえない、そんな安心のなかでだれに聞かれるでもない、われわれにも自分にも聞こえないような声で「たのしいなー」。あのような無防備はあれから一秒としてなかったように思える。それこそ寝ているときでさえ……でもだからって、どうしてこんなに憎いのか。わからない。憎いまえのことをうまく思い出せなくて、だけど爆竹のことを考えれば「たのしいなー」という発話とともに思い出せそうだった。爆竹のことを聞いて欲しい。だけど福光警部補が聞きたいのは殺意のことだけだ。わかっている。しかし、笹岡自身が殺意をそこにあったものとして、あのときあの場にあったものとして、うまく思い出せない。だから、爆竹のことを聞いて欲しかった。そうしたら、もっと真摯《しんし》に「ごめんなさい」と、言うことができるかもしれなかったのに、と思いすこし泣きながら涙を恥じ、笹岡がその日の供述調書にサインすると、翌日は検察に連れていかれて取調をうけ、その場で簡易鑑定の要請が出されて翌日は現場での再現を行い、その翌日に鑑定のため病院へ行き忙しいなと思っているとそれから数日は取調が行われずようやく気が狂いそうだったそのころに、生崎豊殺人における笹岡樹の「責任能力あり」が場に共有されふたたび取調に戻る。

3

留置場の接見室にて「常見監督から、原民喜の本をおまえにって」と言ったあとで生崎は三分ほど押し黙った。

風がなければ春だと間違えてしまいそうな陽気があった。ここにくるまでに生崎はそぞろな意識で「すずしぃー……」と呟いたが、正しくは「あったかい」なのだと思う。文庫本をポケットに入れた、スラックスの折り目が膨らみ腿にぶつかる。そのたび思った。本当はもう二度と会いたくなかったし、二度と会わなくてもいい、二度と会わないほうがよかった。

任意で呼ばれた聴取において、教師や演劇メンバーの多くが興奮気味に笹岡の人間を語った。ある者は「かれが人を殺すわけない、そんな人間じゃない」と言い、ある者は「かれは人を殺したがいい人間だ。どうか寛大な処置を」と言い、ある者は「かれはなにかやるヤツだと思っていた。一ミリも反省していないに決まっている」と言い、いずれにせよまったく客観性を欠いた一種の錯乱状態にあるような言葉であった。なぜかれらはこんなに興奮してしまっているのか。不可解に感じながら福光警部補は、最後に取調に応じた生崎がかれらとまったく一線を画してオドオド、憔悴しきった様子で、いくつか質問を重ねたがまったく応えがないことにふつふつとした怒りと疲労を覚えはじめる。いつしか集中が削がれ、約二十分のあいだ質問ばかり聞こえるこの部屋でやがて生崎が言った「知りません。おれは、なにも。わかりません」に対し「それならなぜ殺……」と口にして愕然とした。

いま「それならなぜ殺したんだ」と言おうとした。

福光警部補は生崎こそが犯人であるように錯覚していた。そうと明確に意識するようでもなく。

生崎ははっきりそれをわかった。それからもう一週間たった。

文庫本を係の者に預けて通された接見室で、あたりをチラチラ眺める。しかしここには風景がないみたいだった。背後に職員がいる。目前に笹岡がいる。上下鼠色《ねずみいろ》のスウェットを着ている。部屋だ。それ以外ない。風もにおいも温度も湿度もないように思えた、というより身体がそれを感じとれない。すると一切言葉が出てこず、半ば硬直したように感情のない表情でただそこにいて、気まずいとすら思っていないのだった。これはなにかに似ている。カメラの前にいる生崎かもしれなかった。しかしこうした現実で、事前の想定ではいろいろと笹岡にかける言葉を準備してきた、しかしその身体を目の前にして生崎のほうがまったく別人になった。吸い込まれるようにして。では笹岡はカメラなのか？

ちがう。ただの殺人者である。それなのになぜ、想像力がまるで役に立たず用意された言葉はなにも使えない、この場と笹岡のこの身体の要請によってあたらしく生まれる日常使えないまるで文学みたいな？　芸術みたいな？　この場用のあつらえ、この場限りの言葉の発明が要請されている気がしたが生崎にはそんな言葉を生み出す素養も意欲もなかった。感情としてはいろいろある。ふつうの怒りや憎しみ、許せないと、どうしてやっても済まない、どうしてやりたくもないのに、という矛盾するような気持ち、しかし、それを笹岡に言ったところで吸い込まれて、自分の感情の発露ですらないようになると、生崎はそれがおそろしい。自分の感情なのに、言葉を言ったとたん、自分の感情でないようになる。感情が言葉によって嘘になるとかですらない。真実のまま感情は、もともとの身体の中にあった場を疑い、言葉によって出ていったあとでは否定される、ただ言葉と感情をいっぺんに失っただけの空のような身体だけ残る。まるで最初からなにもなかったみたいに。

なぜ？

とすら言えないのは自分でもおかしいことだとわかった。なぜ、おれの父親を殺した？　美築は一度「死刑になればいい」と言った。生崎はそう思わない。待ちわび期待してしまう自分がいた。生活の外を更新しつづける、自分と笹岡にオリジナルな、われわれにオリジナルな法の言葉で、われわれのいま言葉を言えないこの状況を、どうにかわれわれに理解させてくれるのではないかと。しかし生崎は沙耶がマスコミ対応や誹謗中傷などに対する措置を相談するために依頼した井丸《いまる》弁護士と話すにつれ次第に、そんなものに期待をするのは馬鹿げたことだと悟った。おそらく少年院に行くことになる、たぶん笹岡自身もそれはわかっていると聞いた。

そういうんじゃないんだよなぁ……

おれが期待しているのは。では生崎はどんな言葉を期待しているのか。

「ごめん」

と笹岡は言った。生崎には聞こえなかった。

しかし生崎の身体はいまキャンセルした笹岡の口が言った言葉の意味を浴びていたし、そんなのはここへ来る前、春に出会っていまは冬になろうとしている、そのあいだに何回も何回も聞いたことのような気がした。なぜこんなことになっている？　「ごめん」の「ご」と「め」と「ん」が二重三重四重と重なってひびき、まったく同じように鳴って聞きとれず意味が難しい、こんな耳でこれからも生きていくのか？　それでようやく、自分の身体にどうしようもない自責の念があるのを知る。なぜなら生崎豊をほんとうに殺したいと思っているのが「おれ」だったからだ。でも生崎豊はもういない。永遠にうしなった。それは自分の声を？　笹岡にうまく怒る言葉がない。そのことでおれは身体をだいぶ損なわれ、奪われたようになっている。損なわれていても明日がある。思考を言葉にすることもままならず、黙ってだれかの不完全な言葉に依って耐える、てんで見当ちがいな内省を、「これがいちばん似合うかな？」と自分の身体におしつける。人間を演じさせている。

他者に言葉をあてがわれ、「間違いありません」と言わされる。法だって国を成立させるための言葉でしかないんだ。井丸弁護士や上床弁護士は信じている。判例に基づきあたらしい明日を受け容れる、その言葉はあたらしいものであるべきだと。

発明だと。だけど、それは国を更新させるためでしかないって、そんなことはなにも聞いちゃいないけど生崎はそう思った。存続させるための発明に自分のようなものは救われない。そんなふうに必死に生きてない。なにかを善くする、だれかに寄与する、そんな願いや祈りのない身体だ。それなりに生きる。壊したいよ、まずはおれたちの言葉から。もっとボロボロに、ズタズタになって、それでも残る言葉から言いたい。

それが三分の沈黙の内実。

「生崎陽、ごめん、おれ、ここではごめんしかいえない」

生崎陽。春先にそう呼ばれ出会った、冬場に別れようとしているその口から言われた名前につられるかのように生崎は、笹岡の台詞をまったく同じようにそのまま、ごく小さな掠《かす》れ声でつぶやいた。

「生崎陽、ごめん、おれ、ここではごめんしかいえない」

「来てくれて、ありがとう。迷惑かけて、ほんとにごめん」

「来てくれて、ありがとう。迷惑かけて、ほんとにごめん」

生崎としては泣くような情緒で必死につかんだ言葉だった。しかし笹岡はどんな人間もそうされたらなるような猿真似に対する反射的な怒りの感情にとらわれ、そのような資格のない身体だと思っているにもかかわらず黙った。そして、すこしスウハアと意識的に呼吸をくりかえし、もう一度口をひらいた。

「生崎陽、おこってるか？　おれは……」

「生崎陽、おこってるか？　おれは

笹岡樹　笹岡樹！　この春から高校一年生。どんなやつといっしょのクラスになれるかな？たのしみでワクワク〜！　さいあくな小中を卒業して、おれ、ちゃんと大人になれるといいな。わ、あれ生崎陽じゃね？　テレビで見たことある。俳優の。おれめっちゃすきだなあ。話しかけたい。

急激な生崎の饒舌に笹岡は圧倒され、茫然とした。中身のつたない、骨盤も丸まり、顎が前に出ている、そんな状態でつぶやかれる生崎の台詞が、自分を語っていることとの気持ち悪さにぞっとして。

笹岡樹　話しかけた。めっちゃきらわれた〜〜〜。おれ空気読めねえのかなあ？　児玉ちゃん。とりあえず、ドラマ出るわ。うん、そんで、隣のクラスの向ってヤツに殴られた。むちゃくちゃ痛え。痛いってこういう感じ？　知らなかったけどまあまあ人間って気がするわなあ。そんで、生崎が撮られている映画を見学しにいったら、変な感じ〜〜〜！　なんか、幽霊でちゃってるけど？　きもーーーーーーー。でもおれは好き、生崎が！　そしたらおれのクソな両親が昔薬物やってたってクソ記事でた。そんだけじゃない、女性をレイプしてたんだってさ！　世の中こんなもんだよ。どっかでおれはわかってた。なんか、生まれるまえから嵌められてたって感じする。でもなあ、なんか生崎陽と仲良くなれたよ。どういう風の吹きまわし？　こいつ、マジ人非人、人たらしのくそ野郎な。場が壊れないように、いつだって優先するのは空気ってわけか。ハー……にしても、なんかヒマ。ムエタイしよ。蹴ってるとたのしい。人を殴るとよりたのしい。筋トレをしよう。どれだけヒマでも、筋トレにモチベーションのある身体でよかったな。これからけっこうヒマかもしんないから、あのときムエタイに出会ってよかったな。そんで、ひとの書いた本、ひとの書いた読書感想文を元にして演劇つくろ！　それでめちゃくちゃ集中して、これがおれの書いた戯曲！　いいだろ？　ねえ？　いやなに言ってんだ生崎。これを書いたのはおれだよ。お前、おれが言うのも変だけど、なんかおかしいぞ。いったい、おれらの他にだれがいたって言うんだよ？　でも、あれ？　おれの写真を撮ってくれた、あの友達の影。いまはもういない。さみしいな……え？　ここにいないのならさみしいわけないだろ。なに言ってんだお前。やっぱなんか変だぞ。そんで本番。あれ？　生崎の父親じゃん！　マジなぐりて〜〜。

係員の視線がタイマー時計を見る。面会終了まであと二分。

笹岡樹　殴ろ。うわ、殴ってると、みえるな。なんていうか、境界が！　もしかしたらここから先は死んじゃうかも？　ここから先は殺すかも？　みえるさ。だったらヤメロ〜〜〜！　なんで？　なんでやめなきゃいけないの？　それはお前の身体だからだろ〜〜〜！　みんながすきだ。言葉や波動を出すまえの、お前の身体はみんなすきだよ。愛くるしい。そんなんじゃ騙されねえよ！　でもさでもさ、どんなワルでもどんなプーチンでもどんなヒトラーでも、一歳のころはミルクを飲んでいたんだ。ウケる。ミルク飲んでたくせに戦争だって、国だ民族だ徴兵だプライドだって、強制的にもう一度ミルク飲めばいいのにそういうＡＩとかで。人間の尊厳とか言う前に、笑わせんなよ。ハハ。そういうわけで、ちょっと止めらんなかった。んで、言葉がさまよって、やけに饒舌ないま。何度も何度もおなじことを聞かれるのは正直楽というか、好都合なことだよ。言葉を発明しなくていいからな。まだまだ人生はつづいていく。おれの言葉

を待ってろよ生崎陽。そんで、ここからでたら、また、

それで時間一杯。かれらはおもった。おれたちは甘い。生崎陽なのか笹岡樹なのかもわからない主体で言われた言葉の内容が甘すぎて、だけど本当にはこんなことをだれが思っているのか。こうした渾然の成れの果てがわれわれだと思った。口にする感想もないまま職員に連れ去られて笹岡はその数日後、家裁による決定を聞いた。付添人として上床は少年の幼少期からの生育環境の劣悪さを指摘し、笹岡亨や朝見副担任の出廷もあって裁判官の心証は悪くはなく、凶器にあたるものがなかったことや計画性にも乏しいことから殺人を故意と認めず、満十六歳になったばかりという少年の精神的未熟さを考慮したうえで検察への逆送は行わず第一種少年院送致が相当との判断が下された。

審判廷をともに出た朝見に、「待ってるから、安心して帰っておいで」と言われ、笹岡は表情を変えずに頷いた。

電話の声は存外にしっかりしていた。

「生崎くんもいなくなっちゃうんだね」

と言った、児玉は事実をたんたんと確認しているだけにも思える。文脈がそこに感情を読ませる。生崎は自分も悲しいから児玉も悲しいと勝手に感情を読んだ。自宅からした報告、つまり一太の生育を最優先することを考えた結果、いちど生崎一家は沙耶の両親が住んでいる熱海《あたみ》に引っ越す。沙耶は静岡県三島《みしま》市に生まれ育ったのだが、父親が早期退職をして熱海に家を買

い実家を売ったから生家はもうない。そのまま熱海の高校生になってしまうのかもしれない。なにしろ、父親の葬儀を執り行った日をピークに、未だジャーナリストが家の周辺を見張り、話しかけられることも頻繁にあるのだったから。

「まだすごい、酷いこと聞かれる？」

「ううん、あんまりそんなことはないよ。ただ知りたいだけだと思う。なんで」

なんで笹岡が殺したのが笹岡の父親でなく生崎の父親だったか。たしかにそれを聞くのはおもしろいだろうなと思う。自分でもおもしろいと生崎は思う。知りたいなと素朴に思う。

「どうしてなのかな？　君はどうしてなのだと思ってる？」

記者にそう聞かれると、喉の奥に言葉があるかのように期待する。一度は応えようとした。女性のジャーナリストにピンポンを鳴らされ、挨拶のあと丁寧に聞かれたものだから。しかし中から美築がやってきて、「兄はこたえません」と言った。生崎はまるでそれはおれに言っているようだったなと思う。

「あのね、向くん、春に樹を殴ってた男子。あの演劇観に来てたの。なんで？ってこのあいだ聞いたら、なんか、観たかったからって。「笹岡の書いた言葉を、観てみたかった」って言ってたよ。なんで」

言葉が遠くなっていく、児玉のこともきっとすぐに忘れる、笹岡、おまえが覚えておくべき友情だっただろう？　食らう、壊れていく友情の余波で自分のなかの友情もきわめて寒い。さめていく、生崎は児玉の意味の抜けていくような声だけを聞く。たいていの観客が「つまらない、意味がわからない、気持ち悪い」と言ったあの演劇を向だけがおもしろかったと言った。

「感動した」と真顔でテレビのインタビューで応えていてほとんどカットされたらしいが一局

だけ映ってた。知らないアーティストが笹岡が書いた脚本を再演し、それを含めたなにかパフォーマンスをするらしいと、インターネットで噂になっていた。

……少年は国家権力を、国内外で繰り広げられる惨劇を、痛ましく思ったのである。行動だけが正義か？　言葉だけが反戦か？　いまこそ少年の創作を意図的に〝捏造〟し、再演すべき時をわれわれは生きている！

クラウドファンディングのトップページにはそう書いてあり、そこへさまざまな怒りや囃し立ての言葉がついた。わからない。率直にわからないと思いなにも感じていなかった、そこで沙耶と目が合い、児玉に「ごめん、また連絡する」と告げ一方的に切る。沙耶もスマートフォンでだれかと通話してい、「笹岡さん来られてるって。お迎えして」と言った。わけもわからず玄関を開けると、そこには笹岡亭がインターフォンも鳴らさずに立っている。おそらく笹岡家の側を張っているのだろうジャーナリストが写真を撮るバシャバシャという音が聞こえ、思わず笹岡亭の黒いスーツの袖を強引に引っ張り、家の中へ入れた。

謝罪は後日、という約束だった。毎日手紙を送られ、読みはしないがしかし溜めていた、沙耶は上床弁護士からの連絡を受け、家の前に笹岡亭が来ているという旨しらされた。

「止めたのですが。すみません、記者から本日生崎さんが熱海へ移られるということを聞いたようです。いまから私もお宅へ向かいます」

上床が言った。沙耶は一太を抱いたままで笹岡亭をリビングに通し、美築とともに一家四人、笹岡亭をじっと見つめた。

「申し訳ありません。申し訳ありません。申し訳ありません」

右膝を突き、一気に土下座する笹岡亭の両手のひらがピッタリ床に付いているのを生崎はじっと見ていた。アァ……、謝罪しているなあと思った。「いや」も「やめてください」もない生崎には言える言葉がないように思えた。それに、殺した笹岡樹も自分なら、土下座する笹岡亭も自分のような気に、どこかなってしまって。どういうわけかここにも風景がない。笹岡亭が土下座しなければリビングの床すらないようだった、自殺した実母のいたこの家を感じることができないでいる。ヒロケンを呼んでみるまでもなく、自分はもうここにいないものを見ること、感じることはできないのだとわかった。それはここにいないものは想像することができないということだった。そんなの普通のことだよ？　そうかな。だれがそう言った？　わからない。笹岡樹なのかもしれないと思う。

もうおれには幽霊が笹岡しかないのかもしれないな。自分の、おれの幽霊すらおれにはもうないかもしれない。だとしたら普通の人間みたいにペラペラうまく言葉を、本音に見せかけて自分のおもいや感情を、もっと楽しんで言えるようになるのかな。本音を言うのは人間にとってどうやら楽しいことみたいだから。

でもいったい誰にそれを言う？

「お引き取りください」

と沙耶は言った。笹岡亭が土下座を始めて一分ほどたったころかと思う。それを合図とするかのように、笹岡亭は一度目とまったく同じ「申し訳ありません。申し訳ありません。申し訳ありません」を言った。

言葉が貧しい。殺すからだ、殺されたからだ。事件があってから、まともな言葉を話しているのは沙耶だけだったと思う。喪主として憔悴しきっているのは明らかなのに、自分の意思と身体の関係をその都度問われるように、オリジナルな言葉で周囲を、状況を動かさなければならなかったからだ。笹岡亭を無視して、「美築と陽は、準備できた？　あとで取りに来るから、三日間のうちに要るものでなければ置いていって」と告げた。すでに三回目か四回目に言われている言葉であったが、しかし三回目か四回目にしかるべき説得力がそこにある。まだ現実を動かすに足る言葉がこの場に発せられて生崎は驚くばかりだった。それに比べれば笹岡亭の「申し訳ありません」などまったくフィクションでよい。現実である要請や強度のない空っぽの言葉である気がした。そしていま自分自身の発するすべての言葉も同じようなものだと思う。

土下座しつづける笹岡亭を眺めて、生崎はハラハラ泣いた。これもまったくこの場にかなわない、トンデモ感情表現だと思う。圧倒的に現実に敗北している、自分の身体がとめどなく悲しい。われわれは、いったいいつまで演技をつづけるつもりなのだろう？

「いちいち泣いてんじゃねえぞ」

と美築は言った。生崎は笹岡亭の代わりに演じたい、笹岡亭の土下座を「やってあげたい」と思う。けれど、ずっとわれわれはそんな風に「やってあげて」、それこそがずっとずっと余計なことだったんじゃないか？　だれかの代わりだからやってあげようと、それが本当にいいことかもだれも判断しない。それは考えてないことと同じだよ。笹岡樹が言う。想像していないことと同じ。審判が下った笹岡樹は生崎陽にとってどこかアンタッチャブルなものとなった。まるで神のようだと思う。そう思う自分の言葉や身体は、こんなにもつたない、だらしないものなのだと弱い。

十何度目かの「申し訳ありません」のときに上床弁護士が訪れ、まるでくずおれるみたいに土下座から復帰し立ち上がった笹岡亭を支えて出ていった。それで粛々とこの家を捨てる準備をし、実母になにも挨拶もできないまま生崎は、数年後に壊されるまでだれもここで寝ないこの家をあとにした。ここにいないものだけがここに残される。

玄関に車をつけた沙耶の父親が、「荷物はあとで取りにくるから」と言った。ジャーナリストに見守られ撮影されながら家の鍵を閉めた、生崎がリュックを背負い車に乗り込もうとすると、美築を先に乗せた沙耶が「しっかりして。あなたじゃないのよ、殺したのも殺されたのも」と言った。

拝啓
生崎陽様
元気ですか？　おれは元気です。朝は七時に起きています。夜は九時に寝ています。よく眠れています。昼間は食事、掃除、勉強、運動、をしています。熱帯魚の世話も担当しています。
ぎこちない文です。でも書きたいのです。ごめんなさい。あなたの母親に宛てて送った手紙には、誠心誠意の謝罪文を書きました。誠心誠意の言葉は書きやすいです。そういう決まり文句があるからです。申し訳ないということ。一生かけて償いたいということ。その間に置くべき文章は、どんな真心であっても、想像力であっても、限られてくると思います。生崎陽、おれはきみに甘えています。きみへの手紙にならおれの本気の言葉が書けるかもしれないとおもって、辞書をひいて、謝罪とはべつの言葉で、書いています。だけど、恥ずかしいです。こんなに歪でぎこちないことしか書けないなんて。なにかもっと、イキイキとした言葉を、期待していました。またお手紙書きます。

拝啓

生崎陽さま

すこしなれてきました。そう思っていたよく日から、すごく元気がなくなりました。ウツになりました。言葉をおもいつきません。ジショをみるのもいやです。だけど、かいたほうがいいきがして。すごくアセっています。現実に。それと同時に、おれの身体がかってに。なにか、じったいのないアセリです。じったいのあるアセリとないアセリ。両方が、たたかっているのです。やっぱりもうかけないみたいです。

拝啓

生崎陽様

ここではイジメがあるようです。人間は集まると不安になります。だけど集まることで、ひとりがさみしくなります。おれはムエタイをやっていました。それで人をころしてしまったことが、しれわたっています。だから一目置かれています。馬鹿馬鹿しいことだけど、実際メンタルが弱っているときなどに、絡まれないという安心感があるのは助かります。だけど、そうじゃない人もいます。メンタルが弱っているとすぐさまそれがバレて、ちょっとした暴力を受けます。本格的なものはありません。怒られるのがみんなこわいのです。だけど、他人に暴力はふるいたいのです。反応がおもしろいからです。反応がないことに人間はとても耐えられないのです。おれもそのうちやられます。一見なにも考えていないようなフィジカルの強いやつにはかないません。いやなにも考えてないのではない。思考がある地点までいって折り返す、そういうポイントがだれにでもあるのだと思います。強いアスリートとはある地点まで考え、ここから先は考えないということをつよく選択できる身体ということです。アスリートといってもスポーツや格闘技など身体を動かすことに限りません。元気に生きていくということだけにアスレチックになれる人もいるからです。おれもすくなくともここで生きていくために、考えることについて考える、とかいうのは少なくとも止めたいと思っています。哲学はシャバでしろ。というわけです。ムエタイは強いです。でもそれは首相撲があるからです。だから体重差がある人間に組まれても、ある程度闘えるようにできています。だけど首相撲は習得にとても時間がかかります。おれは派手な蹴りやパンチの練習はしていたけど、首相撲の練習はほとんどしていません。だからそのうちやられます。関係ないことばかり書いてごめんなさい。だけどムエタイについて考えているうちに、たくさん文章が書けて、うれしい気持ちがあります。

原民喜の本を読んでいます

この先にある文章の意味がよくわからないな、と思うと海だった。熱海から東京へ向かう在来線の中で、はじめて生崎は笹岡から送られてきた手紙を読んでいた。なにを思っていいかわからない、生崎は手紙のなかの笹岡が自分の言葉のようなものを取り戻していく、そのようすが羨ましく、腹立たしかった。窓の外を見る。しかし海はまだ慣れないものだった。車窓の端から水平線があらわれ、奥のほうの灰色めく海水が陽にあたって透明にへコむようにキラキラしてい、岩場や湾のような地形が現れては消えていき、遠くにはずっと山が見えている。山の手前で海がコロコロと変わっていく。熱海は海と山のあいだにある崖のような土地で、引っ越してから毎日散歩した足の裏でその性格は知っていた、歩く運動に折り畳まれていた情報がひらかれていくように、風景がよみがえる。急すぎる階段を登るとさらに高い視点から見る山の稜線を象る緑に雨が注いでい、背後にある海に陽が注いでいた別の日の景色が、おなじ身のなかにひろがる景色として同体する。ブーメラン状に曲がる坂を昇降する疲労に噴き出る汗の感触と、そのひかる肌の表面に海と山と土産《みやげ》物屋と観光客の歩く様子が映って、温泉の湯気がくもらせる目がそのずっと奥を見ていた。なんの用事もないホテルの自動ドアがひらくと、うすい柑橘《かんきつ》のアロマが香り、そこでようやく気づいたここにずっとある当たり前のものとして海の匂い。それでなんの感情もなく電車内に意識を戻し笹岡の三通の手紙のつづきを読む、もう一度頭から再読すると、やはり三通目の途中から意味がわからなくなり苛だった。海へ戻る。またつづきを読む。わかるとこだけ読む。

常見監督に会うことがありましたら、お礼をつたえてくれるとうれしいです。また手紙書きます。

三通目の終わりはそのようだった、笹岡の言葉を読む、その時間のあいだにだけ風景があるかのようだった。腹立たしいのは、ヒロケンがいたことを、笹岡や児玉に伝えられないからでもあった。あの場にはここにいないものがいた、お前のせいだけじゃないと、しかしそれを伝えることはできないのだし、それこそ法の言葉で言うところの証拠がない。あの日々にヒロケンがいたこと、ヒロケンだけじゃない見えないたくさんのわれわれを含んだ日々だったことを証す術《すべ》なんてどこにもない。すごした時間は記録されえない、忘れ去られるか思い出として虚構化していき、だれかがそこにいたことも、いなかったことも曖昧になる。それにあれはたしかに笹岡がひとりで「やったこと」だから。だからこそ生崎は笹岡のことがより憎く、どう思っていいのかわからないことが多すぎた。国立駅に程近い喫茶店で常見監督と常見幸絵に会うまでの認識が生崎にはない。欠けているなとおもう。

自分を語るものが自分から遠ざかることがわかる。声を発し、言葉を記録でもしなければ、さまざまな記憶はなかったことになるだろう。どうしても忘れたくないことがあったから人は言葉を書くし語り継ぐ。

だがすべての記憶がそんな特権的なものではありえない。

「熱海はどう？　慣れた？」

常見幸絵に聞かれ、「はい、慣れました。海も山もきれいです」と生崎は応えた。

熱海の高校生になる、と美築は強く主張した。友達にろくな別れも告げられないまま熱海に来て、「被害者なのに」というまっとうな言い分はわざわざ口にのぼらない、それほど忙殺されていた。とにかくいまは一太のために生きたい。それは自己犠牲などではなく、ただ「私」を生きることにほとほと疲れ、止めてしまいたかった。だから転校を強く希望する美築の気持ちはわかった。まだ高校生である自分たちがなにか自らの意思で考えるよりも、ただ一太にあまり危害が及ばない、沙耶が比較的安定した環境で子育てをすることができる、ここにいるに越したことはない。

「おまえは？　どうするの？」

沙耶には、立川に戻り、ひとりで暮らす、先生や井丸弁護士に様子を見てもらいながら、元の学校に戻ることも考えていいと言われていた。しかしできればそうしてほしくないとも。熱海の家にさえ無言電話や中傷の手紙などが届き始めていた。ゴシップ誌には沙耶と生崎豊の不倫の過去と、生崎豊の先の配偶者が自殺していることなどから少年らに見当違いの同情を寄せてみる、そういった観点からの短期集中記事が書かれてもいい、日一日が進むにつれ環境はどんどん複雑化していた。それでやっと思い出す、六年前に沙耶が立川の家をリノベーションしたあとで、世間が囁く「いわくつきの家とその嫁」の口さがない噂が、おさない生崎の耳には入らないのにたしかに聞こえる、あの日々のこと。どのような物語の線に身を置くかただ生きているだけで迫られているような、そうした緊張で眠れなくなっていた生崎は心療内科へ通い「いわゆるＰＴＳＤ」と言われ睡眠導入剤をもらって寝ていた。美築は「なにがＰＴＳＤか」と言った。

「昼間は寝ているくせに。自分可愛さでかんたんに病めていいよね。わたしたちがどれだけ健康に生きることに、命をかけて」

「やめなさい。おかあさんが転校の相談に行ってくるから、もうすこし待ってて。陽は、急がなくていいから」

ほんとうには、もう決断していた。熱海の高校生になる。立川の友人たちにまったくノスタルジーを感じなかった。大騒動になったろうな、と想像してみても、そもそもクラスメイトにどんな個性があったのか、事件のあとでうまく思い出すことすらできなかった。どうでもよかった。この一年に起きたことのあれこれや、出来事に附随するクラスメイトたちの表情や優しさ、そういうものらも全部どうでもいいと、つまり記憶へと丁寧に生きる意思を放棄した。ときどき美築はだれかと電話しながら泣いている。どうやら恋人を立川に残してきたらしいとあとで知り、海で年上とおぼしき男と会っているのをこの数ヶ月後に目撃したりもした。生崎はどうでもいいから熱海にいようと、なんとなく考えていい、しかし沙耶にその決断を言い出すことはできなかった。

血の繋がらない祖父母が「おばあちゃん、陽くんにお菓子買ってきたよ」と言ったり、「陽くんは温泉、一緒に行かないの？」と言ったりしてき、生崎は祖父母に対してだけあまえる、「わーい」と言ったり「いくー」と言ったりして、かわいがられていたがそれは演技なのだ。安心して演じられる距離というのが、なぜかそこにはあった。

しばらく言葉に詰まる生崎に気をつかって、監督が次作を撮るつもりのロケハンで北海道に行き、僻地《へきち》の山で畑をやりながら案内してくれた知人のことを話してくれたり、しぜん長くなっていく話の腰を折って常見幸絵が監督をたしなめたりして、いつものように場を和ませた。

「あと、夏に撮った映画、来年春に公開が決まったよ。まず東中野《ひがしなかの》」

「あぁ……」

あの夏の庭。笹岡に演技を見せた。それがなにを意味したのか。わからない。なにもわからないままだった。

「陽くん、もう一杯なにか飲まない？」

常見幸絵にそう言われたときにようやく、事前に監督にメールしていた内容を、生崎は思いきって一息に口にのぼらせた。

「大丈夫です。わざわざ来ていただき、ごめんなさい、高木さんにも無理なことをお願いしているのはわかっているのですが。笹岡は常見監督に本を頂けたこと、感謝しています。手紙にそう書いてありました。そのうち、笹岡にも、手紙の内容を常見監督と共有していいか、聞こうとおもってます。おれ、熱海の高校に通います。笹岡は二年かそれぐらいで戻ってくるといいます。おれはもう、演技をできるか正直、わからない。なにが裏でなにが表かわからないから。なにが……、つまり、わからないんです、演じるってこととか、いい演技とか、ふつうの人間として自然とか不自然とか……けど、演じたい。やっぱりなにかを演じたいです。だから、監督におれを撮ってほしいです。半年……、いや一年に一回とかで、もし、よかったら」

ヒロケーン、ヒロケーン

と呼んでみた。

なんでいないの？

いやもともといなかったでしょ。いないのにいることにされても、こまりましたよ。

声は聞こえる。しかしいまの生崎にはそれこそが自分自身の声なのだとわかっている。幽霊とか、ここにいないわれわれはだれかの身体の内側でのみ生き、だからこそ身体の外にあるものと繋がれる可能性そのものだ。生きているだけでは聞こえないはずの声。その身体の内外を繋げる声こそが自分の声だって、そう認めよう。泣きたくなる。皆それぞれ、自分の身体で聞いたり、聞こえなかったり、聞こえないふりをしたりしている、他者の声があるということ。その繋がれる場は自分のなかだけの、他者に不可知だからこそ他者といっしょに混ざる内面だということ。だから過去のしらない人がやったことにさえ責任はある。身体とは過去未来の声の集中するそういう場なのだから。だから自分のものじゃない言葉を演じる。それがただふつうに呼吸しているだけでも演出される人間という営為の連続なのだ。いまは心で問いかけつづける笹岡やヒロケンから返ってくる言葉が自分の声だと思う。

おかーさーん

と呼んでみた。

この家にいたときも、そんな風に呼びかけた記憶はなかったのに、声は残っていた。久しぶりに生家に戻ってき、そこには生活ではない荒廃が不在にしたこのたった一ヶ月の間にも充満し、見たことのない埃や空気の淀みに記憶が飛んで、つまりここに沙耶と美築と一太と父親と暮らしていたときには思い出さなかった実母との記憶があふれすぎ、想像だにしなかったその厚みに身体が曇った。死んだ父親とともに沙耶も一太も美築もいま現在の姿からするとあどけない、そのようにこの家に残っていくのだろう。そしてかれもまた。家の中のすべての窓を開ける。けっきょく、生きているというだけで思い出せないのだ。

おかーさーん、おかーさーん

はーい　陽くん、はーい

「だいじょうぶ？」

常見幸絵はそう言った。大丈夫ではないが、集中できている。国立からここまで五十分歩いてき、その途中でカメラマンの高木と合流した。メールで撮影したい趣旨は伝えてある。

「陽くん、すこし背が伸びたね」

と言って、高木はiPhoneを構えた。

生崎陽はすこし家のなかを探索し、風景を見る。廊下で何度も「ただいま」「おかえりなさい」「いってきます」「気をつけて」を言いあい、二階の開いていた窓から入り込む風がリビングで合流し吹き抜ける。生活していたころの傷みに記憶がながれない。この家にいないものだけがここにいる。ずっとずっと昔からのここのここにいないものらの。靴下を脱いで床に立つときいんとつめたい。しかし首からうえは火照ってい、どんどん頬があかくなっていった。口のなかになにか味がする。珈琲の香りがなくなっても消えない、この家ですごした記憶が味覚として舌にあるのだった。皮膚から吸われるたくさんの言葉はしかしこの身で翻訳することはできない。なにもオリジナルな言葉なんて言えないとわかる。だから台詞はぜんぶ、熱海からの電車のなかで暗記していた。その言葉がここにいないものとしてここにいる、そうある生崎陽という身体に馴染んでいき、すごく寒いな、とようやくおもった。冬だ。
　いまはもう冬だ。おれにはもう血の繋がった父親も母親もいない。笹岡には両方いる。その事実がどういうことなのかわからない。寒いから遠くがよく見える。この周辺にいたわれわれとかれの間にだけあった言葉をぜんぶ捨てて、笹岡の言葉を生きよう。自治体が四時三十分を告げる放送が遥かから聞こえた。おれは笹岡の手紙に書かれていた言葉を、自分の言葉として語りはじめる。熱海－立川間のこの移動で、だいぶ笹岡の文体がこの身に入り、より適切なそれへと変化しつづける、その場だけがおれなのだと、決めてしまった身体がある。前半は決まり文句がつよく一字一句を正確に言いやすい、しかし後半は暗記したままを諳《そらん》じるのが難しく、意味がわからないその言葉をしかし言える渾然が、前半の定型句をアクセルとしてより集中するこの身と場にこもっていく。読みながら解釈し、集中のなかでおれは笹岡の言葉をおれが言いやすいように翻訳していくのだ。

笹岡樹　原民喜の本を読んでいます。すこし、いやすごく、いや……。難しいです。でも、手紙を書きたくなりました。言葉が、できるような気がしてきた。これは原民喜に誘われてはじめてできる、おれの言葉、というより、おれの言葉へ辿り着くための、おれのおれの言葉、のようなものに辿り着くための道のようなものかもしれない。言葉はみんなのものだから、その人らしい言葉なんてほんとうにはない。のかもしれない。けれど、言葉へ辿り着くための道は、かなりオリジナルなものだとおもう。原民喜の言葉は、その道だけはオリジナルなものなんだと信じさせてくれる。信じるということだけが、だいじなのだとおもう。信じる内容じゃなく、信じるための道というのだけが、大事なのだとおもう。

生崎陽の身体にながれる文体が言いやすいように大分アレンジした、そんなことはわれわれのだれもたしかめない、「また手紙書きます」の台詞で演じるのを止めてわれわれのほうを見ると常見監督が手を叩いてオッケーと言い終幕。海の匂いがした。

【主要参考文献】

稲垣瑞雄 著『石の証言：米軍捕虜虐殺事件』岩波書店、一九九五年
立川市文芸同好会 編著『この悲しみをくり返さない：立川空襲の記録Ⅰ〜Ⅲ』けやき出版、一九八二年
坂邦康 編著『横浜法廷：戦争裁判 史実記録 第1（B・C級）』東潮社、一九六七年
瀬尾育生 著『戦争詩論 1910–1945』平凡社、二〇〇六年
サラ・コブナー 著、白川貴子 訳、内海愛子 解説『帝国の虜囚 日本軍捕虜収容所の現実』みすず書房、二〇二二年
オクタビオ・パス 著、牛島信明 訳『弓と竪琴』岩波文庫、二〇一一年

初出　文藝二〇二三年秋季号
写真　細倉真弓
ブックデザイン　鈴木成一デザイン室

町屋良平（まちや・りょうへい）
一九八三年東京都生まれ。二〇一六年『青が破れる』で第五三回文藝賞を受賞しデビュー。二〇一九年『1R1分34秒』で第一六〇回芥川龍之介賞を受賞。二〇二二年『ほんのこども』で第四四回野間文芸新人賞を受賞。他の著書に『しき』『ぼくはきっとやさしい』『愛が嫌い』『ショパンゾンビ・コンテスタント』『坂下あたると、しじょうの宇宙』『ふたりでちょうど200%』『恋の幽霊』がある。

生《い》きる演技《えんぎ》

二〇二四年三月二〇日　初版印刷
二〇二四年三月三〇日　初版発行

著者　町屋良平
発行者　小野寺優
発行所　株式会社河出書房新社
〒一五一－〇〇五一
東京都渋谷区千駄ヶ谷二－三二－二
電話　〇三－三四〇四－一二〇一（営業）
〇三－三四〇四－八六一一（編集）
https://www.kawade.co.jp/
組版　KAWADE DTP WORKS
印刷　株式会社亨有堂印刷所
製本　小泉製本株式会社
Printed in Japan　ISBN978-4-309-03177-4

河出書房新社の文芸書

ふたりでちょうど200%

町屋良平

転生したら
また友達になった件。
——バドミントンのダブルス、
アイドルとその推し、
人気俳優とリアリティショー
YouTuber……。
男らしくなれない
男子ふたりの友情は、
死んでも終わらない！

河出書房新社の文芸書

ぼくはきっとやさしい

町屋良平

男メンヘラ、
果敢に生きる！
無気力系男子・岳文が
恋に落ちるのはいつも一瞬、
そして全力——
第160回芥川賞
受賞作家がおくる、
ピュアで無謀な恋愛小説！

河出書房新社の文芸書

しき

町屋良平

「テトロドトキサイザ2号
踊ってみた」春夏秋冬――
これは未来への焦りと、
いまを動かす欲望のすべて。
高2男子3人女子3人、
「恋」と「努力」と「友情」の、
超進化系青春小説。

河出書房新社の文芸書

青が破れる

町屋良平

その冬、おれの身近で
3人の大切なひとが死んだ——
究極のボクシング小説にして、
第53回文藝賞受賞の
デビュー作。
尾崎世界観氏との対談、
マキヒロチ氏によるマンガ
「青が破れる」を併録。

河　出　書　房　新　社　の　文　芸　書

私小説

金原ひとみ
編著

尾崎世界観
西加奈子
エリイ
島田雅彦
町屋良平
しいきともみ
千葉雅也
水上文
著

作家は真実の言葉で
嘘をつく──
現実の私をめぐり、
真実の言葉をつむぐ、
第一線の表現者たちによる
むき出しの物語。
話題沸騰の「文藝」特集に
書下しを加えた決定版。

腹を空かせた勇者ども

金原ひとみ

私ら人生で
一番エネルギー要る時期なのに。
ハードモードな日常
ちょっとえぐすぎん？――
陽キャ中学生レナレナが、
「公然不倫」中の母と共に
未来をひらく、
知恵と勇気の爽快青春長篇。

河出書房新社の文芸書

無敵の犬の夜

小泉綾子

「この先俺は、
きっと何もなれんと思う。
夢の見方を知らんけん」
北九州の片田舎。
中学生の界は、
地元で知り合った
「バリイケとる」男・橘さんに
心酔するのだが――
第60回文藝賞受賞作。